STEVE ALTEN es licenciado en Ciencias de la Salud por la Universidad Estatal de Pensilvania, máster en Medicina Deportiva en la Universidad de Delaware y doctor en Administración Deportiva en la Universidad de Temple. Su primera novela, *Megalodón*, publicada en 1997, le valió un éxito enorme de ventas, se vendió a más de veinte países y alcanzó la lista de libros más vendidos de *The New York Times*. En 2018, se estrenó su adaptación cinematográfica, a la que le ha seguido su secuela en 2023. Además de *Megalodón*, Alten ha escrito varias novelas de aventuras marítimas, tecnothrillers y novelas de ciencia ficción.

Papel certificado por el Forest Stewardship Council®

MIXTO
Papel procedente de fuentes responsables
FSC® C117695

Penguin Random House Grupo Editorial

Título original: *MEG*
Publicado por acuerdo con el autor, representado por Baros International, Inc. Armonk, Nueva York, Estados Unidos

Primera edición en B de Bolsillo: julio de 2023

Diseño de la cubierta: Penguin Random House Grupo Editorial
basado en la cubierta de Forge
Fotografía de la cubierta: *Tiburón*: © Philip Thurston / Getty Images
Mujer: © Parshina Marina / Shutterstock

Printed in Spain – Impreso en España

ISBN: 978-84-1314-735-2
Depósito legal: B-9.506-2023

Impreso en Black Print CPI Ibérica
Sant Andreu de la Barca (Barcelona)

BB 4 7 3 5 2

Megalodón

STEVE ALTEN

Traducción de Hernán Sabaté

A papá

Megalodon

FINALES DEL PERÍODO CRETÁCICO,
HACE 70 MILLONES DE AÑOS
Costa de la masa continental
euroasiática-norteamericana (océano Pacífico)

Desde que la niebla de la madrugada había empezado a levantarse, se sentían observados. El rebaño de *Shantungosaurus* llevaba toda la mañana pastando a lo largo de la costa envuelta en bruma. Los reptiles, los mayores del género de los *Hadrosaurus* con sus más de trece metros de longitud desde el pico de pato hasta la punta de la cola, se atiborraban de las abundantes algas marinas que la marea arrojaba sin cesar a la orilla. Los *Hadrosaurus* levantaban con frecuencia la cabeza con el aire nervioso de un rebaño de ciervos, atentos a los ruidos del bosque cercano, y observaban los árboles umbríos y la densa vegetación, dispuestos a huir al primer indicio de un movimiento sospechoso.

En las lindes de la playa, oculto entre los altos árboles y los tupidos matorrales, un par de ojos rojos y de reptil seguía al grupo. El *Tyrannosaurus rex*, el mayor y más mortífero de todos los carnívoros terrestres, se alzaba siete metros del suelo del bosque. Mientras observaba la escena temblando de pura adrenalina, la baba le rezumaba de la boca. Dos *Hadrosaurus* acababan de aventurarse en las aguas poco profundas y, con la cabeza a ras de estas, pacían entre las espesas masas de algas.

El depredador surgió de improviso de entre los árboles; sus ocho toneladas apisonaron la arena e hicieron temblar la tierra con cada paso. Los *Hadrosaurus* se alzaron sobre las patas traseras y se dispersaron en direcciones opuestas a lo largo de la orilla. Los dos que se habían internado en el agua volvieron la cabeza y vieron al carnívoro aproximarse a la carrera con las mandíbulas abiertas, los colmillos a la vista y un rugido que helaba los huesos y ahogaba el rumor de las olas. El par de *Hadrosaurus* se volvió e, instintivamente, se internó en aguas más profundas para escapar. Extendieron sus largos cuellos hacia delante y echaron a nadar, batiendo el agua con las patas para mantenerse a flote, con la cabeza erguida.

El *Tyrannosaurus rex* se lanzó tras ellos, rompiendo las olas y adentrándose en las aguas. Sin embargo, en la persecución de sus presas, las patas del *Tyrannosaurus rex* se hundieron en el cieno del fondo marino. El musculoso depredador, a diferencia de los *Hadrosaurus*, no podía nadar y se quedó irremediablemente varado en el fango.

Los *Hadrosaurus* nadaban aguas adentro y habían escapado a un depredador, pero pronto deberían enfrentarse a otro.

Los dos metros de aleta dorsal gris se alzaron poco a poco de la superficie marina y cruzaron la estela de los reptiles deslizándose en silencio. La corriente que creaba la enorme mole del animal empezó a arrastrar a los *Ha-*

drosaurus hacia aguas aún más profundas. Estos, ante el repentino suceso, se dejaron llevar por el pánico. Preferían jugarse sus posibilidades con el *Tyrannosaurus*, pues en aquellas aguas profundas acechaba una muerte segura. Se volvieron, batiendo las patas y agitando la cola frenéticamente en el agua hasta que se posaron de nuevo sobre el limo tranquilizador.

El *Tyrannosaurus rex* emitió un gruñido atronador. Con el agua hasta el tórax, el depredador se debatía por no seguir hundiéndose en el blando lecho marino. Los *Hadrosaurus* se separaron, cada cual en una dirección, y pasaron a quince metros del frustrado cazador, que hizo ademán de lanzarse contra ellos y abrió sus temibles mandíbulas con un aullido de rabia al ver que sus presas escapaban. Los *Hadrosaurus* salvaron a saltos las olas más pequeñas, ganaron la playa a duras penas y se dejaron caer sobre la arena cálida, incapaces de moverse de puro agotamiento. Desde allí, los dos animales volvieron la cabeza para observar una vez más a su frustrado asesino.

En aquellos momentos, el *Tyrannosaurus* apenas mantenía su enorme cabeza unos palmos por encima del agua. Loco de rabia, sacudía la cola furiosamente intentando liberar una de las patas traseras. Entonces, de repente, dejó de debatirse y volvió la vista hacia el mar abierto. A través de la bruma gris, hendiendo las oscuras aguas, se acercaba la gran aleta dorsal.

El *Tyrannosaurus rex* ladeó la cabeza y se quedó absolutamente quieto; de improviso, cuando ya era demasiado tarde, se dio cuenta de que había entrado en los dominios de un cazador superior a él. Por primera y última vez en su vida, el *Tyrannosaurus* se sintió atenazado por el miedo.

Si el depredador atrapado era la criatura más aterradora que jamás había deambulado por la Tierra, el *Car-*

charodon megalodon era, sin ninguna discusión, el dueño y señor de los mares. Los ojos encarnados del *Tyrannosaurus* siguieron el desplazamiento de la aleta dorsal gris y notaron el cambio de la corriente causado por la mole invisible que daba vueltas a su alrededor. La aleta desapareció bajo las aguas enturbiadas. El *Tyrannosaurus rex* emitió un gruñido grave mientras escrutaba la niebla. La imponente aleta dorsal emergió de nuevo. Esta vez fue directamente hacia él y la fiera terrestre rugió y se agitó, abriendo y cerrando las mandíbulas en una protesta inútil.

Desde la playa, los dos *Hadrosaurus* exhaustos contemplaron cómo su cazador era arrastrado hacia el océano y su cabeza enorme desaparecía bajo las olas con un gran chapoteo. Al cabo de un momento, el *Tyrannosaurus rex* emergió otra vez y emitió un gemido de agonía en el instante en que las mandíbulas de su cazador aplastaban su caja torácica. Un manantial de sangre brotó de su boca.

El poderoso *Tyrannosaurus rex* desapareció definitivamente bajo las aguas agitadas teñidas de escarlata. Pasó un largo rato hasta que el mar recuperó la calma. Los *Hadrosaurus* se incorporaron y se dirigieron lentamente hacia los árboles. De pronto, sobresaltados, se volvieron. Hubo una explosión en el agua y de ella surgió, con el *Tyrannosaurus rex* atenazado en su boca gigantesca, el gran tiburón de veinte metros. Era casi tres veces mayor que su presa. Su cabeza enorme y su torso musculoso se agitaron en un escorzo como si quisiera mantenerse suspendido sobre las olas. A continuación, en una demostración increíble de fuerza bruta, agitó al reptil de un lado a otro entre sus dientes aserrados, de casi veinticinco centímetros de longitud, enviando una rociada de agua roja y chorros de sangre en todas direcciones. Las veintidós toneladas del *Megalodon* y su presa mutilada cayeron de nuevo al mar con gran estrépito y levantaron a su alrededor un inmenso muro de agua.

Ningún otro carroñero se acercó al *Megalodon* mientras comía en las aguas tropicales. El tiburón era un animal de temperamento insociable y territorial. Se apareaba cuando debía y mataba a sus crías cuando tenía ocasión, pues la única amenaza a su dominio procedía de los de su propia especie. Podía adaptarse y sobrevivir a las catástrofes naturales y a los cambios climáticos que causarían la extinción en masa de los reptiles gigantes y de incontables especies de mamíferos prehistóricos. Y, aunque su número acabaría por reducirse, algunos de sus miembros sobrevivirían, aislados del mundo del hombre, cazando en la oscuridad de las profundidades oceánicas.

El profesor

8 DE NOVIEMBRE DE 1997. 19.42 HORAS
Instituto Scripps, Anderson Auditorium
La Jolla, California

—Imaginen un gran tiburón blanco que midiera entre quince y veinte metros y pesara cerca de veinte toneladas. ¿Son capaces de imaginarlo? —El profesor Jonas Taylor miró a su audiencia, de casi seiscientas personas, e hizo una breve pausa para atraer la atención general—. A mí también me cuesta, a veces, pero tal monstruo existió. Solo su cabeza era, probablemente, más grande que una furgoneta Dodge Ram. Sus mandíbulas podrían haber atrapado y engullido a cuatro hombres adultos a la vez. Y qué decir de los dientes: afilados como cuchillas, de dieciocho a veintidós centímetros de longitud, con los bordes aserrados de un cuchillo para carne de acero inoxidable.

El paleontólogo sabía que había captado la atención de los asistentes. A sus cuarenta y dos años, hacía varios que había regresado al instituto, aunque no había imaginado que acabaría pronunciando conferencias ante una audiencia tan numerosa. Jonas sabía que sus teorías eran controvertidas y que entre su audiencia tenía tantos detractores como defensores. Se aflojó un poco el cuello de la camisa e intentó relajarse.

—La siguiente diapositiva, por favor. ¡Ah! Aquí tenemos una representación a escala de un submarinista de un metro ochenta junto un gran tiburón blanco de cinco metros y nuestro *Carcharodon megalodon*, de veinte. Creo que esto nos proporciona una idea bastante exacta de por qué los científicos se refieren a esa especie como el rey de todos los depredadores.

Jonas cogió el vaso de agua y tomó un sorbo.

—Los dientes fosilizados recogidos por el mundo demuestran que esta especie dominó los océanos durante setenta millones de años. Pero lo realmente interesante es que tenemos constancia de que sobrevivió a los cataclismos que se produjeron hace unos cuarenta millones de años, cuando perecieron los dinosaurios y la mayoría de especies de peces prehistóricos. De hecho, hay dientes de *Megalodon* que indican que estos depredadores desaparecieron hace solo cien mil años. Desde la perspectiva geológica, eso es un abrir y cerrar de ojos.

Un estudiante graduado de veintiséis años levantó la mano.

—Profesor Taylor, si estaban vivos hace cien mil años, ¿por qué se extinguieron?

Jonas respondió con una sonrisa:

—Ese, amigo mío, es uno de los grandes misterios del mundo de la paleontología. Algunos científicos creen que el elemento principal de la dieta del animal fueron los peces grandes de movimientos lentos y que no pudieron adaptarse a las especies, más pequeñas y veloces, que existen hoy día. Según otra teoría, el descenso de temperatura del agua oceánica contribuyó a la desaparición de esos depredadores.

Un hombre mayor levantó la mano desde su asiento de la primera fila. Jonas lo reconoció: era un antiguo colega de Scripps. Un antiguo crítico.

—Profesor Taylor, creo que nos gustaría oír cuál es su teoría de la desaparición del *Carcharodon megalodon*.

Unos murmullos de aprobación siguieron a estas palabras. Jonas se aflojó el cuello de la camisa un poco más. Rara vez llevaba traje, y aquel, con sus dieciocho temporadas ya, había visto días mejores.

—Quienes entre ustedes me conocen o siguen mi trabajo saben que mis opiniones difieren de las de la mayoría de paleontólogos. Numerosos especialistas en mi campo pierden mucho tiempo elaborando teorías de por qué no existe una especie en particular. Yo prefiero plantear por qué una especie que parece extinta podría no estarlo.

Su interlocutor de la primera fila se puso en pie.

—Señor, ¿está usted diciendo que, en su opinión, el *Carcharodon megalodon* puede vagar todavía por los océanos?

Taylor esperó a que se hiciera el silencio.

—No, profesor. Lo único que señalo es que, como científicos, solemos emplear un enfoque muy negativo cuando investigamos ciertas especies extinguidas. Por ejemplo, no hace tanto era opinión unánime entre los científicos que el celacanto, una especie de pez con aletas lobuladas que perduró durante trescientos millones de años, se había extinguido hace setenta millones. Pero en 1938 un pescador sacó un celacanto vivo de las profundas aguas oceánicas frente a Sudáfrica. Ahora, los científicos observan metódicamente a estos «fósiles vivientes» en su hábitat natural.

El profesor oyente se levantó otra vez entre murmullos de los asistentes.

—Profesor Taylor, todos conocemos el episodio del descubrimiento del celacanto, pero hay mucha diferencia entre un pez de metro y medio que se alimenta en los fondos marinos y un depredador de veinte metros.

Jonas consultó el reloj y advirtió que era tarde y se estaba extendiendo demasiado.

—Sí, profesor, estoy de acuerdo, pero yo solo decía que prefiero investigar las posibilidades de supervivencia de una especie en lugar de buscar las razones que llevaron a su extinción.

—Y yo vuelvo a preguntarle, señor, cuál es su opinión acerca del *Megalodon*.

Se oyeron más murmullos. Jonas se enjugó el sudor de la frente; Maggie lo iba a matar.

—Muy bien. En primer lugar, estoy en absoluto desacuerdo con la teoría que considera al *Megalodon* incapaz de capturar una presa más rápida. Hemos observado que la aleta caudal del gran tiburón blanco, el primo moderno del *Megalodon*, es el diseño más eficaz para propulsar un cuerpo por el agua. Sabemos que existían hace cien mil años, y entonces, como en la actualidad, el depredador habría tenido una abundante provisión de cetáceos de movimientos más lentos de los que alimentarse. En cambio, comparto la idea de que el descenso de las temperaturas oceánicas afectó a esos animales. ¿Puede pasar a la siguiente diapositiva, por favor? Lo siento, una más.

Arriba apareció una diapositiva en la que se mostraban distintas partes del planeta.

—Estos mapas reflejan que las masas continentales de nuestro planeta se mueven constantemente como resultado del desplazamiento de siete grandes placas tectónicas. Este mapa —Jonas señaló el centro del diagrama— muestra el aspecto de la Tierra hace más de cuarenta millones de años, durante el Eoceno. Como vemos, la masa de tierra que se convertiría en la Antártida se separó de América del Sur por esa época y derivó hacia el Polo Sur. Al desplazarse hacia los polos, los continentes perturbaron la circulación del calor oceánico; en pocas palabras, una tierra que perdía calor con facilidad reemplazó la masa de agua que lo conservaba. Conforme aumentaba el enfriamiento, la tierra acumulaba nieve y hielo, lo cual disminuyó todavía más las temperaturas del globo y el nivel de los mares. Como la mayoría de ustedes sabrá, el factor más importante que controla la distribución geográfica de una especie marina es la temperatura del océano.

»Pues bien, con el descenso de la temperatura del agua, las corrientes tropicales cálidas empezaron a sobrecargarse de sal y a desplazarse a mayor profundidad. Así, en resumen, las capas de agua más superficiales de los océanos eran más frías y por debajo de ellas circulaba una corriente tropical cargada de sal.

»Por la ubicación de los restos fosilizados del *Megalodon*, sabemos que habitaba aguas tropicales más cálidas, tal vez debido a que sus fuentes de alimento se habían adaptado al descenso de temperatura desplazándose también a las corrientes oceánicas tropicales, más profundas. También sabemos que el *Carcharodon megalodon* sobrevivió a los cambios climáticos que acabaron con los dinosaurios hace unos cuarenta millones de años.

»Ahora bien, hace unos dos millones de años, nuestro planeta experimentó su última glaciación. Como verán en este diagrama, las corrientes tropicales profundas que habían proporcionado refugio a muchas especies marinas se interrumpieron de repente. Como consecuencia, la mayoría de especies de peces prehistóricos, incluido el *Carcharodon megalodon*, pereció al no conseguir adaptarse a la caída extrema de las temperaturas oceánicas.

Desde su asiento, el profesor apostilló:

—Entonces, profesor Taylor, usted se inclina a pensar que el *Megalodon* se extinguió como resultado de los cambios climáticos... —El hombre sonrió, satisfecho de sí mismo.

—No exactamente. Recuerde lo que he dicho: prefiero especular sobre el porqué una especie podría existir todavía. Hace unos quince años, formé parte de un equipo científico pionero en los estudios de las fosas oceánicas. Estas fosas forman la zona hadal, una parte del océano Pacífico de la cual los científicos no saben prácticamente nada. Descubrimos que tales fosas se producen en los bordes de dos placas oceánicas, donde una placa se desliza bajo la otra en un proceso que se denomina «subducción». Dentro de estas fosas, de las fuentes hidrotermales emanan aguas ricas en minerales a temperaturas que en ocasiones superan los trescientos setenta grados centígrados. Así, en alguno de los puntos más profundos del Pacífico, es posible que se forme una corriente de agua tropical en el propio fondo oceánico. Y, con gran sorpresa por nuestra parte, descubrimos que las fuentes hidrotermales sustentaban nuevas formas de vida nunca antes imaginadas.

Una mujer de mediana edad se puso en pie y preguntó con voz excitada:

—¿Descubrió usted algún *Megalodon*?

Jonas sonrió y aguardó a que se acallaran las risas de la concurrencia:

—No, señora. Pero permítame mostrarle algo que se descubrió en 1873 y que quizá le resulte interesante. —Jonas sacó de detrás del podio una vitrina del tamaño de dos cajas de zapatos—. Lo que tengo aquí es un diente fosilizado de *Carcharodon megalodon*. Buceadores y rastreadores de playas han encontrado miles de huesos fosilizados como este. Algunos tienen casi cincuenta millones de años. Este en concreto es especial porque, en realidad, no es muy antiguo. Fue recuperado por el primer barco de exploración oceánica de verdad, el *HMS Challenger* británico. ¿Pueden ver estos nódulos de manganeso? —Jonas indicó unas incrustaciones negras en el diente—. Análisis recientes de estas capas de manganeso indican que el dueño del diente vivió a finales del Pleistoceno o a principios del Holoceno. En otras palabras, este diente tiene apenas diez mil años de antigüedad, y fue dragado del punto más profundo de la tierra, la sima Challenger, en la fosa de las Marianas.

Los asistentes prorrumpieron en murmullos.

—¡Profesor! ¡Profesor Taylor!

Todos los ojos se volvieron hacia una mujer de origen asiático situada al fondo del auditorio. Jonas la miró y su belleza le impresionó. Había algo en ella que le resultaba familiar.

—Sí, adelante, por favor —respondió Jonas y, con un ademán, pidió silencio al público.

—Profesor, ¿sugiere usted que el *Megalodon* podría existir todavía?

Se hizo el silencio. Era la pregunta que el público esperaba.

—En teoría, si algunos miembros de la especie penetraron hace dos millones de años en aguas de la fosa de las Marianas, que mantienen una capa profunda de características tropicales como consecuencia de las fuentes hidrotermales, cabe la posibilidad de que una rama de la especie sobreviviera. La existencia de este fósil de diez mil años justifica, ciertamente, las posibilidades.

—¡Profesor! —Un hombre de mediana edad, a cuyo lado se sentaba un muchachito que debía de ser su hijo, levantó la mano—. Si esos monstruos existen hoy todavía, ¿cómo es que no hemos visto ninguno?

—Buena pregunta.

Jonas hizo una pausa. Una atractiva rubia de unos treinta años, bronceada y con una figura impecable, avanzaba por el pasillo central. Su vestido de noche clásico de color topacio dejaba a la vista unas largas piernas. Tras ella iba su acompañante, que también rondaba la treintena y llevaba esmoquin y se peinaba con una cola de caballo. La pareja ocupó los dos asientos vacíos reservados en la primera fila. Jonas recobró el dominio de sí mismo y esperó a que su esposa y su mejor amigo se acomodaran.

—Lo siento. Preguntaba usted cómo es que no hemos visto ningún *Megalodon*, en el supuesto de que todavía exista alguno. En primer lugar, si ese animal habitara, efectivamente, en las aguas más profundas de la fosa de las Marianas, no podría abandonar esa capa cálida del fondo. La sima Challenger, en esa fosa, alcanza los once kilómetros. Por encima de la capa cálida, el agua está casi en el punto de congelación. No podría sobrevivir al frío durante el tiempo necesario para alcanzar la superficie.

»Asimismo, como sucede con el resto de tiburones, resulta sumamente difícil que un *Megalodon*, o de hecho cualquier tiburón, deje rastros de su existencia, sobre todo en el abismo. A diferencia de los mamíferos, los tiburones no flotan hasta la superficie cuando mueren, ya que sus cuerpos tienen una densidad específica mayor que la del agua de mar y su esqueleto se compone exclusivamente de cartílagos. Así, a diferencia de los dinosaurios y de muchas especies de peces con huesos, no quedan restos de *Megalodon* que investigar; solo sus horrendos dientes fosilizados.

Jonas captó la mirada de Maggie y le pareció que le traspasaba el cráneo.

—Otro dato acerca de la fosa de las Marianas. El hombre solo se ha aventurado a bajar al fondo en dos ocasiones; estas expediciones se realizaron en 1960 y ambas veces en batiscafo, lo cual significa que, sencillamente, bajamos a plomo y fuimos izados, sin más. La verdad es que nunca se ha efectuado una exploración de la sima. De hecho, sabemos más de muchas galaxias remotas que de esta zona aislada de dos mil kilómetros cuadrados de extensión situada en el océano Pacífico, a once kilómetros de profundidad.

Jonas miró a Maggie y se encogió de hombros. Ella se puso en pie y señaló el reloj.

—Tendrán que disculparme, señoras y señores. La charla ha durado un poco más de lo que esperaba y...

—Disculpe, doctor Taylor. Una pregunta importante... —Era la mujer asiática otra vez. Parecía perturbada—. Antes de que empezara a estudiar esos *Megalodon*, su interés se centraba exclusivamente en el pilotaje de sumergibles de grandes profundidades. Me gustaría saber por qué abandonó esa labor en el momento culminante de su carrera profesional.

A Jonas le sorprendió lo directo de la pregunta.

—Tengo mis razones —respondió y buscó entre los asistentes otra mano alzada.

—Espere un momento. —La mujer se había levantado del asiento y avanzaba por el pasillo central—. Tengo que saberlo. ¿Perdió usted los nervios, profesor? Tuvo que haber algún motivo, profesor. Lleva sin subir a un submarino... ¿cuánto tiempo? ¿Siete años?

—¿Cómo se llama usted, señorita?

—Tanaka. Terry Tanaka. Creo que conoce usted a mi padre, del Instituto Oceanográfico Tanaka.

—Sí, claro. De hecho, usted y yo nos conocimos hace algunos años, en un ciclo de conferencias.

—Exacto.

—Bien, Terry Tanaka, no puedo extenderme en detalles ahora; digamos solo que decidí retirarme del pilotaje de sumergibles de grandes profundidades para poder pasar más tiempo investigando especies prehistóricas como el *Megalodon.* —Jonas recogió sus notas—. Si no hay más preguntas...

—¡Doctor Taylor! —Un hombre casi calvo con gafas de montura metálica fina se levantó en la tercera fila. Tenía las cejas pobladas y oblicuas de un duende y una sonrisa tensa en el rostro—. Por favor, una última pregunta, si es posible. Como usted ha dicho, las dos expediciones tripuladas a la fosa de las Marianas se realizaron en 1960, pero ¿no es cierto que ha habido descensos más recientes en la sima Challenger?

—¿Cómo dice? —Jonas miró fijamente al hombre.

—Usted mismo hizo varias inmersiones en la zona.

Jonas enmudeció. Los asistentes empezaron a murmurar de nuevo. El hombre levantó sus pobladas cejas y se afianzó las gafas.

—En 1989, profesor. Mientras trabajaba para la Marina, ¿no es cierto?

—Yo no... no estoy seguro de entender... —Jonas dirigió una mirada a su esposa.

—Pero usted es el profesor Jonas Taylor..., ¿verdad? —El hombre desplegó una sonrisa de relamida satisfacción mientras el público soltaba una risilla.

—Mire, lo siento, tengo que irme ahora mismo. Debo acudir a otro compromiso. Gracias a todos por su asistencia.

Cuando el conferenciante abandonó el podio, se oyeron algunos aplausos entre los murmullos generales. Pronto se le acercaron estudiantes con preguntas, científicos con teorías propias y viejos colegas desesperados por saludarle antes de marcharse. Jonas estrechó todas las manos que pudo y se disculpó por tener que irse.

El hombre de la cola de caballo y esmoquin asomó la cabeza entre la multitud.

—¡Eh, Jonas! El coche está aparcado ahí fuera. Maggie dice que debemos marcharnos ya.

Jonas asintió y terminó de firmar un libro para un admirador. Después, se apresuró hacia la salida trasera del auditorio, donde su esposa, Maggie, esperaba impaciente.

Cuando llegó a la puerta vio de reojo a Terry Tanaka, que lo observaba desde detrás del grupo que se desplazaba con él. Sus ojos parecían dos teas encendidas, fijos en los de Jonas, mientras sus labios formaban unas palabras: «Tenemos que hablar». Él señaló el reloj y se encogió de hombros. Esa noche no estaba dispuesto a soportar más asaltos verbales.

Como en respuesta al mudo diálogo, su esposa exclamó desde la puerta:

—¡Jonas, vámonos!

El águila de oro

Estaban recorriendo la península de Coronado en la limusina de Bud Harris. Jonas iba sentado frente a sus dos compañeros. Bud hablaba en voz baja por el teléfono del coche mientras, con los dedos, jugueteaba como una escolar con la cola de caballo. A Maggie se la veía muy cómoda en el amplio asiento de cuero, con las piernas largas y bien torneadas cruzadas y una copa de champán entre los dedos. «Se ha acostumbrado al dinero», pensó Jonas. La imaginó en biquini, bronceándose en el yate de Bud.

—Antes te daba miedo el sol —dijo.

—¿A qué viene eso?

—Tu bronceado...

—Queda bien en la cámara. —Maggie lo miró fijamente.

—El melanoma no queda tan bien.

—No empecemos, Jonas. No estoy de humor. Es la noche más importante de mi carrera y prácticamente he tenido que arrancarte de esa conferencia. Hace un mes que sabías que tenías esta cena y te presentas con ese traje que ya tiene veinte años.

—Maggie, era mi primera intervención en un ciclo de conferencias desde hace más de dos años y tú apareces pavoneándote por el pasillo...

—¡Eh, chicos, venga! —Bud colgó el teléfono del coche y levantó las manos—. Vamos a calmarnos todos un momento. Maggie, esta noche también era importante para Jonas; tal vez deberíamos haber esperado en el coche.

Jonas guardó silencio, pero Maggie no había terminado.

—¡He esperado esta oportunidad durante años! ¡He trabajado como una esclava mientras te veía arrojar tu carrera por la borda! Ahora es mi turno y, si no quieres estar presente, me da igual. Puedes esperar en la maldita limusina. Bud me acompañará esta noche, ¿verdad?

—A mí no me metáis en esto —dijo él.

Enfurruñada, Maggie volvió el rostro hacia la ventanilla. El ambiente se llenó de tensión y Bud, finalmente, rompió el silencio.

—Henderson opina que eres la favorita. Si ganas, este podría ser el momento decisivo de tu carrera.

Maggie se volvió y consiguió evitar que se le escapara una mirada a su esposo.

—Ganaré —declaró, desafiante—. Sé que ganaré. Ponme otra copa.

Bud sonrió, llenó la copa de Maggie y ofreció la botella a Jonas.

Este la rechazó con un gesto de la cabeza y volvió a arrellanarse en su asiento, con la mirada fija en su esposa.

Jonas Taylor y Maggie se habían conocido casi nueve años antes, en Massachusetts, cuando él se preparaba como piloto de sumergibles de grandes profundidades en el Instituto Oceanográfico Woods Hole. Maggie estaba en el último curso de la Universidad de Boston, donde terminaba la licenciatura en Periodismo. Durante un tiempo, la rubia jovencita había probado tenazmente a labrarse una carrera como modelo, pero le faltaba la estatura necesaria. Entonces decidió dedicarse al periodismo de divulgación.

Maggie había leído algunos artículos sobre Jonas Taylor y sus aventuras en el sumergible *Alvin* y lo había considerado un buen personaje para el periódico de la universidad. Sabía que el hombre era una pequeña celebridad por derecho propio y le pareció guapo, con un cuerpo atlético.

A Jonas Taylor le asombró que alguien como Maggie se interesara por el buceo. Su carrera profesional le había dejado poco tiempo para la vida social y, al ver que la bonita rubia mostraba interés por él, Jonas aprovechó la oportunidad. Empezaron a salir casi de inmediato y él la invitó a las islas Galápagos como integrante del equipo de exploración del *Alvin* durante las vacaciones de primavera de su último año en la universidad. Incluso le permitió acompañarlo en una de las inmersiones a la fosa de las Galápagos.

Maggie estaba impresionada por la influencia que ejercía Jonas entre sus colegas y le encantó la emoción y la sensación de aventura que proporcionaba la exploración oceánica. Diez meses más tarde, se casaron y se mudaron a California, donde Jonas recibió la oferta de incorporarse a un puesto relacionado con la Marina. A Maggie le encantó California. En un abrir y cerrar de ojos se aficionó a la vida de las celebridades y empezó a acariciar la idea de labrarse su propia carrera en los medios de comunicación. Con la ayuda de su marido, estaba segura de poder irrumpir en los *media*.

Pero entonces se produjo el desastre. Jonas pilotaba un nuevo sumergible de grandes profundidades en una expedición de alto secreto de la Marina en la fosa de las Marianas. En la tercera inmersión en la sima, fue presa del pánico y volvió a la superficie demasiado deprisa, sin respetar los tiempos de descompresión. Dos tripulantes murieron y Jonas fue declarado responsable del accidente. El informe oficial habló de «borrachera de las profundidades» y el suceso destruyó la fama de Jonas como argonauta fiable. Aquella fue su última expedición en un sumergible.

Maggie no tardó en darse cuenta de que su opción al estrellato corría peligro. Como ya no era capaz de afrontar las tensiones de las inmersiones a grandes profundidades, Jonas se enfrascó en la paleontología y se dedicó a escribir libros y estudios sobre criaturas marinas prehistóricas. Sus ingresos se redujeron rápidamente y Maggie tuvo que cambiar el estilo de vida al que se había acostumbrado. Encontró empleo a tiempo parcial como redactora independiente en varias revistas locales, pero el trabajo era un callejón sin salida. Los sueños de convertirse en una celebridad parecían haber quedado atrás y la vida, de pronto, se le hacía insoportablemente aburrida.

Fue entonces cuando Jonas le presentó a Bud Harris, su antiguo compañero de habitación en la universidad. Este tenía treinta y cinco años y había heredado recientemente la empresa naviera de su padre en San Diego. Él y Jonas habían compartido durante tres años un apartamento fuera del campus mientras estudiaban en la Universidad Estatal de Pensilvania y se habían mantenido en contacto después de la graduación.

En aquel momento, Maggie trabajaba para el *San Diego Register* y siempre andaba en busca de historias para sus columnas. Ella y Jonas pensaron que la naviera de Bud daría para un artículo interesante en el suplemento dominical. Maggie pasó un mes con Bud en el puerto y viajó con él a sus instalaciones y talleres en Long Beach, San Francisco y Honolulú. Lo entrevistó a bordo de su yate, asistió a reuniones del consejo directivo, hizo una travesía en su aerodeslizador e incluso pasó una tarde aprendiendo a navegar a vela.

El artículo que escribió fue el tema de portada de la revista y convirtió al heterodoxo y pujante millonario en una celebridad local. Su empresa de fletes de San Diego experimentó un crecimiento extraordinario. Y Bud, que no era hombre que olvidara un favor, ayudó a Maggie a conseguir un trabajo de reportera de televisión en una emisora local cuyo propietario, Fred Henderson, era compañero de regatas de Bud. Maggie empezó cubriendo informaciones de dos minutos para las noticias de las diez, pero no tardó mucho en hacerse con un puesto directivo, desde el cual producía programas semanales sobre California y el Oeste. Por fin, era ella quien estaba convirtiéndose en celebridad local.

Bud se apeó de la limusina y tendió la mano a Maggie.

—Creo que yo también debería tener un premio. ¿Qué opinas, Maggie? ¿Al productor ejecutivo?

—¡Ni soñarlo! —replicó ella, al tiempo que devolvía la copa al conductor de la limusina. El alcohol la había tranquilizado un poco y sonrió a Bud mientras el trío ascendía las escaleras—. Si empiezan a darte premios, a mí no me quedará ninguno.

Cruzaron la entrada principal del famoso hotel Coronado, bajo una pancarta amarilla que daba la bienvenida a la «Gala de concesión de los XV Premios Media de San Diego». Del techo abovedado de madera del Silver Strand Ballroom colgaban tres enormes arañas de cristal. Una pequeña orquesta tocaba en un rincón mientras los invitados, muy elegantes, picaban aperitivos y sorbían cócteles entre las mesas cubiertas con manteles blancos y dorados. Pronto se serviría la cena.

Jonas jamás habría imaginado que un día podría sentirse mal vestido luciendo traje y corbata. Maggie le había hablado de la cena hacía un mes, pero no le había dicho que era una cena de gala.

Reconoció entre los presentes a un puñado de gente de televisión, estrellas de las noticias locales. Harold Ray, que a sus cincuenta y cuatro años era el copresentador estrella del noticiario de las diez en Canal 9 Acción, saludó a Maggie con una amplia sonrisa. Ray había contribuido a conseguir la financiación de la cadena para el especial de Maggie sobre los efectos que las perforaciones petroleras en el mar causaban en las migraciones de ballenas a lo largo de la costa de California. El trabajo era uno de los tres que competían por el máximo premio en el apartado de documentales sobre temas ambientales. El de Maggie era el favorito.

—Es muy probable que esta noche te lleves el águila a casa, Maggie.

—¿Qué te hace pensar eso?

—¡Estoy casado con una de las juezas! —respondió Harold con una carcajada. Tras observar la cola de caballo de Bud, preguntó a Maggie si el joven era su marido.

—Me temo que no —respondió Bud, al tiempo que le estrechaba la mano.

—¿No es qué? ¿No es joven o no es su marido? —Ray volvió a reírse abiertamente.

—Es mi... mi productor ejecutivo —dijo Maggie con una sonrisa. Volvió la mirada hacia Jonas y añadió—: Este es mi marido.

—Jonas Taylor. Encantado de conocerlo, señor Ray.

—¿Taylor? ¿El profesor Jonas Taylor?

—Sí.

—¿No hicimos un reportaje con usted hace un par de años? Algo relacionado con huesos de dinosaurio en Salton Sea...

—Es probable. Había un montón de equipos de noticias allí. Fue un descubrimiento inusual...

—Disculpa, Jonas —lo interrumpió Maggie—. Me muero por una copa. ¿Te importaría...?

Bud levantó un dedo.

—Y un gin-tonic para mí, colega.

Jonas miró a Harold Ray.

—Para mí nada, profesor. Esta noche soy uno de los presentadores. Una copa más y empezaré a dar las noticias aquí mismo.

Jonas se abrió paso hasta la barra. En la sala de baile sin ventanas, el ambiente era húmedo y la chaqueta de lana le resultaba incómoda y calurosa. Pidió una cerveza, una copa de champán y un gin-tonic. El barman sacó del hielo una botella de Carta Blanca. Jonas se enfrió la frente con ella y tomó un largo trago. Después, miró otra vez a Maggie, que seguía riéndose con Bud y Harold.

—¿Querrá otra cerveza, señor?

Jonas miró la botella y advirtió que la había vaciado.

—Ahora tomaré uno de esos —respondió y señaló el gin-tonic.

—Nosotros también —dijo una voz a su espalda—. Con lima.

Jonas se volvió. Era el hombre calvo de las cejas pobladas, que le miraba por encima de las bifocales de montura metálica con la misma sonrisa tensa en el rostro.

—¡Qué casualidad encontrarlo aquí, doctor!

—¿Acaso me ha seguido? —Jonas lo miró con suspicacia.

—Cielos, no —respondió el individuo al tiempo que cogía un puñado de almendras de la barra. Abarcó la sala en un gesto vago y añadió—: Estoy con la prensa...

El barman trajo las copas que le habían pedido.

—¿Es candidato a algún premio? —preguntó Jonas, en tono escéptico.

—No, no. Soy un mero observador. —El hombre le tendió la mano—. David Adashek, del *Science Journal*.

Jonas le estrechó la mano con cierta reticencia.

—Su conferencia me ha entusiasmado. Es fascinante, todo eso del Mega... ¿cómo ha llamado a ese bicho?

Jonas dio un sorbo al gin-tonic con la vista fija en el periodista.

—¿Qué es lo que quiere, señor?

El hombre engulló un puñado de almendras y tomó un trago de su bebida.

—Según he deducido, hace siete años realizó usted unas inmersiones en la fosa de las Marianas por encargo de la Marina. ¿Es cierto eso?

—Quizá sí o quizá no. ¿Por qué quiere saberlo?

—Corre el rumor de que la Marina buscaba un emplazamiento para enterrar los residuos radiactivos de un programa de armas nucleares obsoleto. Estoy seguro de que mis editores tendrían mucho interés en seguir un asunto como ese.

—¿Quién le ha hablado de ello? —Jonas estaba perplejo.

—Bueno, no me lo ha dicho nadie, exactamente...

—¿Quién?

—Lo siento, profesor, pero nunca revelo mis fuentes. Dada la naturaleza clandestina de la operación, estoy seguro de que lo entiende. —Adashek se llevó a la boca otra almendra y la masticó ruidosamente, como si fuera chicle—. Pero es curioso. Hace cuatro años entrevisté a un tipo para preguntarle sobre el asunto y no conseguí sacarle una sola palabra. Sin embargo, la semana pasada apareció como caído del cielo, me llamó y me dijo que si quería saber qué sucedió, debía hablar con usted... ¿He dicho algo incorrecto, profesor?

Jonas movió la cabeza despacio y miró al individuo.

—No tengo nada que decir. Y ahora discúlpeme; me parece que ya han empezado a servir la cena.

Dio media vuelta y echó a andar hacia su mesa. Adashek se mordió el labio y observó a Jonas con los párpados entrecerrados.

—¿Otra copa, señor? —preguntó el barman.

—Sí —respondió Adashek secamente, y cogió otro puñado de almendras.

Desde el otro lado de la sala, una mirada de ojos oscuros, asiáticos, siguió a Jonas Taylor mientras cruzaba el local y le vio tomar asiento al lado de la rubia.

Cuatro horas y seis copas más tarde, Jonas contemplaba el águila de oro que ya reposaba sobre el mantel blanco de la mesa con una cámara de televisión agarrada entre sus zarpas. La filmación sobre las ballenas de Maggie había derrotado al reportaje del canal Discovery en las islas Farallon y al documental de Greenpeace sobre la industria ballenera japonesa. Las palabras de agradecimiento de Maggie habían sido, en su mayor parte, una apasionada apelación a la salvación de las ballenas. Según dijo, la preocupación por el destino de los cetáceos la había inspirado a realizar el reportaje. Jonas se preguntó si sería el único en la sala que no se creía una palabra de lo que decía.

Bud había repartido habanos. Harold Ray pronunció un brindis. Fred Henderson se acercó a ofrecer sus felicitaciones y a decir que si él mismo no andaba con cuidado, alguna emisora principal de Los Ángeles le birlaría a Maggie. Ella fingió desinterés, pero Jonas sabía que circulaban rumores... que ella misma había difundido.

El baile estaba en su apogeo. Maggie tomó a Bud de la mano y lo condujo a la pista, segura de que Jonas no pondría objeciones. ¿Cómo iba a hacerlo? A su marido no le gustaba bailar.

Jonas se quedó solo en la mesa, saboreando el hielo del vaso y tratando de recordar cuántas ginebras había bebido en las últimas tres horas. Estaba cansado, tenía un ligero dolor de cabeza y todos los síntomas apuntaban a que la velada aún se prolongaría bastante. Se levantó y anduvo hasta la barra.

Harold Ray estaba allí otra vez. En aquel momento recogía una botella de vino y dos copas.

—¿Qué tal lo de Baja California, profesor?

Por un momento, Jonas se preguntó si el hombre estaba bebido.

—¿Cómo dice?

—El crucero.

—¿Qué crucero? —Mostró el vaso al barman y pidió que lo volviera a llenar.

Ray soltó una carcajada.

—Ya se lo dije a su mujer: tres días no son unas vacaciones. Fíjese, usted ya se ha olvidado.

—¡Oh!, habla usted de... de la semana pasada. —Y entonces cayó en la cuenta. El viaje a San Francisco. El bronceado—. Me temo que no lo disfruté tanto como Maggie.

—¿Demasiadas margaritas?

—No, yo no bebo —declaró Jonas.

El barman le entregó su siguiente gin-tonic.

—Yo tampoco —dijo Ray, y soltando una nueva carcajada volvió a su mesa.

Jonas contempló largamente el vaso que tenía en la mano y buscó con la mirada a Maggie en la pista. La orquesta tocaba *Crazy*. Las luces habían bajado de intensidad y las parejas bailaban. Vio a Maggie y a Bud, apretados el uno contra el otro como un par de borrachos. Las manos de Bud le acariciaban la espalda y descendían, indiscretas. Maggie corrigió inconscientemente la posición de las manos de Bud y las colocó sobre sus nalgas.

Jonas dejó el vaso en la barra y se abrió paso con torpeza entre las parejas que bailaban. Maggie y Bud seguían abrazados, olvidados del mundo y con los ojos cerrados. Posó la mano en el hombro de Bud. La pareja dejó de bailar y se volvió hacia él.

—¿Jonas? —Bud miró a su amigo y en su rostro apareció una mueca de temor.

Jonas le soltó un seco directo a la mandíbula y varias mujeres chillaron mientras Bud tropezaba con otra pareja y rodaba por el suelo. Los músicos dejaron de tocar.

—Quita las manos del culo de mi mujer.

—¿Te has vuelto loco? —Maggie contempló a su marido con perplejidad.

—Hazme un favor, Maggie. La próxima vez que hagas un crucero a Cabo, no vuelvas.

Jonas se frotó los nudillos, se volvió y abandonó la pista. La sala daba vueltas a su alrededor por efecto del alcohol mientras se encaminaba hacia la salida.

Dejó atrás el vestíbulo y, ya en el exterior, se quitó la corbata. Un botones uniformado le pidió el recibo del aparcamiento.

—No llevo coche.

—¿Le llamo un taxi, entonces?

—No lo necesita. Yo lo acompañaré. —Terry Tanaka apareció en la puerta, detrás de él.

—¿Tú? ¡Por dios, las desgracias nunca vienen solas! Qué, Terry, ¿aún no te has cansado de acosarme?

—Está bien —respondió ella con una sonrisa—. Me lo merezco, pero no intentes golpearme o te tumbo de espaldas.

Jonas se sentó en el bordillo y se pasó los dedos por el cabello. Sentía palpitaciones en las sienes.

—¿Qué quieres?

—Te he seguido hasta aquí. Lo siento, pero no ha sido idea mía, créeme. Mi padre insistió.

Jonas volvió la mirada hacia la puerta.

—No es el mejor momento, precisamente...

—Se trata de esto. —Terry Tanaka le mostró una fotografía.

Él estudió la imagen y miró otra vez a la mujer.

—¡Pero...! ¿Quién... qué fue lo que hizo eso?

UNIS

Jonas aceptó que lo llevara a casa y alivió el dolor de los nudillos sacando la mano por la ventanilla para refrescarla con el viento.

Con los ojos fijos en la ruta, continuó estudiando la fotografía mentalmente.

Tomada a casi doce mil metros bajo la superficie del Pacífico occidental, en las aguas de los profundos cañones de la fosa de las Marianas, la fotografía en blanco y negro mostraba un UNIS, un sumergible no tripulado para la recogida de información náutica. Jonas estaba perfectamente al tanto de las investigaciones más recientes sobre aquellos admirables robots, aparatos sensores manejados por control remoto que se utilizaban para medir las condiciones en el lecho oceánico. En un proyecto conjunto japonés-americano para la detección de terremotos, se habían distribuido veinticinco UNIS esféricos de titanio a lo largo de doscientos kilómetros de la fosa de las Marianas para medir los temblores en el fondo del cañón submarino más profundo del mundo.

—El despliegue fue un éxito —le dijo Terry cuando

alcanzaron la autopista—. Incluso mi padre estaba satisfecho.

Masao Tanaka y el Instituto Oceanográfico Tanaka de Monterrey habían diseñado los UNIS para el proyecto conjunto. A las dos semanas del despliegue, el *Kiku*, el navío de superficie del instituto, recibía un flujo permanente de datos y, a ambos lados del Pacífico, los científicos empezaban a estudiar la información con avidez. Entonces, algo se torció.

—Tres semanas después del despliegue —explicó Terry—, los japoneses llamaron para decir que uno de los robots UNIS había dejado de trasmitir. Una semana más tarde, otras dos unidades enmudecieron. Cuando se detuvo otra al cabo de pocos días, mi padre decidió que había que hacer algo. —Miró a Jonas y continuó—: Y envió abajo a mi hermano en el *Abyss Glider*.

—¿A D.J.?

—Es el piloto más experimentado que tenemos.

—Nadie debería bajar en solitario a esa profundidad.

—Eso mismo le dije a mi padre. Que yo debería haber ido con él en el otro *Glider*.

—¿Tú?

—¿Tienes algo que decir? —Terry le dedicó una mirada furibunda—. ¡Para que lo sepas, soy una piloto magnífica!

—Estoy seguro de ello, pero ¿a casi doce mil metros? ¿Cuál es el descenso máximo que has realizado en solitario?

—He llegado a cinco mil dos veces, sin problemas.

—No está mal —reconoció Jonas.

—No está mal para una mujer, ¿no es eso?

—Vamos, no quiero que le suceda nada a nadie. Muy

pocas personas han bajado a tanta profundidad. Maldita sea, Terry, no te lo tomes así.

—Lo siento —dijo ella con una sonrisa—. Es que resulta frustrante, ¿sabes? Papá es un japonés chapado a la antigua, muy estricto. Las mujeres son para contemplar, no se deben escuchar. Sigue cerrado en esa clase de opiniones.

—Continúa, pues. ¿Y qué tal le fue a D.J. en la fosa?

—Bien. Encontró el UNIS y lo filmó todo. La foto procede del vídeo.

Jonas echó otra ojeada a la fotografía. Mostraba uno de los sumergibles volcado de costado en el fondo del cañón. La esfera había sido reventada desde fuera. El trípode sobre el que se sostenía tenía las patas dobladas, un brazo atornillado al cuerpo central aparecía arrancado y la cubierta de titanio de la propia esfera estaba abollada y rayada de mala manera.

—¿Dónde está la placa del sonar?

—D.J. la encontró cuarenta metros corriente abajo, la recuperó y está en el instituto, en Monterrey. Por eso vine aquí. A mi padre le gustaría que le echases un vistazo.

Jonas la miró con aire escéptico.

—Puedes tomar el avión conmigo mañana por la mañana —le propuso Terry—. Regreso a las ocho en el avión del Instituto.

Sumido en sus pensamientos, Jonas casi se olvidó de indicar cuál era su casa.

—Ahí, a la izquierda.

Terry tomó el camino privado de la residencia, largo y sembrado de hojarasca, y aparcó delante de una hermosa casa de estilo colonial español escondida entre el follaje. Cuando Terry apagó el motor, Jonas se volvió y frunció el entrecejo:

—¿Eso es todo lo que quiere tu padre? ¿Nada más?

—Hasta donde yo sé —asintió Terry tras una breve pausa—. No sabemos qué sucedió ahí abajo. Mi padre cree que podrías proporcionarnos algunas respuestas, darnos tu opinión profesional...

—Mi opinión profesional es que debes abstenerte de bajar a la fosa de las Marianas. Es demasiado peligroso explorarla, sobre todo en un sumergible individual.

—Eh, vamos, doctor Jonas Taylor, tú quizá hayas perdido el coraje después de tantos años de retiro, pero D.J. y yo, no. ¿Qué te ha sucedido? Yo solo tenía diecisiete años cuando nos conocimos, pero te recuerdo lleno de energía.

—Terry, esa fosa es demasiado profunda y demasiado peligrosa.

—¿Demasiado peligrosa? ¿De qué tienes miedo, de un gran tiburón blanco de veinte metros? Déjame decirte algo, Jonas. Los datos recogidos durante las dos primeras semanas son valiosísimos. Si el sistema de detección de terremotos funciona, salvará miles de vidas. ¿Tan ocupado estás que no puedes tomarte un día para ir al Instituto? Mi padre te necesita. Examina la grabación del sonar y revisa el vídeo que grabó mi hermano y estarás de vuelta en casa con tu querida esposa mañana por la noche. Estoy seguro de que mi padre incluso te llevará a visitar su nueva instalación para cetáceos.

Jonas hizo una profunda inspiración. Consideraba a Masao Tanaka un amigo, algo de lo que parecía andar escaso últimamente.

—¿Cuándo saldríamos? —preguntó.

—Podemos encontrarnos en la terminal del puente aéreo mañana por la mañana, a las siete y media en punto.

—El puente aéreo... ¿Vamos a tomar uno de esos saltacharcos? —A Jonas no se le veía muy convencido.

—Tranquilo. Conozco al piloto. Nos veremos por la mañana. —Terry lo miró un momento más; a continuación, dio media vuelta y regresó al coche.

Jonas se quedó donde estaba y la vio alejarse.

Jonas cerró la puerta y encendió la luz. Durante unos momentos, se sintió un extraño en su propia casa. Reinaba un silencio absoluto. En el aire flotaba un rastro del perfume de Maggie. Ella tardaría bastante en regresar, se dijo.

Entró en la cocina y sacó la botella de vodka del congelador, pero cambió de idea. Conectó la cafetera, cambió el filtro y añadió unas cucharadas de café; a continuación, echó el agua. Abrió el grifo, tomó un poco de agua y se enjuagó la boca. Después, se quedó un momento ante el fregadero, contemplando la oscuridad a través de la ventana trasera mientras el café hervía. Fuera, era negra noche. Lo único que alcanzaba a ver era su reflejo en el cristal.

Cuando el café estuvo preparado, cogió un tazón y la cafetera y se dirigió a su estudio.

Su santuario. La única sala de la casa que era suya de verdad. Las paredes estaban cubiertas de planos batimétricos de las plataformas continentales de los océanos, de las cordilleras submarinas, de las llanuras abisales y de las simas marinas. Varios dientes de *Megalodon* adornaban las mesas. Unos, verticales en urnas de cristal; otros, horizontales sobre pilas de hojas de anotaciones, como pisapapeles. Un cuadro enmarcado de un gran tiburón blanco colgaba sobre el escritorio y, junto a él, un diagrama anatómico de los órganos internos del animal.

Jonas dejó el tazón junto al ordenador y se colocó ante el teclado. Desde encima del monitor, colgadas del techo, las mandíbulas de un gran tiburón blanco de cuatro metros se abrían amenazadoras. Pulsó unas teclas para acceder a Internet y escribió la dirección de la red del Instituto Oceanográfico Tanaka.

Titanio. Incluso a Jonas le resultaba difícil de creer.

Búhos nocturnos

Jonas dio unos sorbos al café y esperó a que apareciera el menú en la pantalla. Tecleó la palabra: UNIS.

> UNIS: Sumergible no tripulado para la recogida de información náutica.
>
> Diseñado y desarrollado originalmente en 1979 por Masao Tanaka, director y presidente del Instituto Oceanográfico Tanaka, para el estudio de las poblaciones de ballenas. Reconfigurado en 1997 en colaboración con el Centro Japonés de Ciencia y Tecnología Marinas (JAMSTEC) para el registro y seguimiento de las perturbaciones sísmicas a lo largo de las fosas marinas.
>
> Cada unidad UNIS va protegida por una cubierta externa de titanio de ocho centímetros de grosor. La unidad, que se apoya en tres patas y pesa mil doscientos kilos, está diseñada para resistir presiones de dos mil setecientos kilos por centímetro cuadrado. El UNIS comunica la información al buque de superficie por medio de un cable de fibra óptica.

INSTRUMENTAL DEL UNIS

Campos eléctricos	Topografía
Equipo sísmico	Salinidad
Depósitos de minerales	Temperatura del agua

Jonas revisó los informes de ingeniería sobre los detalles de los UNIS, impresionado por la sencillez del diseño. Situados a lo largo de una línea de falla sísmica, aquellos sumergibles no tripulados conseguían detectar los signos reveladores de un terremoto inminente.

El sur de Japón tiene la desgracia de estar localizado geográficamente en la zona de convergencia de tres placas tectónicas. Periódicamente, estas se desplazan una contra otra, lo cual provoca casi una décima parte de los seísmos que se producen en el mundo. En 1923, un terremoto devastador mató a más de ciento cuarenta mil personas.

En 1994, Masao Tanaka buscaba desesperadamente financiación para completar su proyecto soñado: un enorme estanque para cetáceos o santuario de ballenas. El JAMSTEC accedió a financiar el proyecto en su integridad si el Instituto Tanaka proporcionaba veinticinco unidades UNIS para medir la actividad sísmica en la sima Challenger. Tres años más tarde, los aparatos habían sido desplegados con éxito. Sin embargo, al cabo de unas semanas de trasmitir datos de gran importancia al navío de superficie, situado once kilómetros más arriba, algo falló. Ahora, Masao Tanaka necesitaba la ayuda de Jonas para recuperar uno de los sumergibles dañados y descubrir la causa de los fallos.

Jonas tomó un largo trago de café. «La sima Challenger», pensó. Los expertos en geografía submarina la denominaban «la antecámara del infierno». Él la llamaba «infierno», sin más.

A treinta kilómetros de distancia, Terry Tanaka, recién duchada y envuelta en la toalla del hotel, se sentó en el borde de su cama de matrimonio en la habitación del Holiday Inn. Taylor la había puesto realmente fuera de sí; era un hombre terco con profundas convicciones machistas. Como Terry no entendía por qué su padre había insistido en que el equipo necesitaba la colaboración de Jonas, decidió que debía revisar el expediente personal del profesor Taylor.

Conocía de memoria los datos principales. Había estudiado en la Universidad Estatal de Pensilvania y obtenido títulos de posgrado en la Universidad de California, en San Diego, y en el Instituto Oceanográfico Woods Hole. Era antiguo profesor numerario del Instituto Scripps y autor de tres libros sobre paleobiología. Jonas Taylor también estaba considerado uno de los pilotos de sumergible más experimentados del mundo... ¿Y qué sucedió entonces? Terry buscó en el expediente. Durante los años ochenta, el doctor Taylor había pilotado el sumergible *Alvin* en diecisiete ocasiones, a lo largo de múltiples exploraciones en cuatro fosas submarinas diferentes... Y de pronto, hacía siete años, alguna razón desconocida lo llevó a apartarse de todo aquello.

—Absurdo —dijo en voz alta. Cuando pensó de nuevo en la conferencia de la tarde, recordó al individuo de cejas pobladas que prácticamente había acusado a Jonas de pilotar una expedición a la fosa de las Marianas. Pero en el expediente personal de este no había la menor mención ni indicación de ningún descenso a la sima Challenger.

Dejó a un lado el expediente y conectó el ordenador portátil. Introdujo su código personal y accedió a los ordenadores del instituto.

Escribió: «Fosa de las Marianas».

NOMBRE DE ARCHIVO:
FOSA DE LAS MARIANAS

SITUACIÓN:
Océano Pacífico occidental, al este de Filipinas, cerca de la isla de Guam.

DATOS:
La depresión más profunda conocida de la Tierra mide 11.034 metros de profundidad máxima, 2.500 kilómetros de longitud y 70 kilómetros de anchura media, lo que la convierte en el abismo más profundo de la Tierra y en el segundo más largo. La zona de máxima profundidad de la fosa se denomina sima Challenger en honor a la expedición del *Challenger II*, que la descubrió en 1951. Nota: un peso de un kilo arrojado al agua sobre la fosa tardaría más de una hora en llegar al fondo.

EXPLORACIÓN (TRIPULADA):
El 23 de enero de 1960, el batiscafo *Trieste* descendió a 10.911 metros, hasta casi tocar el fondo de la sima Challenger. A bordo iban el oceanógrafo suizo Jacques Piccard y el teniente de la Marina de Estados Unidos Donald Walsh. El mismo año, el batiscafo francés Archimède completó una inmersión similar. En ambos casos, los batiscafos se limitaron a descender y regresar al navío de superficie.

EXPLORACIÓN (NO TRIPULADA):
En 1993, los japoneses botaron el *Kaiko*, un robot submarino sin tripulantes, que descendió hasta 10.910 metros y se perdió a un metro del récord del *Trieste*. En 1997, el Instituto Oceanográfico Tanaka ha desplegado 25 sumergibles automáticos UNIS.

Terry estudió el archivo. Allí no había nada sobre Jonas Taylor. Tecleó: «Exploración Naval».

EXPLORACIÓN NAVAL: (VER) *TRIESTE*, 1960
SEACLIFF, 1990

¿*Seacliff*? ¿Y cómo era que aquel nombre no aparecía en los datos anteriores? Continuó buscando.

SEACLIFF: ACCESO DENEGADO.
AUTORIZADO SOLO PARA PERSONAL DE LA MARINA.

Terry intentó acceder al archivo durante varios minutos, pero fue inútil.

Por último, apartó a un lado el portátil y pensó en la conferencia de la tarde. Su primer encuentro con Jonas Taylor había tenido lugar hacía diez años en un simposio que se celebraba en el instituto de su padre. Jonas estaba invitado a pronunciar una conferencia sobre el sumergible *Alvin*. Entonces Terry tenía diecisiete años y trabajaba junto a su padre en la organización del simposio, coordinando el transporte y los trámites hoteleros de más de setenta científicos de todo el mundo. Había reservado el pasaje de Jonas y se había ocupado personalmente de recibirlo en el aeropuerto. Recordó que se había enamorado al instante, como una colegiala, de aquel piloto de las profundidades con un cuerpo tan atlético. Terry volvió a observar la foto del expediente.

La tarde anterior, el profesor Taylor había parecido seguro de sí mismo, pero, en cierto modo, algo indefenso. Su rostro, agraciado y bronceado, mostraba algunas arrugas más de la cuenta en torno a los ojos. Sus cabellos, castaño oscuro, empezaban a platearle las sienes. Terry le calculó en torno a un metro ochenta y cinco de estatura. Y aún conservaba su apostura atlética.

¿Qué le había sucedido?, se preguntó la muchacha. ¿Por qué había insistido su padre en que lo localizara? Si hubiera dependido de Terry, la participación de Jonas Taylor en el proyecto UNIS ni siquiera se habría planteado.

Jonas despertó con la ropa aún puesta. Un perro ladraba en el vecindario. Entreabrió los ojos para consultar el reloj. Las seis de la mañana. Estaba tendido en el sofá de su despacho con una resma de hojas impresas de ordenador esparcida en torno a él. Se incorporó y con el pie volcó el tazón casi vacío de café, manchando de marrón la alfombra beis. Le dolía la cabeza y se frotó los ojos enrojecidos. Luego volvió a fijarlos en el monitor, que mostraba el salvapantallas. Dio un golpecito al ratón y en la pantalla apareció, con un fulgor mortecino, un diagrama del interior de un UNIS. Entonces, los recuerdos invadieron su mente.

El perro dejó de ladrar. En la casa reinaba un silencio inusual. Jonas se levantó del sofá, salió al pasillo y anduvo hasta el dormitorio principal.

Maggie no había vuelto. La cama de matrimonio estaba intacta.

Monterrey

Terry lo vio cruzar el asfalto desde el aparcamiento hasta el lugar donde ella se encontraba.

—Buenos días, profesor —le dijo, elevando el tono de voz—. ¿Qué tal la cabeza? —añadió con una sonrisa.

Jonas se cambió de hombro el macuto.

—Baja la voz —dijo. Observó el avión con recelo—. No me dijiste que era tan... tan pequeño.

—No lo es. Para tratarse de un Beechcraft.

Terry estaba realizando las comprobaciones previas al vuelo. El avión era un biturbo con el logotipo de una ballena y las letras «I.O.T.» pintadas en el fuselaje.

Jonas dejó el macuto en el suelo y miró a su alrededor.

—¿Dónde está el piloto?

Con los brazos en jarras, Terry le sonrió.

—¿Tú? —exclamó él.

—¡Oh, vamos!, no empieces otra vez con ese rollo. ¿No irás a montar una pataleta?

—No, es solo que...

Terry volvió a concentrarse en la inspección.

—Para tu tranquilidad, te diré que llevo seis años pilotando —comentó.

Jonas asintió, inquieto. Saberlo no le hacía sentirse más seguro. Solo más viejo.

—¿Te encuentras bien? —preguntó la muchacha mientras él intentaba ajustarse el cinturón de seguridad. Jonas estaba un poco pálido. No había dicho una palabra desde que había subido al avión—. Si prefieres sentarte atrás, hay espacio para acostarse. Las bolsas para el mareo están en la bolsa lateral —añadió con una sonrisa.

—Estás pasándotelo en grande.

—No pensaba que un piloto de sumergibles experimentado como tú fuera tan impresionable.

—Supongo que estoy acostumbrado a llevar yo los mandos. Despega de una vez. Sentado aquí delante estaré bien.

Sus ojos estudiaron de forma impulsiva los cuadrantes y medidores del panel de control. La cabina era un poco estrecha y el copiloto, en su asiento, quedaba casi encajado contra el parabrisas.

—No se puede retirar más —le dijo Terry cuando lo vio buscar una palanca para ajustar el asiento.

—Necesito un vaso de agua.

La muchacha observó sus manos temblorosas y lo miró a los ojos.

—Atrás, en el armario verde.

Jonas se puso en pie y volvió a la cabina de pasajeros con paso vacilante.

—Hay cerveza en el frigorífico —gritó ella.

Jonas abrió la cremallera del macuto, buscó el botiquín y sacó un frasco de medicina ámbar lleno de píldoras amarillas. Para la claustrofobia. El médico le había diagnosticado el problema después del accidente. Era una reacción psicosomática a la tensión que había soportado. Un piloto de sumergibles claustrofóbico era tan inútil como un buzo con vértigo. Son cosas totalmente incompatibles.

Engulló dos píldoras con agua de un vaso de papel. Contempló su mano temblorosa y estrujó el vaso entre los dedos. Cerró los ojos un momento y respiró profundamente. Cuando abrió los párpados, despacio, y miró de nuevo el vaso aplastado en la palma de la mano, ya no temblaba.

—¿Estás bien? —preguntó Terry a través de la puerta de la cabina.

Jonas dirigió la vista hacia ella:

—Ya te he dicho que sí.

El vuelo a Monterrey duró dos horas y media. Jonas se tranquilizó y empezó a disfrutarlo. A la altura de Big Sur, Terry divisó un par de ballenas que emigraban hacia el sur siguiendo la costa.

—Azules —comentó.

—Camino de Baja —asintió él mientras observaba a los cetáceos.

—Escucha, Jonas. Respecto a la conferencia, no pretendía ser tan áspera. Es solo que papá insistió en que fuera a buscarte y, con franqueza, no veo la necesidad de hacerte perder el tiempo. Me refiero a que no necesitamos otro piloto...

—Mejor, porque no me interesaría el puesto, si me lo ofrecierais.

—Pues no. —Terry notó que empezaba a hervirle la sangre otra vez—. ¿Y no podrías, tal vez, convencer a mi padre para que me permita seguir a D.J. en el segundo *Abyss Glider*?

—Paso. —Jonas no apartó la mirada del cristal.

—¿Por qué?

—En primer lugar, no te he visto nunca pilotar un submarino, lo cual es muy distinto a llevar un avión. Ahí abajo hay mucha presión...

—¿Presión? ¿Quieres presión? —Terry se había hartado. Tiró de la palanca de dirección y forzó al Beechcraft a dar una serie de giros ceñidos de trescientos sesenta grados para, a continuación, poner el pequeño reactor en un picado vertiginoso.

El aparato se equilibró a quinientos metros del suelo mientras Jonas vomitaba en el tablero de mandos.

El periodista

David Adashek se ajustó las bifocales de montura metálica y llamó a la puerta doble de la suite 810. No hubo respuesta. Llamó otra vez, más fuerte en esta ocasión.

La puerta se abrió y tras ella apareció una adormilada Maggie Taylor, cubierta solo con un salto de cama blanco, desanudado, que dejaba a la vista su bronceado.

—¡David! Cielos, ¿qué hora es?

—Casi mediodía. ¿Una noche agitada?

Aún medio dormida, ella sonrió:

—No tanto como la de mi marido, estoy segura. Siéntate. —Señaló un par de sillones blancos colocados ante un gran televisor en el salón.

—Bonita suite. ¿Dónde anda Bud?

Maggie se enroscó en el sofá del fondo, frente a Adashek.

—Salió hace un par de horas. Se te dio muy bien eso de importunar a Jonas en la conferencia.

—¿Es necesario todo esto, Maggie? Parece un tipo bastante decente...

—¡Pues cásate tú con él! Yo, después de casi diez años, ya tengo bastante.

—¿Por qué no te limitas a divorciarte y acabas con esto de una vez?

—No es tan sencillo. Mi agente dice que, ahora que soy objeto de la atención pública, debo andarme con mucho cuidado con mi imagen. Jonas todavía tiene muchos amigos en la ciudad y ha de quedar como un lunático. La gente tiene que creer que el divorcio lo provoca su comportamiento. Lo de anoche estuvo muy bien, para empezar.

—¿Y qué viene a continuación?

—¿Dónde está Jonas ahora?

Adashek sacó su bloc de notas:

—Esa mujer, Terry Tanaka, lo llevó a casa...

—¿Jonas? ¿Con otra mujer? —Maggie soltó una carcajada histérica.

—Sencillamente, lo llevó a vuestra casa a la salida de los premios. Todo muy inocente. Esta mañana lo he seguido hasta el aeropuerto. Se dirigían a Monterrey. Supongo que a ese nuevo estanque para ballenas que construye el Instituto Oceanográfico Tanaka.

—Bien, quédate con él y mantenme informada. A finales de la próxima semana quiero que hagas público el asunto de la Marina. Y subraya el hecho de que dos de los tripulantes murieron. Una vez aparezca la historia, me harás una entrevista en profundidad y, a continuación, presentaré la demanda de divorcio alegando humillación pública y demás.

—Tú mandas. Escucha, si tengo que seguir a Jonas, necesitaré más dinero.

Maggie sacó un grueso sobre del bolsillo de la fina bata.

—Bud dice que guardes los recibos.

Sí, pensó Adashek. Seguro que los necesitaba.

El estanque

—Ahí está.

Terry señaló un lugar de la costa mientras descendían hacia la reluciente bahía de Monterrey.

Jonas dio un sorbo al refresco caliente, con el estómago todavía revuelto después de la pequeña exhibición aérea de Terry. Le dolía la cabeza y ya había decidido marcharse tan pronto hubiera saludado a Masao. Si de él dependiera, Terry sería la última persona que él recomendaría a Masao Tanaka para descender al fondo de la sima Challenger.

Jonas miró hacia abajo y contempló, a su derecha, el estanque artificial vacío situado en una finca de quince kilómetros cuadrados que lindaba con la costa, al sur de Moss Landing. Desde el aire parecía una gigantesca piscina ovalada. Paralela al océano, la construcción medía más de un kilómetro de longitud y casi medio de anchura. Tenía una profundidad de aproximadamente treinta metros en el centro y unos muros de dos pisos de altura con unas enormes ventanas de metacrilato en los extremos. Un canal de cemento conectaba el punto central del muro del estanque que daba al océano con las aguas profundas del Pacífico.

La instalación aún no contenía agua. Los obreros de la construcción se afanaban como hormigas en los muros y en los andamios. Si se mantenían los plazos previstos, faltaba menos de un mes para que se abriera la compuerta del canal y el estanque se llenara de agua del mar. Sería el mayor acuario artificial del mundo.

—Si no lo hubiera visto con mis propios ojos, no lo habría creído —comentó Jonas durante la aproximación al aeropuerto.

Terry sonrió con indisimulado orgullo. Para Masao Tanaka, la construcción del acuario se había convertido en el trabajo de su vida. Concebido como un laboratorio viviente, el estanque serviría de espacio natural protegido para sus futuros habitantes, las mayores criaturas conocidas que hayan existido nunca sobre la Tierra. Cada invierno, decenas de miles de mamíferos marinos emigraban a través de las aguas costeras de California para aparearse.

Cuando estuviera listo, el acuario abriría sus puertas para acoger a los gigantescos cetáceos: las ballenas grises, jorobadas e incluso, tal vez, a las ballenas azules, tan amenazadas de extinción.

El sueño de Masao estaba haciéndose realidad.

Tres cuartos de hora después, Jonas saludaba sonriente al impulsor del proyecto.

—¡Jonas! ¡Dios mío, cuánto me alegro de verte! —Masao, a quien Taylor sacaba toda la cabeza, estaba radiante de felicidad—. Déjame que te mire. ¡Ah!, tienes un aspecto horrible. Y hueles aún peor. ¡Ja! ¿Qué te pasa? ¿No te gusta volar con mi hija?

—No. A decir verdad, no. —Jonas dedicó una mirada asesina a la chica. Masao también se volvió hacia ella.

—¿Terry?

—Fue culpa suya, papá. No es cosa mía si es incapaz de afrontar la tensión. Nos veremos en la sala de proyecciones.

La muchacha abandonó el estanque en dirección al edificio de tres pisos situado al final de la construcción.

—Discúlpame, Taylor-*san*. Terry es muy testaruda y algo rebelde. Resulta difícil educar a una hija sin un modelo femenino en el que basarse.

—Olvídalo, Masao. En realidad, he venido a ver este proyecto tuyo. Es asombroso.

—Más tarde te lo mostraré con detalle. Vamos, te buscaremos una camisa limpia y luego quiero que conozcas a mi ingeniero jefe, Alphonse DeMarco, que está revisando el vídeo que grabó D.J. en la fosa. Necesito que me des tu opinión.

Jonas siguió a Masao hasta la sala de proyecciones y entraron en la estancia a oscuras, donde Terry y DeMarco ya estaban visionando la filmación. Jonas tomó asiento junto a la chica y DeMarco saludó a Masao.

El vídeo mostraba un foco de luz que penetraba en las aguas oscuras pero nítidas de la fosa abisal. Entonces apareció en pantalla la unidad UNIS accidentada. Estaba tumbada de lado al pie de un talud, encajada entre rocas y fango.

Alphonse DeMarco miró atentamente el monitor del aparato de montaje de vídeo.

—D.J. la encontró a cien metros de la posición inicial.

Jonas se levantó y se acercó a la pantalla.

—¿Qué cree usted que sucedió?

DeMarco no apartó la vista del monitor mientras el haz de luz barría la superficie metálica abollada del sumergible inutilizado.

—La explicación más sencilla es que lo afectó un deslizamiento de tierras.

—¿Un deslizamiento?

—Son bastante habituales allí abajo, como usted bien sabrá...

Jonas dio unos pasos hasta la mesa situada detrás de ellos. Sobre ella estaba la mitad recuperada de la placa de sonar, como una pieza mutilada de escultura abstracta. Jonas tocó el borde desgarrado de la plancha metálica.

—Es una envoltura de titanio que cubre unos soportes de acero de diez centímetros de grosor. He visto los datos de resistencia a la tensión...

—La envoltura tal vez se haya agrietado a causa de un impacto. Las corrientes son increíblemente fuertes, ahí abajo.

—¿Hay algún indicio de que sucediera lo que dice?

—La unidad UNIS registró un aumento de turbulencias casi dos minutos antes de que se perdiera el contacto.

—¿Qué hay de las demás? —Jonas se volvió hacia DeMarco.

—De los otros sumergibles que hemos perdido, dos registraron cambios parecidos en las turbulencias poco antes de fallar. Si esta unidad ha sufrido los efectos de un deslizamiento de tierras, cabe suponer que a las otras les ha podido suceder lo mismo.

Jonas se concentró en el monitor:

—Han perdido cuatro —dijo—. Que todos los casos se deban a deslizamientos de tierras va contra el cálculo de probabilidades, ¿no le parece?

DeMarco se quitó las gafas y se frotó los ojos, como si no fuera la primera vez que oía tal argumentación. Masao la había esgrimido más de una vez en sus conversaciones con el ingeniero.

—Ya sabíamos que las fosas presentan actividad sísmica. Los deslizamientos rompen continuamente los cables que cruzan otros cañones abisales. Todo esto significa que la fosa de las Marianas es aún más inestable de lo que pensábamos.

—Los corrimientos de tierras suelen ir precedidos de cambios en las corrientes de las profundidades oceánicas —intervino Terry.

—Jonas —dijo Masao—, todo este proyecto depende de nuestra capacidad para determinar qué les sucedió a esas unidades y para corregir la situación de inmediato. He decidido que debemos recuperar esa UNIS, pero mi hijo no puede hacer el trabajo en solitario. El rescate precisa de dos sumergibles que actúen en equipo: uno para despejar los restos y sujetar la UNIS mientras el segundo la engancha al cable de recogida...

—¡Papá! —Terry comprendió de pronto por qué su padre había insistido en localizar a Jonas.

—¡Alto! ¡Detenga la cinta! —Jonas había visto algo en el monitor—. Vuelva atrás un poco —indicó al técnico—. Ahí está bien. Siga adelante.

El grupo observó la imagen cambiante de la pantalla. El foco del sumergible rodeó la unidad esférica UNIS hasta iluminar el otro lado, enterrado en parte entre las rocas y el barro. La luz se reflejaba en los restos junto a la base de la sonda.

—¡Ahí! —exclamó Jonas. El técnico congeló la imagen y Jonas señaló un pequeño fragmento blanco clavado bajo la UNIS—. ¿Puede ampliar eso?

El hombre pulsó unos botones y en el monitor apareció un recuadro. Con el ratón, situó el recuadro sobre el objeto y pulsó las órdenes para que ocupara la pantalla completa. La imagen se amplió, pero se hizo menos nítida.

—Es un diente —afirmó.

DeMarco se acercó más y estudió la imagen detenidamente.

—Está chiflado, Taylor.

—¡DeMarco! —intervino Masao en tono enérgico—. Muestre el debido respeto a nuestro invitado.

—Lo siento, señor Tanaka, pero lo que dice el profesor es imposible. ¿Lo ve? —Señaló un tornillo que colgaba de un soporte de acero—. Es un tornillo de un travesaño y mide siete centímetros —explicó. Luego señaló el objeto blanco difuso que se apreciaba debajo—. Eso significa que el... que la cosa esa, sea lo que fuere, mide dieciocho o veinte centímetros, por lo menos. —Se giró hacia Masao—. No existe ningún animal en la Tierra con unos dientes tan grandes.

Jonas echó otro vistazo a la fotografía de la imagen ampliada que tenía en la mano mientras, junto a Terry, seguía al padre de la muchacha por el pasillo que conducía al enorme estanque-acuario. Terry había localizado una camiseta del personal para el profesor.

—Aunque resulte ser un diente, ¿cómo sabemos que no acaba de quedar al descubierto con el derrumbe? —preguntó la muchacha.

—No lo sabemos. Pero fíjate en ese color blanco. Todos los dientes de *Megalodon* que hemos descubierto son grises o negros. Uno blanco indicaría que su propietario ha muerto hace poco, o que podría estar vivo todavía.

—Desde luego, parece que todo esto te interesa mucho —apuntó Terry intentando no rezagarse.

Jonas se detuvo.

—Terry, debo recuperar ese diente. Es muy importante para mí.

La muchacha lo miró a los ojos:

—De ninguna manera. Si alguien ha de bajar con mi hermano, seré yo. ¿Por qué es tan importante para ti?

Antes de que Jonas pudiera responder, Masao los llamó:

—¡Eh, dejad de remolonear! ¡Jonas, si quieres ver el estanque, date prisa!

Llegaron a una puerta por la que se cruzaba la gran pared del acuario y entraron en el gigantesco recinto. Jonas se detuvo, asombrado de su tamaño.

Masao Tanaka se plantó delante de ellos con gesto orgulloso y una sonrisa forzada en los labios.

—Hemos hecho un buen trabajo, ¿verdad, amigo mío?

Jonas solo pudo asentir con un gesto. Masao se volvió de espaldas a él y a su hija.

—Este estanque —continuó— ha sido mi sueño desde que tenía seis años. Casi sesenta años de trabajo, Jonas. He hecho cuanto he podido y he puesto en el proyecto todo lo que tengo. —Miró de nuevo a Jonas y a Terry con lágrimas en los ojos y añadió—: Es una lástima que no vaya a inaugurarse nunca.

Masao

Jonas se acomodó en la silla de bambú y levantó la vista hacia la puesta de sol que besaba el horizonte del Pacífico. Masao Tanaka había construido su casa en las montañas de Santa Lucía, en el valle de Big Sur, en California. La brisa fresca del océano y la espléndida panorámica resultaban embriagadoras y relajaron a Jonas por primera vez desde hacía mucho tiempo.

Los Tanaka lo habían invitado a pasar la noche allí. Terry, a petición de su padre, estaba en la cocina preparando una fuente de langostinos para la barbacoa. Masao salió de la casa, comprobó el funcionamiento de la parrilla a gas y, tras rodear la piscina, se sentó al lado de Jonas.

—Terry dice que la cena no tardará. Espero que tengas hambre, porque mi hija es una cocinera excelente.

Jonas miró a su sonriente amigo:

—Seguro que sí. Ahora, háblame del estanque, Masao. Para empezar, ¿qué te impulsó a construirlo? ¿Y por qué dices que quizá no se termine nunca?

Masao cerró los ojos y llenó los pulmones en una profunda inspiración.

—¿Hueles ese aire marino tan fragante? Hace que uno valore la naturaleza, ¿verdad?

—Sí.

—Ya sabes que mi padre era pescador. En Japón, me llevaba en la barca con él casi todas las mañanas. Supongo que no tenía otra opción. Mi madre murió cuando yo solo tenía cuatro años y mi padre no tenía a nadie más que lo ayudara a cuidarme.

»A los seis años, nos trasladamos a Norteamérica para vivir en San Francisco con unos parientes. Cuatro meses después, la aviación japonesa atacó Pearl Harbor y todos los orientales fuimos encerrados en campos de detención. Mi padre era un hombre muy orgulloso y jamás pudo aceptar su encarcelamiento, que le impedía ir a pescar y desarrollar una vida normal. Una mañana, decidió morir, sin más. Me dejó totalmente solo, encerrado en un campo de detención en un país extranjero, sin saber hablar ni entender una palabra de inglés.

—¿Estabas completamente solo?

—Sí, Jonas —confirmó Masao con una sonrisa—. Hasta que vi mi primera ballena. Desde las puertas del campo, las veía saltar. Las jorobadas me hacían compañía y ocupaban mis pensamientos. Eran mis únicas amigas. —Cerró los ojos un momento, sumido en profundos pensamientos—. ¿Sabes?, los americanos son gente muy curiosa: uno puede sentirse detestado por ellos en un momento y, al instante, ser querido y respetado. Al cabo de dieciocho meses fui liberado y adoptado por mi familia norteamericana, David y Kiku Gordon. Fui muy afortunado: mis padres adoptivos me querían, me cuidaban y me llevaban a la escuela. Pero cuando me sentía triste, eran las ballenas las que me sacaban de la depresión.

—Ahora entiendo por qué este proyecto significa tanto para ti.

—Aprender cosas de las ballenas es muy importante; en muchos aspectos, son superiores al hombre. Pero capturarlas y encerrarlas en pequeños acuarios y obligarlas a realizar estúpidos números circenses para ganarse sus raciones de comida es una gran crueldad. Este estanque permitirá estudiarlas en un ambiente natural. El canal permanecerá abierto para que los animales puedan entrar y salir a voluntad. Se acabaron las piscinas demasiado pequeñas. Yo, que he estado encerrado, sería incapaz de hacerle lo mismo a nadie. Jamás. —Masao cerró los ojos otra vez—. Los humanos podrían aprender mucho de las ballenas, ¿sabes, Jonas?

—¿Y por qué dices que quizá el estanque no se inaugure nunca?

—Pasé tres años buscando financiación para el proyecto, pero ningún banco de Estados Unidos quiso apoyar mis sueños. Finalmente, encontré al JAMSTEC. Esa gente no tiene el menor interés en el proyecto; solo quiere comprar mis unidades UNIS para estudiar los movimientos sísmicos. Parecía un buen trato: ellos accedían a financiar el estanque y el Instituto Tanaka accedía a trabajar en el proyecto UNIS/Fosa de las Marianas. Pero desde que los aparatos han empezado a fallar, el JAMSTEC ha cortado todas las aportaciones.

—El estanque se terminará, Masao. Descubriremos qué ha sucedido.

—¿Qué crees tú que ha pasado? —Masao miró a Taylor con ojos desmesuradamente abiertos, en busca de respuestas.

—Con sinceridad, Masao, no lo sé. Puede que DeMarco tenga razón, que los robots UNIS se anclaran demasiado cerca de la pared de la sima. Pero no puedo concebir una roca capaz de aplastar así el titanio.

—Jonas, tú y yo somos amigos.

Taylor miró al científico:

—¡Por supuesto!

—Bien. Yo te he contado mi historia; ahora, cuéntale la verdad a tu viejo amigo Tanaka. ¿Qué te sucedió en la fosa de las Marianas?

—¿Qué te hace pensar que estuve en las Marianas?

Masao sonrió con ironía.

—¿Cuánto hace que nos conocemos? ¿Diez años? Has dado media docena de conferencias, por lo menos, en mi instituto. ¿Y ahora me subestimas? Yo también tengo contactos en la Marina, ¿sabes? Ya sé lo que ellos cuentan del asunto; ahora, quiero oír tu versión.

Jonas cerró los ojos.

—Está bien, Masao. De todos modos, parece que ya se ha filtrado la historia. Íbamos tres a bordo de un nuevo sumergible de grandes profundidades, el *Seacliff*. Yo era el piloto; los otros dos tripulantes eran científicos de la Marina. Hacíamos mediciones de las corrientes de las profundidades en la fosa para determinar si se podían enterrar en condiciones seguras en la sima Challenger los residuos de plutonio de las centrales nucleares. —Abrió los ojos y continuó—: Calculo que estábamos a mil trescientos metros del fondo. Era mi tercer descenso en ocho días; demasiados, realmente, pero era el único piloto cualificado. Mis compañeros de a bordo estaban ocupados en sus pruebas y yo iba mirando por la portilla, contemplando el abismo negro, cuando creí ver algo que daba vueltas en círculo, más abajo.

—¿Qué viste en la oscuridad, Jonas?

—No estoy seguro, pero parecía brillar, totalmente

blanco. Era muy grande. Al principio pensé que podía ser una ballena, pero sabía que era imposible. Después desapareció. Imaginé que había sido una alucinación.

—¿Y qué sucedió entonces?

—Yo... A decir verdad, Masao, no estoy seguro. Recuerdo haber visto una cabeza enorme o, al menos, eso creí.

—¿Una cabeza?

—Triangular. Monstruosa. Toda blanca. Dicen que me entró pánico, que solté todo el lastre que llevaba el sumergible y volví como un cohete a la superficie, sin descompresión ni nada... ¡Una crisis de pánico, simplemente!

—Jonas, esa cabeza... ¿era el *Megalodon* del que hablaste en la conferencia?

—Sí. Supongo que esa ha sido mi teoría todos estos años.

—¿Te persiguió la criatura?

—No, al parecer, no. Yo perdí el sentido como los demás.

—Los dos murieron.

—Sí.

—¿Qué te pasó a ti?

—Pasé tres semanas en un hospital. —Jonas se frotó los ojos con cansancio—. Después, estuve varios meses bajo tratamiento psiquiátrico. No fue una de mis mejores épocas.

—¿Crees que esa criatura ha destrozado nuestros robots UNIS?

—No lo sé. Lo cierto es que he empezado a dudar de mis propios recuerdos del suceso. Si lo que vi era un *Megalodon*, ¿cómo pudo desaparecer sin más? Lo tenía allí abajo, ante mis ojos, y de pronto... ¡puf!, desapareció.

Masao se recostó en el respaldo de su asiento y cerró los ojos.

—Seguro que viste algo, Jonas, pero no creo que fuera un monstruo. D.J. me ha contado que hay extensiones enormes de gusanos de tubo. Miles de brillantes gusanos en la oscuridad, todos blancos. Tú nunca llegaste al fondo de la sima, ¿verdad?

—No, Masao.

—D.J. sí lo hizo. Ese chico está entusiasmado. Dice que es como estar en el espacio. Jonas, yo creo que lo que viste fue una enorme agrupación de gusanos de tubo. Me parece que las corrientes los pusieron fuera de tu campo de visión y por eso tuviste la impresión de que desaparecían. Estabas cansado y mirabas la oscuridad cerrada. La Marina te había forzado demasiado; tres descensos en ocho días es demasiado. Y desde entonces has pasado siete años de tu vida elaborando hipótesis sobre cómo tales monstruos podrían vivir todavía.

Jonas permaneció sentado en silencio. Masao se inclinó hacia delante y posó una mano en su hombro.

—Amigo mío, necesito tu ayuda. Y creo que quizá es hora de afrontar tus miedos. Quiero que vuelvas a la fosa de las Marianas con D.J., pero esta vez descenderás hasta el fondo. Verás esas extensiones de gusanos de tubo con tus propios ojos. Hace tiempo eras un gran piloto y estoy convencido de que sigues siéndolo. No puedes vivir con miedo el resto de tu vida.

En los ojos de Jonas empezaban a formarse unas lágrimas.

—Está bien, Masao. Volveré a bajar. —Contuvo una carcajada—. Vaya, tu hija va a molestarse mucho. Quiere ser el otro piloto, ¿sabes?

Masao asintió con gravedad.

—Lo sé. D.J. también dice que es buena, pero muy emotiva. Y a once mil metros de profundidad, uno ha de ser sumamente cauto, ¿no? Mi hija tendrá su oportunidad en otros descensos, pero no será en esta boca del infierno.

—Estoy de acuerdo.

—Bien. Cuando todo esto haya terminado, amigo mío, vendrás a trabajar conmigo en el estanque, ¿de acuerdo?

—Ya veremos —fue la sonriente respuesta de Jonas.

Masao esperó hasta después de la cena para contarle sus planes a Terry. Jonas se disculpó y abandonó la cocina camino del salón mientras la conversación en japonés iba calentándose. No tenía idea de lo que decían, pero era evidente que Terry Tanaka estaba furiosa.

El *Kiku*

Terry se levantó del asiento junto al pasillo y se dirigió a la sala de descanso del avión, en la parte de atrás. Jonas dejó a un lado el ordenador portátil y apoyó la cabeza en el asiento.

Llevaban cinco horas a bordo del avión de la American Airlines que había salido de San Francisco. DeMarco y Terry habían dirigido a Jonas en el simulador de «vuelo» informatizado, un programa para la instrucción de pilotos en el manejo del *Abyss Glider II*, el sumergible de grandes profundidades que había llevado a D.J. hasta el fondo de la fosa de las Marianas. Jonas lo acompañaría en un segundo *AG* en el viaje para recuperar el UNIS. Ya estaba familiarizado con el funcionamiento básico del sumergible, pues unos años antes había pilotado el *AG-I*, el precedente de aguas superficiales del sumergible que se utilizaba en la misión. Solo le quedaba hacerse con las novedades en el diseño. Para eso habría mucho tiempo. El vuelo hasta Guam a través del Pacífico, con una escala en Honolulú para repostar, duraba doce horas.

La actitud de Terry hacia Jonas se había vuelto distante. Estaba visiblemente dolida por que su padre hubiera hecho caso omiso de sus méritos para acompañar a D.J. y consideraba que Jonas le había mentido respecto a que no le interesaba pilotar el sumergible en la fosa. Así que había decidido que ayudaría a entrenar a Jonas, pero nada más.

El simulador del *Abyss Glider* utilizaba dos *joysticks* de ordenador para guiar el sumergible virtual mediante la simulación del movimiento de la aleta central y de las traseras. Como la mayor parte del viaje hasta el fondo se efectuaba en absoluta oscuridad, el piloto tenía que aprender a «volar» a ciegas y conducir el vehículo hasta el fondo utilizando solamente las lecturas de los instrumentos. Por esta razón, pilotar en el simulador se parecía mucho a hacerlo en el sumergible real. De hecho, se parecía tanto que Jonas tuvo que dejar de trabajar, cerró los ojos e intentó relajarse.

Reflexionó sobre la conversación que había tenido con Masao Tanaka. No se le había ocurrido nunca que podía haber visto una masa de gusanos de tubo. *Riftia.* Jonas había visto variedades menores que crecían en racimos en torno a todas las fuentes hidrotermales submarinas que había explorado. Aquellas criaturas, que carecían de boca y de órganos digestivos, eran de un blanco resplandeciente. Se sustentaban de tupidas colonias de bacterias que vivían dentro de sus cuerpos. Los gusanos aportaban sulfuro de hidrógeno, que extraían de las aguas de la sima, ricas en azufre. Las bacterias utilizaban el sulfuro de hidrógeno para fabricar alimento para ellas y para el anfitrión.

Hasta que se iniciaron las exploraciones de las fosas submarinas, se creía que en el fondo del océano no existía vida alguna. El conocimiento humano del fenómeno de la vida se limitaba a lo que entendíamos: donde hay luz, hay comida. Si no hay luz, tampoco hay comida. Y como la luz no llegaba en absoluto a las simas más profundas del mar, no podía producirse la fotosíntesis que permitiera que la vida arraigara.

Pero Jonas lo había visto con sus propios ojos. Las fuentes hidrotermales mantenían una cadena alimenticia única al expeler agua hirviendo y grandes cantidades de sustancias químicas y depósitos de minerales por las grietas del lecho marino. El alto contenido en azufre, tóxico para la mayoría de especies, se convertía en alimento para diversas bacterias de las profundidades. Estas, a su vez, vivían dentro de gusanos y moluscos, donde descomponían otros productos químicos en comida utilizable. Los grandes racimos de gusanos de tubo también consumían bacterias, y una variedad de peces recién descubiertos devoraban los gusanos de tubo. El proceso por el cual las bacterias recibían energía de las sustancias químicas, en lugar de obtenerla del sol, se denominaba quimiosíntesis. Contra lo que se creía comúnmente, la vida florecía en la oscuridad, en el lugar más inhabitable, en apariencia, de todo el planeta.

D.J. le había contado a su padre que los racimos de gusanos de tubo se extendían en ocasiones a lo largo de veinte metros de fondo marino. Jonas pensó que era posible que en aquella ocasión estuviese viendo uno de tales racimos, se quedara dormido e imaginara la cabeza triangular. Se sintió fatal. Dos hombres habían muerto a consecuencia de su confusión. La defensa de la teoría del *Megalodon* que había mantenido durante todos aquellos años había aplacado, en parte, su sentimiento de culpa. Por eso, tener que enfrentarse al hecho de que quizá había imaginado todo el asunto lo hacía sentirse enfermo.

Jonas sabía que Masao tenía razón; era necesario que afrontara sus temores y volviese a la fosa. Si podía encontrar un diente de *Megalodon* blanco, quedarían justificados siete años de hipotéticas teorías. Si no, tendría que aceptarlo. Tanto en un caso como en otro, debía seguir con su vida.

Quince filas de asientos por detrás de Jonas y DeMarco, David Adashek cerró su ejemplar de tapas duras de *Especies abisales extintas*, cuyo autor era el doctor Jonas Taylor. Se quitó las gafas, colocó el cojín contra la ventanilla y se quedó dormido.

El helicóptero de la Marina volaba apenas unos metros por encima de las olas. El piloto volvió la cabeza y anunció a Jonas y DeMarco:

—Ahí la tienen, señores.

—Ya era hora —respondió DeMarco, y procedió a despertar a Terry, que dormía a pierna suelta desde que habían despegado de la base naval de Guam.

Jonas fijó la mirada en el horizonte, una línea difusa que separaba el océano gris de un cielo igualmente gris. No alcanzó a ver nada. Se frotó los ojos y pensó que tal vez él también debería haber echado una cabezada. Desde luego, estaba suficientemente cansado para ello. Llevaban más de quince horas de viaje.

Volvió a mirar y atisbó la nave, una mota plana que rápidamente creció de tamaño. En menos de un minuto estuvieron suficientemente cerca como para leer el nombre en el casco: *Kiku*.

El *Kiku* era una fragata lanzamisiles teledirigidos, de la clase Oliver Hazard Perry, fuera de servicio. Hacía tres años, el Instituto Tanaka había comprado a la Marina el barco de acero, de ciento treinta y cinco metros de eslora, desarmado y reformado para la investigación oceánica, y lo rebautizó con el nombre de *Kiku* en recuerdo de la madre de Masao.

La fragata era perfecta para realizar las investigaciones de las aguas profundas. Una vez extraído el lanzamisiles SAM de la proa, quedó un amplio espacio de trabajo para la tripulación científica. A popa, colgado del yugo, había un cabrestante de acero inoxidable capaz de izar y botar al agua el sumergible más pesado. Detrás del cabrestante, una enorme bobina contenía más de once kilómetros de cable de acero.

En la proa había dos plataformas, en una se hallaba el par de *Abyss Glider*, los sumergibles monoplaza en los que descenderían D.J. y Jonas. En la otra iba sujeto el helicóptero del barco. Unos raíles de acero incrustados en la cubierta permitían sacar y devolver a su sitio las embarcaciones.

En el reducido puente de mando, que miraba a proa desde la segunda cubierta, se hallaba el tablero de mandos del navegante que controlaba los dos motores GE LM 2500. Un corto pasadizo conducía del puesto de mando al Centro de Información del Mando (CIM). Aquella sala, en otro tiempo de acceso restringido, siempre estaba fría y en permanente penumbra, iluminada únicamente por las suaves luces azules del techo y las pantallas de colores de la consola de ordenadores situada a lo largo de las paredes interiores. Los puestos de control de armas que se ocupaban de los misiles SAM y Harpoon de la fragata, de los torpedos antisubmarinos y de los demás sistemas de armamento y defensa habían sido reemplazados por ordenadores que seguían y controlaban las unidades UNIS desplegadas y recuperaban los datos de los robots situados a lo largo de la sima Challenger, a once kilómetros por debajo de la nave.

El CIM del *Kiku* contenía también el sonar Raytheon SQS-56, montado en el casco, y los sistemas de radar Raytheon SPS-49, cuyas antenas parabólicas exteriores giraban sobre dos postes que se alzaban ocho metros por encima de la cubierta superior. Todos estos sistemas estaban unidos a un programa de integración de ordenadores que presentaba la información en una docena de terminales distintas.

Bajo la cubierta de mando quedaban los dormitorios y salas de la tripulación. Los rimeros de literas de tres camas habían desaparecido y el interior se había remozado para dar cabida a unas cabinas privadas para una tripulación de treinta y dos personas. Bajo esta cubierta quedaba el cuarto de máquinas y los elementos principales que propulsaban el eje de la única hélice. El *Kiku* era un barco rápido, capaz de superar los veintinueve nudos.

Cuando el helicóptero se acercó a la cubierta de popa, Jonas reconoció de inmediato el gran cabrestante de acero reforzado, sujeto al yugo de la nave, que se había utilizado para bajar los veinticinco sumergibles UNIS hasta el fondo de la fosa de las Marianas. Terry se apretó contra Jonas para echar un vistazo por la ventanilla. Un muchacho de apenas veinte años aguardaba junto a la plataforma, de cara al viento, y saludaba con la mano a los pasajeros de la aeronave. Delgado y fibroso, el joven estaba muy bronceado. Terry le devolvió el saludo con entusiasmo.

—¡D.J.! —exclamó con una sonrisa.

Tan pronto se apeó del helicóptero, su hermano se encargó del equipaje de Terry. Ella lo abrazó y, a continuación, se volvió hacia Jonas. Con sus cabellos negros, sus ojos oscuros y sus sonrisas resplandecientes, casi parecían gemelos.

—D.J., te presento al profesor Taylor. —El muchacho dejó las bolsas y estrechó la mano de Jonas.

—Así que usted va a descender conmigo a la sima Challenger. ¿Está seguro de lo que va a hacer?

—Perfectamente —respondió Jonas, consciente del carácter competitivo de D.J.

Este se volvió a su hermana:

—¿El profesor está al corriente de que también irá a bordo el doctor Heller?

—No lo sé. Jonas, ¿mi padre te habló de ello ayer, por casualidad?

Jonas sintió que se quedaba sin aire en los pulmones.

—¿Frank Heller forma parte de la tripulación? No, tu padre no me dijo nada al respecto. Nada en absoluto.

—¿Cree que eso será un problema, doctor Taylor? —quiso saber D.J.

Jonas recobró la compostura.

—Frank Heller era el especialista médico durante la serie de inmersiones que realicé para la Marina hace siete años.

—Me parece que no se han visto desde entonces —apuntó DeMarco.

—Digamos solo que entre nosotros no reina una gran armonía, precisamente. Si Masao me hubiera dicho que Heller participaba en la misión, dudo que hubiera aceptado venir.

—Supongo que por eso se lo calló —comentó D.J., divertido.

—Si lo hubiera sabido, te lo habría dicho yo misma

—intervino Terry—. Aún no es demasiado tarde para que vuelvas al helicóptero.

Jonas miró a la muchacha, casi al límite de su paciencia.

—Ya estoy aquí. Si Frank tiene algún problema, supongo que tendrá que aceptar las cosas como están.

—¿Qué tal lo hizo en el simulador? —preguntó D.J. a su hermana.

—No estuvo mal. Aunque, por supuesto, el programa carece de controles para el brazo mecánico y para la cámara de escape.

—Entonces, profesor, programaremos al menos una sesión de entrenamiento antes de efectuar el descenso real —dijo el muchacho—. Esperaremos hasta que se sienta cómodo con el sumergible.

—Estaré listo cuando tú lo estés —fue la respuesta de Jonas—. Enséñame los aparatos.

Cuando se acercaban a la plataforma, un hombretón de piel oscura con una gorra roja de punto apareció en la cubierta acompañado de dos tripulantes filipinos.

—Profesor Taylor —dijo D.J.—, le presento al capitán Barre.

Leon Barre era un franco-polinesio, fuerte como un toro y con voz de barítono, de cuyo cuello pendía una crucecita de plata. El hombre estrechó la mano de Jonas y la sacudió una única vez.

—Bienvenido a bordo del *Kiku*.

—Me alegro de estar aquí, capitán.

Barre saludó a Terry llevándose la mano a la gorra.

—Señora... —dijo, ceremonioso.

DeMarco dio una palmada en el hombro al marino.

—Estás engordando un poco, ¿eh, Leon?

—Esa mujer tailandesa... —Leon hizo una mueca—. Me ceba como a un cerdo.

Con una carcajada, DeMarco se volvió hacia Jonas:

—La esposa del capitán es una cocinera fantástica. No nos iría mal tenerla aquí. Estamos hambrientos.

El capitán dio una orden con voz áspera al marinero filipino que tenía al lado. El subalterno se dirigió a toda prisa hacia la cabina principal.

—La cena será dentro de una hora —anunció el capitán, y siguió a su hombre al interior del buque.

Jonas, en compañía de D.J., DeMarco y Terry, cruzó la amplia cubierta hasta donde se guardaban los sumergibles *Abyss Glider*, sobre sus plataformas respectivas. Una vez allí, D.J. miró a Jonas.

—¿Qué le parece?

—Son preciosos.

—Hemos hecho algunas modificaciones desde la última vez que pilotó uno —señaló el muchacho.

—Solo llegué a pilotar el *AG-I* en aguas superficiales. En esa época, el *AG-II* todavía estaba en la mesa de planos.

—Vamos, Taylor —dijo DeMarco—. Ahora haremos el recorrido turístico.

Terry y Jonas siguieron a DeMarco y a D.J. hasta el par de sumergibles. Las naves medían tres metros de longitud por metro y medio de anchura y tenían el aspecto de simples torpedos gruesos con alas. Eran vehículos de un solo tripulante, que tenía que entrar tumbado boca abajo por la sección de popa y utilizar una palanca de dirección para pilotarlo como si fuera un avión. La nariz transparente del *Abyss Glider* permitía que el piloto abarcara un campo de visión del entorno submarino de casi trescientos sesenta grados.

—Lexan —comentó DeMarco al tiempo que señalaba uno de los sumergibles—. Es un plástico tan fuerte que se utiliza como blindaje en las limusinas presidenciales. Toda la cámara de escape está hecha de ese material. Los *AG-I* también fueron dotados con este material hace varios años.

Jonas inspeccionó el morro transparente.

—No sabía que estos sumergibles tuvieran cámara de escape. En los planos originales no constaba.

—Tiene buena memoria —intervino D.J.—. Los *AG-II* fueron diseñados específicamente para la fosa de las Marianas. Como siempre existe el riesgo de que una aleta o la cola se enganche en algún objeto del fondo, al pasar por la sección de popa uno entra, en realidad, en la cámara de escape de lexan. Si el *Glider* tiene algún problema, utilice la palanca de escape situada en una caja metálica a su derecha y la cámara interior se separará de las secciones de popa y de las aletas, más pesadas. Es como una burbuja. Le llevará directamente a la superficie.

DeMarco frunció el entrecejo:

—Si no te importa, D.J., yo guiaré la visita. Al fin y al cabo, diseñé el aparato.

—Lo siento. —D.J. dirigió una sonrisa al ingeniero.

DeMarco ocupó una vez más el centro de la escena. Era evidente que se sentía en su elemento.

—Como bien sabe, Taylor, el reto en la exploración de aguas profundas es diseñar y construir un casco que tenga a la vez flotabilidad y resistencia para soportar presiones tremendas. El otro problema es el tiempo que emplea el sumergible en alcanzar el fondo. El *Alvin*, el *Nautile* y los rusos *Mir I* y *II* son, todos ellos, vehículos voluminosos que solo pueden descender a un ritmo de veinte a cuarenta metros por minuto. A esta velocidad, tardaríamos más de cinco horas solo en llegar a la sima Challenger.

—Y ninguno de ellos puede descender más allá de los seis kilómetros —añadió D.J.

—¿Qué hay del *Shinkai 6500* del JAMSTEC? —preguntó Jonas—. Creía que estaba diseñado para alcanzar el fondo.

—No, el *Shinkai* está diseñado para una profundidad máxima de seis mil quinientos metros —le corrigió DeMarco—. Usted piensa en el último sumergible dirigido por control remoto del JAMSTEC, el *Kaiko*. Hasta que D.J. lo hizo con el *AG-II* la semana pasada, el *Kaiko* era el único vehículo, tripulado o no, que había vuelto a entrar en la sima Challenger desde el *Trieste*, en 1960. El *Kaiko* pasó algo más de media hora a una profundidad de 10.915 metros, uno menos del récord, antes de sufrir problemas mecánicos.

—Ahora, el récord lo tengo yo —apuntó D.J.—. Supongo que pronto lo compartiré con usted, doctor.

—Debería haber sido yo —murmuró Terry.

—Bien —continuó DeMarco sin prestar atención a la discusión entre los hermanos—, todos esos sumergibles tienen casco de aleación de titanio, parecido al de nuestros robots UNIS. La mitad de la energía se utiliza para pilotar el pesado vehículo junto al fondo, de modo que se pueda soltar lastre más tarde para volver a la superficie. En cambio, los *Abyss Glider* están hechos de una cerámica reforzada, de flotabilidad positiva, y son capaces de soportar una presión de hasta tres mil kilos por centímetro cuadrado. Con este aparato, descenderá hasta el fondo a doscientos metros por minuto y volverá flotando a la superficie sin necesidad de lastres. Eso ahorra una tonelada en baterías eléctricas.

—¿Cómo subiremos la unidad dañada, D.J.? —preguntó Jonas—. Y tuteémonos, por favor —añadió.

—Mira la panza del sumergible —le indicó D.J.—. Hay un brazo mecánico retráctil con una pinza. El brazo tiene una extensión limitada a unos dos metros justo delante del morro. La pinza está diseñada para recoger muestras. Cuando descendamos, tú irás delante. Yo te seguiré con mi sumergible, que llevará un cable de acero sujeto a mi pinza mecánica. El UNIS dañado tiene varias hembrillas a lo largo de la envoltura externa. Una vez eliminado el barro y los obstáculos, sujetaré el cable pasándolo por una de ellas y el cabrestante del *Kiku* recuperará la unidad hasta llevarla a bordo.

—No parece un mal plan.

—Es un trabajo para dos, realmente. En mi primer descenso ya intenté sujetar el cable, pero había tantos detritos que casi cubrían la unidad. No podía mantener el cable sujeto con la pinza y, al mismo tiempo, quitar las piedras. Además, las corrientes son muy fuertes ahí abajo.

—Tal vez estabas demasiado nervioso —añadió Terry.

—Vete a la... —empezó a responder su hermano.

—Vamos, D.J. —insistió ella, burlona—. Tú me dijiste que ahí abajo se pasa bastante miedo. No se trata de lo que ves; ni siquiera de la oscuridad permanente. Es la claustrofobia, saberse a once kilómetros de profundidad, rodeado de miles de toneladas de presión. Un error, una rendija en el casco, y a uno le implosiona el cerebro por el cambio de presión.

Terry miró a Jonas, pendiente de su reacción.

—¡Bah! ¡Estás celosa, Terry! —D.J. miró a Jonas con una expresión radiante en la cara—. ¡Me lo pasé en grande! ¡Vaya gozada! No veo el momento de volver. Los saltos y el paracaidismo me parecían emocionantes, pero esto lo supera todo, de largo.

Jonas se volvió a D.J. con mirada preocupada.

—No serás un adicto a la adrenalina, ¿verdad, D.J.?

El muchacho se tranquilizó:

—No, no... O sea... sí, claro que soy un yonqui de la adrenalina, pero esto es distinto. La sima Challenger... Es como ser la primera persona que explora otro planeta. Esos enormes humeros negros por todas partes, y los peces más extraños que ha visto nadie. Pero ¿qué te estoy contando? Tú ya has participado en decenas de descensos a simas.

Jonas tiró de una de las banderitas de vinilo rojo con el logotipo del Instituto Tanaka situadas en la popa de cada sumergible. Luego, miró al muchacho y declaró:

—He pilotado más descensos de la cuenta a simas de gran profundidad, pero la fosa de las Marianas es algo completamente distinto. Te recomiendo que abandones esa actitud de vaquero.

Echó una ojeada a las cámaras interiores del *Kiku* y preguntó si el doctor Heller estaba a bordo. D.J. miró a su hermana antes de responder:

—Sí. Está en el CIM, creo.

Jonas dio media vuelta y se alejó.

Heller

—Al fondo del pasillo, a la derecha —indicó D.J., cargado con el macuto de Jonas, y señaló el estrecho corredor—. Dejaré esto en tu camarote. El número 10. Justo debajo.

Jonas asintió y el muchacho descendió por la estrecha escalerilla. Taylor siguió andando por el pasillo hasta llegar a una puerta con el rótulo de OPERACIONES. Entró en la cabina en penumbra, donde reinaba el zumbido de los ordenadores, monitores de vídeo, radios y equipos de sonar. Un hombre alto y enjuto de cabellos canos muy cortos y gafas gruesas, de montura negra, estaba inclinado sobre un panel de control y pulsaba las teclas ante un ordenador con sus dedos largos y delgados. Volvió la cabeza y observó a Jonas sin decir nada; tras los gruesos cristales de las gafas, los ojos grises del hombre estaban hinchados y llorosos. Se concentró de nuevo en el monitor del ordenador y murmuró:

—¿Otra expedición de pesca, Taylor?

Jonas esperó un momento antes de responder:

—No he venido a eso, Frank.

—Entonces ¿qué diablos haces aquí?

—He venido porque Masao me ha pedido ayuda.

—Parece que los japoneses no tienen el menor sentido de la ironía.

—Tendremos que trabajar juntos en esto, Frank. La única manera de averiguar qué sucede ahí abajo es subir la unidad UNIS dañada. D.J. no puede hacerlo solo y...

—Todo eso ya lo sé. —Heller se incorporó bruscamente y cruzó la sala para llenar de nuevo la taza de café—. Lo que no entiendo es por qué has de ser tú quien lo acompañe.

—Porque nadie más ha estado ahí en los últimos treinta años.

—Sí que han estado otros —replicó Heller con acritud—. Pero murieron en el viaje.

Jonas apartó la vista.

—Quiero hablar contigo de eso, Frank. Yo... —Buscó las palabras adecuadas—. Escucha, no ha habido un día durante los últimos siete años en que no haya pensado en el incidente del *Seacliff*. Para ser sincero contigo, todavía no sé qué sucedió. Lo único que sé es que creí ver algo que se elevaba del fondo para atacar nuestro sumergible, y reaccioné.

Heller se plantó ante Jonas, cara a cara, apenas separados por unos centímetros. En sus ojos había un destello de odio.

—Esa confesión quedará muy bien en tu libro, quizá, pero para mí no cambia nada. No estuviste alerta, Taylor. Alucinaste, creíste ver un monstruo extinguido, nada menos, y mataste a dos miembros de tu equipo arrojando por la borda años de entrenamiento y dejándote llevar por el pánico. ¿Y sabes qué me irrita de verdad? Que estos últimos siete años has estado empeñado en justificar la existencia de ese *Megalodon*, en justificar la excusa que elaboraste para no quedar tan mal. —Heller temblaba de emoción. Dio un paso atrás y se inclinó sobre su pupitre—: Me hiciste daño, Taylor. Los hombres no merecían morir. Y ahora, siete años después, aún no eres capaz de enfrentarte a la verdad.

—No sé cuál es la verdad, Frank. Si sirve de algo, te diré que quizá estaba viendo un racimo de gusanos de tubo y sufrí una alucinación, no lo sé. Lo que sé es que la jodí. Yo mismo estuve a punto de morir, ahí abajo. Y ahora tengo que cargar con eso el resto de mi vida.

—Yo no soy un sacerdote, Taylor. No estoy aquí para oír tu confesión ni para escuchar tus sentimientos de culpa.

—¿Y qué hay de tu contribución al accidente? —exclamó Jonas—. Tú eras el médico de a bordo. Le dijiste a Danielson que estaba en buenas condiciones médicas para realizar un tercer descenso a la fosa. ¡Tres inmersiones en ocho días! ¿No crees que eso quizá tuvo algo que ver en mi reacción?

—¡Tonterías!

—¿Por qué dices que son tonterías, doctor Heller? —Jonas cruzó la estancia a grandes zancadas, con la sangre hirviendo—. Tú mismo lo dijiste. Lo escribiste en el informe oficial: «Psicosis de las profundidades». Tú y Danielson me obligasteis a pilotar sin haberme concedido suficiente descanso y, luego, entre los dos me cargasteis toda la culpa y me convertisteis en el cabeza de turco de la Marina.

—¡La responsabilidad fue tuya!

—Sí —susurró Jonas—, fue un error de pilotaje, pero no me habría visto en tal posición sin tu participación y la de Danielson. Así que, al cabo de siete años, he decidido volver a bajar para afrontar mis temores de una vez por todas, para descubrir por mí mismo qué sucedió. Y tal vez sea hora de que tú también asumas tus responsabilidades. —Jonas se encaminó hacia la puerta.

—Un momento, Taylor. Escucha, quizá no deberías haber bajado a la fosa por tercera vez. Por lo que a mí respecta, Danielson era mi oficial superior. Pero sigo pensando que, mentalmente, estabas preparado. Eras un piloto excelente. Pero dejemos bien claro que el objetivo de esta inmersión con D.J. es ayudarlo, y no buscar dientes de animales...

Jonas abrió la puerta y se volvió hacia Heller:

—Conozco mis responsabilidades, Frank. Espero que tú recuerdes las tuyas.

Crepúsculo

Veinte minutos más tarde, después de ducharse y mudarse de ropa, Jonas entró en la cocina, donde una docena de tripulantes daba ruidosa cuenta de unos platos de pollo frito con patatas. Vio a Terry sentada junto a su hermano y un asiento vacío frente a la muchacha.

—¿Está ocupado?

—Siéntate —le ordenó ella.

Lo hizo y prestó atención a D.J., que estaba enfrascado en un debate con DeMarco y el capitán Barre. La ausencia de Heller se hacía notar.

—¡Doctor! —D.J. expulsó con la palabra la mitad del pollo que tenía en la boca—. Llegas en el momento oportuno. ¿Recuerdas la inmersión de entrenamiento que estaba programada para mañana? Pues olvídala.

Jonas notó un nudo en el estómago.

—¿Qué dices, D.J.?

El capitán Barre se volvió a Jonas, engulló un bocado y dijo:

—Un frente de tormentas avanza por el este. Si quiere sumergirse esta semana, tendrá que ser mañana a primera hora.

—Jonas, si no estás preparado, creo que deberías ser lo bastante hombre como para reconocerlo y dejar que me ocupe yo —intervino Terry.

—No. Está preparado, ¿verdad, Jonas? —dijo D.J. con un guiño—. Al fin y al cabo, ya has estado en la fosa otras veces.

—¿Quién lo dice? —Jonas notó que la sala quedaba en silencio. Todas las miradas se dirigían hacia él.

—Vamos, doctor. Lo sabe todo el barco. Un periodista de Guam entrevistó por radio a media tripulación una hora después de que subieras a bordo.

—¿Qué? ¿Qué periodista? ¿Cómo demonios…? —Jonas había perdido el apetito.

—Es cierto, Jonas —intervino Terry—. El mismo tipo que te hizo las preguntas en la conferencia. Hablaba de que murieron dos personas en el sumergible que tú pilotabas. Nos dijo que te dejaste llevar por el pánico porque sufriste una alucinación y creíste ver un *Meg* de esos.

—¿Y bien, doctor? —D.J. lo miró a los ojos, fijamente—. ¿Es verdad algo de eso?

En la sala reinaba un silencio sepulcral. Jonas apartó a un lado la bandeja.

—Es verdad. Lo que no ha contado ese periodista, o quienquiera que sea, es que en esa ocasión estaba agotado, tras completar dos inmersiones al fondo de la sima en la misma semana. Me empujaron a aquel servicio con el visto bueno del oficial médico. Aún hoy no estoy seguro de si lo que vi era real o si lo imaginé. Pero por lo que hace a mañana, me he comprometido con tu padre a completar la misión y me propongo mantener el compromiso. He pilotado submarinos en más misiones a grandes profundidades que aniversarios has celebrado tú, D.J., y si tienes algún problema en que te escolte, pongámoslo sobre la mesa en este momento.

D.J. le dirigió una sonrisa nerviosa.

—¡Eh!, calma. No tengo ningún problema contigo. De hecho, DeMarco y yo estábamos hablando de ese animal, de ese tiburón gigante prehistórico tuyo. Al dice que sería imposible que una criatura de ese tamaño pudiera soportar unas presiones como las que existen en esa fosa. Pero yo estoy de tu parte. Digo que es posible; no que crea en tu teoría, porque no es así, pero he visto docenas de especies de peces distintas, ahí abajo. Y si esos peces pequeños pueden resistir la presión del agua, ¿por qué no iba a hacerlo el megatiburón, o como diablos lo llames?

D.J. sonreía de oreja a oreja y varios miembros de la tripulación disimularon unas sonrisas burlonas. Jonas se puso de pie para retirarse.

—Disculpadme, pero creo que he perdido el apetito.

—No, doctor, espera. —D.J. lo agarró por el brazo—. Háblame de ese tiburón. Me interesa de verdad. Al fin y al cabo, ¿cómo lo reconoceré mañana, si lo veo?

—¡Será el tiburón grande al que le falta un diente! —estalló Terry.

En torno a ellos hubo una cascada de risas.

Jonas volvió a sentarse.

—Bien, D.J., si de veras quieres saber cosas de esos monstruos, te las contaré. Lo primero que debes saber es que la familia de los tiburones lleva en el planeta unos cuatrocientos millones de años, muchos más que el ser humano, cuyos antepasados cayeron de los árboles hace apenas dos millones de años. Y de todas las especies que han habitado nunca el océano, el *Megalodon* era sin disputa el rey. Lo poco que sabemos de esos monstruos es que la naturaleza los dotó no solo para sobrevivir, sino para dominar todos los océanos y todas las especies marinas. Así pues, no estamos hablando de un mero tiburón, sino de una formidable máquina de guerra. Olvida por un instante que la especie es una versión de un gran tiburón blanco de veinte metros. El *Megalodon* era el cazador supremo del planeta y sus instintos asesinos se habían perfeccionado a lo largo de millones de años. Además de su enorme tamaño y de sus letales dientes aserrados de veinte centímetros, el animal también poseía ocho órganos sensoriales de gran eficacia.

Leon Barre soltó una risilla.

—¡Eh, doctor Taylor! ¿Cómo sabe tantas cosas de un pez muerto que nadie ha visto nunca? —A algunos de los tripulantes se les escapó la risa como al capitán. Por fin, la estancia quedó en silencio una vez más, a la espera de la respuesta de Jonas.

—Por un lado, hemos encontrado dientes fosilizados que nos indican no solo su enorme tamaño sino también sus tendencias depredadoras. También existen pruebas fosilizadas de las especies que les servían de alimento.

—Sigue con lo de los sentidos —apremió D.J., con auténtica curiosidad esta vez.

—De acuerdo. —Jonas ordenó sus pensamientos y se dio cuenta de que los demás miembros de la tripulación habían enmudecido y le prestaban atención—. El *Megalodon*, como su primo actual, el gran tiburón blanco, poseía ocho órganos sensoriales que le permitían buscar, detectar, identificar y perseguir a su presa. Empecemos por el más asombroso de esos órganos, llamado «ampollas de Lorenzini». A lo largo de la zona superior del morro, y también debajo de este, el *Meg* tenía una serie de pequeñas cápsulas llenas de una especie de gelatina que podían detectar descargas eléctricas en el agua. Lo explicaré con palabras sencillas: el *Megalodon* podía detectar el leve campo eléctrico creado por el latir del corazón de su presa o por el movimiento de sus músculos a cientos de kilómetros de distancia. Eso significa que un *Megalodon* que rondara nuestro barco sería capaz de detectar a una persona que disfrutara de un apacible baño en las playas de Guam.

En la sala reinaba un silencio absoluto. Todos los ojos estaban concentrados en Jonas.

—Casi tan asombroso como las ampollas de Lorenzini era el sentido del olfato de ese animal. A diferencia del hombre, el *Megalodon* poseía una nariz direccional capaz no solo de detectar una parte de sangre, sudor u orina entre mil millones de partes de agua, sino que también podía determinar la dirección del olor. Por eso a los grandes tiburones blancos se los ve nadar moviendo la cabeza de lado a lado. En realidad, están olfateando el agua en distintas direcciones. Las ventanas nasales de un *Megalodon* adulto tenían, probablemente, el tamaño de un pomelo.

»Ahora pasemos a la piel del monstruo, un órgano sensorial y, al mismo tiempo, un arma. A lo largo de ambos flancos, el *Meg* tenía lo que se conoce por "línea lateral". En realidad, esta línea es más bien un canal que contiene unas células sensoriales llamadas neuromastos, capaces de detectar la vibración más ligera en el agua, hasta el palpitar del corazón de otro pez.

Al DeMarco se puso de pie.

—Tendréis que excusarme. Tengo trabajo pendiente.

—¡Oh, vamos, Al! —exclamó D.J. alegremente—. Mañana no hay escuela. Tienes permiso para quedarte hasta tarde.

DeMarco le lanzó una mirada severa:

—Mañana, precisamente, es un gran día para todos. Propongo que vayamos a descansar.

—Está bien, Al —asintió Jonas—. En cualquier caso, ya he mencionado lo más destacado. De todos modos, para responder con dos palabras a tu primera pregunta, el *Megalodon* poseía un hígado enorme que, probablemente, constituía una cuarta parte de su peso total. Además de servir para realizar las funciones hepáticas normales del animal y para acumular reservas de energía en forma de grasas, un hígado así habría permitido al *Megalodon* adecuarse a los cambios en la presión hidrostática, incluso a profundidades tan grandes como las de la sima Challenger.

—Está bien, profesor —replicó DeMarco—. Supongamos, solo en hipótesis, que realmente existiera uno de esos bichos en la fosa. ¿Por qué no ha salido nunca a la superficie? Al fin y al cabo, hay mucha más comida cerca de esta que en el fondo...

—Muy sencillo —dijo Terry—. Si ascendiera desde once kilómetros de profundidad, reventaría.

—No, no estoy de acuerdo —indicó Jonas—. Los cambios en la presión del agua, incluso los más drásticos, afectan a los tiburones de diferente manera que a los humanos. El *Megalodon* ya se habría adaptado a las presiones tremendas que reinan a diez kilómetros de profundidad. Un ejemplar adulto pesaría en torno a los veinte mil kilos, un setenta y cinco por ciento de los cuales sería agua, contenida sobre todo en los músculos y los cartílagos. Eso y su enorme hígado permitirían al animal reducir su densidad específica; en cierto modo, el *Meg* se descomprimiría mientras fuera ascendiendo. El tránsito sería difícil, pero el monstruo sobreviviría.

—Pero entonces ¿cuál es el problema? —preguntó Terry.

—Está claro que no prestabas mucha atención durante la conferencia —fue la respuesta de Jonas—. Recuerda que dije que mi teoría sobre la existencia de estos animales en la fosa de las Marianas se basaba en la presencia de una capa de agua caliente en el fondo de la sima, como consecuencia de la actividad de las fuentes hidrotermales. Por encima de esa capa caliente hay ocho o nueve kilómetros de aguas casi en el punto de congelación. El resto de la especie *Megalodon* pereció hace cien mil años a causa del descenso de temperatura del agua, como consecuencia del último período glacial. En caso de que algunos ejemplares hubieran sobrevivido en la fosa, la causa habría que buscarla en la posibilidad de haber escapado de las aguas superiores, más frías. Así, esos *Meg* habrían quedado atrapados en las profundidades del mar. Aunque intentaran alcanzar la superficie, no soportarían el frío.

D.J. emitió un silbido y, con un guiño a su hermana, murmuró:

—Vaya, doctor, me alegro de que solo sufrieras una alucinación. Así todos podremos dormir tranquilos. Buenas noches, Terry.

El muchacho besó a su hermana y salió de la cocina con DeMarco. Segundos después, se escuchó la risa de ambos en el pasillo. Jonas se sintió humillado. Dio las buenas noches a Terry y, sin tocar el plato, se puso en pie y abandonó la cocina en dirección a la cubierta.

El mar estaba en calma pero se veía avanzar una masa de nubes por el este. Jonas contempló el reflejo de la media luna sobre la superficie negra del Pacífico y pensó en Maggie. ¿La quería aún? ¿Acaso importaba ya? Contempló las aguas oscuras y notó de nuevo el nudo en el estómago sin reparar en que, desde la cubierta superior, Frank Heller lo observaba.

Antes del alba, Jonas despertó en el camarote, oscuro como la brea y, por un instante, no supo dónde estaba. Cuando lo recordó, un retortijón de miedo le recorrió las entrañas. Unas horas más y estaría sumergido en una oscuridad parecida, con diez kilómetros de agua gélida sobre su cabeza. Cerró los ojos e intentó volver a dormirse.

No pudo. Una hora después, D.J. llamó a su puerta para despertarlo.

Había llegado el momento.

Descenso

D.J. ya estaba en el agua. Su *Abyss Glider II* ya se hallaba a siete metros bajo la superficie cuando Jonas apareció en cubierta con su traje isotérmico. Había tomado un desayuno ligero y un par de píldoras amarillas para el descenso. Llevaba otras dos en el bolsillo del hombro pero, a pesar de las pastillas, se sentía inquieto.

Desde el gran cabrestante de popa del *Kiku* pendía un cable de acero sujeto a la «pinza» del brazo mecánico del sumergible de D.J. Capturar el gancho del final del cable había resultado más difícil de lo previsto y el muchacho había luchado con él durante casi media hora hasta que se vieron obligados a enviar un hombre rana al agua para asegurarlo bien a la pinza.

A ambos lados del barco de superficie había otros dos cabrestantes de menores dimensiones, diseñados solo para botar al agua los *Abyss Glider* y para recuperarlos tras la misión. Uno de ellos sostenía el sumergible de Jonas, que era bajado lentamente al mar, cada vez más revuelto. Dos hombres rana, de pie sobre el sumergible suspendido en el aire, escoltaban su descenso. El cabrestante principal de popa se utilizaría únicamente para desenrollar el cable de acero del *Glider* de D.J., que serviría para recuperar el robot UNIS dañado.

Tendido boca abajo en la cápsula, Jonas presenció cómo los buceadores soltaban los cables que habían depositado el sumergible en el agua. Vio a Terry, que lo miraba desde la borda del *Kiku*, y la imagen de la muchacha se desvaneció cuando el agua se cerró a su alrededor. Uno de los hombres rana dio unos golpecitos en el morro de lexan y le indicó con el pulgar hacia arriba que todo estaba en orden. El *AG-II* quedó libre. Jonas puso en marcha los motores gemelos, movió la palanca de dirección hacia delante y ajustó los alerones centrales para dirigir el sumergible hacia abajo.

El vehículo respondió al momento. Jonas notó el sumergible mucho más pesado, incluso más torpe, quizá, que el ligero *AG-I* cuyas pruebas de inmersión había efectuado años antes. Con todo, ninguno de los sumergibles que Jonas había pilotado en su vida podía compararse con el diseño del *Abyss Glider*. Encontró a D.J. a diez metros de profundidad y comprobó que tenía el cable de recuperación del UNIS bien sujeto a la pinza del brazo mecánico del sumergible.

Establecieron contacto visual y D.J. sonrió y deseó buena suerte a Jonas con un gesto.

—La era anterior a la belleza, profesor. —Le llegó su voz por la radio. El muchacho lo tuteaba, pero lo trataba con respeto.

Jonas movió la palanca hacia delante y el *Glider* inició el descenso. D.J. lo siguió con el cable a rastras.

Descendían en un ángulo de treinta grados, trazando una lenta espiral. Al cabo de unos minutos, la luz del sol se difuminó en un gris intenso y, por último, se hizo la oscuridad total. Jonas comprobó el indicador: apenas cuatrocientos metros. Descender en la posición boca abajo que requería el *Abyss Glider* le resultaba extraño. De no ser por los correajes, el cuerpo se le habría escurrido hacia delante y la cabeza habría topado con el interior del morro transparente. «Relájate y respira —se susurró a sí mismo—. Te queda un largo camino por delante.»

—¿Va todo bien, Taylor? —La voz del doctor Heller por la radio tenía cierto aire insinuante. Jonas se dio cuenta de que Frank estaba encargado de controlar los signos vitales de los dos pilotos. Debía de haber observado el aumento del ritmo cardíaco en el monitor de la consola.

—Sí, estoy bien —respondió. Inspiró hondo, intentó concentrarse en el vacío que tenía ante él y reprimió el impulso de encender el foco. Con ello no haría sino malgastar baterías.

Ante sus ojos empezaron a aparecer extrañas criaturas marinas que brillaban tenuemente mientras nadaban en la oscuridad. «Animales abisopelágicos», susurró, en referencia a aquel grupo único de peces, calamares y crustáceos.

Observó una anguila de algo más de un metro que nadaba delante de él. Decidida a atacar a aquel enemigo de tamaño superior, la anguila abrió la boca como si quisiera engullir la cápsula transparente: desencajó las mandíbulas y las extendió, dejando a la vista unas hileras de amenazadores dientes, afilados como agujas. Jonas dio unos golpecitos en el plástico y la anguila se alejó velozmente, en silencio. Miró a la izquierda: un pejesapo de las profundidades nadaba en círculos en las cercanías con una extraña luz sobre la boca. Jonas sabía que la especie poseía una espina modificada que resplandecía, en efecto, como el abdomen de una luciérnaga. Los pececillos tomaban la luz por comida y nadaban directamente hacia ella, de cabeza a la boca abierta del pejesapo.

Jonas no se había dado cuenta del frío que se iba adueñando de él. Consultó el termómetro: cinco grados en el exterior. Ajustó el termostato para calentar la cápsula.

En ese instante, sucedió. Una oleada de pánico atenazó su estómago y le estrelló la cabeza contra el plástico. Era una sensación solo comparable a la de estar enterrado con vida en un ataúd, incapaz de ver nada e incapaz de escapar. Empezó a sudar por todos los poros de la piel, su respiración se hizo irregular y se dio cuenta de que estaba hiperventilándose. Buscó las dos píldoras, pero, temeroso de sufrir una sobredosis, se decidió por conectar las luces exteriores del sumergible.

El haz de luz no reveló otra cosa que más negrura, pero sirvió a su propósito: orientar de nuevo al piloto. Jonas hizo una profunda inspiración y se enjugó el sudor de los párpados. Bajó la calefacción y el aire más fresco le sentó bien.

D.J. lo llamaba por radio.

—¿A qué viene esa luz, doctor? Tenemos órdenes estrictas.

—Solo las compruebo para estar seguro de que funcionan. ¿Cómo vamos ahí atrás?

—Bien, supongo. El condenado cable está enrollado alrededor del brazo mecánico. Está como suele ponerse el cordón del teléfono en mi casa.

—D.J., si es un problema, deberíamos volver y...

—No es necesario, doctor. Lo tengo bajo control. Cuando lleguemos al fondo, daré unas cuantas vueltas al brazo y lo desenrollaré.

Pese a su tono optimista, Jonas captó la tensión en la voz del joven piloto.

Jonas llamó a DeMarco.

—Al, D.J. dice que el cable se enreda en el brazo mecánico. ¿Podéis hacer algo ahí arriba para aliviar una parte de la presión?

—No. D.J. tiene controlado el problema. Nosotros nos encargamos; tú concéntrate en lo que haces. Cambio y fuera.

Jonas consultó el reloj. Llevaban tres cuartos de hora de descenso. Se frotó los ojos e intentó estirar la parte inferior de la espalda dentro del apretado arnés de cuero.

La cápsula resultaba estrecha y le recordaba la ocasión en que había tenido que someterse a noventa minutos en la MRI. La enorme máquina estaba situada a escasos centímetros de su cabeza y era una espada de Damocles que esperaba el momento de aplastarle el cráneo. Allí, el mortecino resplandor rojo del panel de control había sido lo único que le proporcionaba un sentido de dirección y lo salvaba de la locura. Jonas notó que lo asaltaban de nuevo los ya conocidos síntomas de la claustrofobia, pero esta vez resistió el impulso de conectar de nuevo los siete mil quinientos vatios del foco de búsqueda. Sus ojos escrutaron el húmedo interior de lexan del cubículo del piloto. La presión del agua que lo rodeaba era de mil doscientos kilos por centímetro cuadrado. Contempló la oscuridad y notó que le recorría un escalofrío de miedo. Estaba bajando a once mil metros. Más de lo que había alcanzado nunca.

Notó una ligera sensación de vértigo que esperaba que tuviera más que ver con la mezcla de aire del sumergible, rica en oxígeno, que con su medicina. Su mirada alteraba la visión del agua negra como la tinta con las lecturas del panel de control. La temperatura del océano era de cuatro grados... ¡y subiendo! Cinco grados, seis...

Abrió el circuito de la radio.

—Ya llegamos, D.J.

—Vamos a entrar en las corrientes tropicales, doctor. Cuando pasemos sobre las chimeneas va a hacer mucho calor. ¡Eh! ¿Has visto ese racimo de gusanos de tubo ahí abajo?

—¿Dónde? —Jonas se concentró pero no vio nada.

—A las dos —indicó D.J.—. Espera. La neblina que expelen las chimeneas debe de ocultártelo.

Jonas notó los latidos del corazón en los oídos. ¡La neblina de las emisiones de las chimeneas! Parecía una nube de contaminación suspendida sobre una acería, pero en la fosa los gruesos depósitos de minerales formaban una capa sobre el fondo marino. Por eso había desaparecido la imagen blanca ante sus ojos, siete años atrás. ¡Camuflado por la oscuridad, los depósitos de minerales y el humo negro le habían impedido la visión!

—¡Taylor! —La voz de Heller le apartó de sus pensamientos—. ¿Qué sucede? Tu monitor cardíaco acaba de salirse de la escala.

—Estoy bien... Un poco excitado, solo. —Jonas observó el termómetro digital. La lectura seguía subiendo. Diez grados, quince... y continuaba aumentando. Treinta. Habían entrado de pleno en la capa cálida del cañón, calentada por los manantiales hidrotermales.

—Doctor, conecta el foco de búsqueda. Tienes que evitar el contacto directo con el agua que brota de esas chimeneas. Está tan caliente que podría fundir alguna juntura cerámica.

—Gracias por el aviso, D.J.

Jonas pulsó el interruptor y la luz iluminó la boca de

docenas de chimeneas, de unos diez metros de altura. Humeros negros. Jonas conocía bien aquellas extrañas estructuras geológicas. Cuando el agua sobrecalentada de las fuentes hidrotermales salía desde el manto terrestre, depositaba azufre, cobre, hierro y otros minerales a los lados de las grietas del fondo marino. Con el tiempo, los depósitos producían chimeneas parecidas a volcanes delgados que se alzaban del lecho. El agua que manaba de estos altos conductos era negra debido a su elevado contenido en azufre, y a ello debían su nombre: humeros negros.

Jonas maniobró con el sumergible entre dos de las torres humeantes y, al pasar por la nube oscura, se quedó prácticamente sin visibilidad. La temperatura subió aceleradamente hasta los ciento diez grados y, por fin, dejó la zona atrás y los siete mil quinientos vatios del foco abrieron un camino en las aguas negras, ahora transparentes.

Jonas Taylor abrió los ojos como platos, asombrado ante lo que veía. D.J. tenía razón. Había entrado en un mundo diferente.

El fondo

Jonas ajustó el alerón central y redujo el ángulo de descenso. Aminoró la velocidad y se mantuvo a siete metros del fondo, a la espera de D.J.

Ante él se extendían innumerables filas de almejas gigantes, completamente blancas y cada una de más de un palmo de diámetro. Las había a miles, dispuestas en formación en torno a las chimeneas como si adoraran a su dios. La luz reveló algunos movimientos en el fondo, crustáceos de las fuentes, cientos de langostas albinas y cangrejos blancos, todos absolutamente ciegos, que brillaban en la oscuridad del abismo.

Jonas sabía que muchas especies de peces que vivían en las oscuras profundidades marinas fabricaban su propia luz mediante unas sustancias químicas llamadas luciferinas o gracias a unas bacterias luminosas que vivían en sus cuerpos. La naturaleza había dotado a las especies de una piel blanca y un brillo luminiscente para atraer a las presas y para localizarse.

La vida, la cantidad y variedad de formas de vida en las fosas abisales, había desconcertado a los científicos, que habían fallado al plantear la teoría de que sin la luz del Sol no podía existir en el planeta ningún ser vivo. Jonas estaba asombrado. Allí, en la sima Challenger, en el lugar más desolado del planeta, la naturaleza había encontrado una manera de permitir la existencia de la vida.

Junto a una gran extensión de almejas y mejillones gigantes, Jonas observó un espléndido racimo de gusanos de tubo enormes, mecidos por las corrientes. Eran de un blanco absoluto, casi fluorescente, salvo en los extremos, que tenían un color rojo sangre. Con cuatro metros de longitud y doce centímetros de anchura, formaban grupos demasiado numerosos como para pensar en aproximarse. Los gusanos de tubo se alimentaban de las bacterias del agua. A su vez, los zoarcidos y otros peces pequeños se alimentaban de los gusanos.

Todo ello constituía una extraña cadena alimentaria localizada en el fondo del mundo, en un mundo que existía envuelto en una oscuridad total. Jonas se preguntó qué especie ocuparía el escalón más alto. ¿Los calamares gigantes? ¿Algún género por descubrir? A once kilómetros de profundidad, separados de una presión hidrostática de mil quinientos kilos por centímetro cuadrado por unos pocos centímetros de aleación, a Jonas solo se le ocurrió dar gracias por haberse equivocado respecto de la existencia del *Meg*.

Aminoró la marcha del *AG-II* y alcanzó a ver el brillante resplandor del foco del segundo sumergible, que se acercaba por detrás. Abrió el canal de radio.

—Ya puedes pasar delante, D.J.

El vehículo del muchacho rodeó al de Jonas y lo sobrepasó en un lento «vuelo», atento a mantener la distancia suficiente. Los dos acuanautas querían estar a la vista el uno del otro, pero debían tener cuidado de no enredarse con el cable que arrastraba D.J.

Les llegó la voz de DeMarco por la radio.

—La pared de la sima debería de quedar a babor, a unos treinta metros.

Jonas siguió a D.J. a lo largo del fondo oceánico hasta que alcanzó a ver la pared vertical de la cordillera submarina conocida como «Montañas del Mar». Los vehículos entraron en un valle rodeado de altos muros. Era como si Dios hubiera cogido el Gran Cañón del Colorado y lo hubiese sumergido bajo once kilómetros de océano. Jonas había retrocedido en el tiempo, pues sabía que los montes marinos tenían, al menos, doscientos millones de años. Maniobró dentro de la trinchera, sin perder de vista el sumergible de D.J.

—Ahí delante el terreno es un poco áspero, doctor. Ten mucho cuidado —le avisó el muchacho. Como si hubiera sido una señal, Jonas notó que la sección de cola empezaba a moverse como el rabo de un perro—. Puede que tengamos otro deslizamiento de tierras ahí delante.

—Espero que te equivoques —respondió—. ¿Ves algo?

—Todavía no, pero he captado en el radar la señal de la baliza de posición del UNIS dañado. Hacia el norte por esta trinchera. Verás que el valle se abre otra vez. El UNIS se había colocado a unos veinte metros de la pared de la sima, a nuestra izquierda, antes de producirse el fallo.

Jonas miró a la derecha. En efecto, los montes del mar habían desaparecido y solo se veía más océano negro. A su izquierda, la pared del cañón todavía se alzaba amenazadora hasta perderse en la oscuridad, más allá de donde alcanzaba la luz.

Entonces vio aparecer en la pantalla de la consola la luz roja parpadeante.

—¡Ahí está! —exclamó D.J. tras un largo silencio.

La cubierta de la unidad UNIS destruida parecía un

pedazo de chatarra metálica enterrado bajo varias rocas. D.J. colocó el sumergible encima de los restos y los iluminó con el foco como si fuera una farola de la calle.

—Es todo tuyo, doctor. Adelante, echa un vistazo.

Jonas se aproximó al UNIS, flotando dentro del haz de luz del vehículo de D.J., dirigió su propio foco al casco esférico reventado y se desplazó hacia el otro lado. Al observar los escombros en torno a la base, creyó notar que había algo distinto. Algo se había movido.

—¿Ves algo? —preguntó D.J. por la radio.

—Todavía no —respondió, forzando la vista con la esperanza de ver algo blanco. Se acercó más y estudió las rocas.

Y allí estaba.

—¡D.J., no puedo creerlo! ¡Creo que he localizado el diente! —Apenas podía contener la excitación. Extendió el brazo mecánico de su vehículo, dirigió la pinza hacia el objeto blanco y triangular, de veinte centímetros de longitud, y lo levantó con cuidado del montón de sedimentos de azufre y hierro.

—¡Eh, doctor! —exclamó D.J. con una risa histérica.

Jonas miró el objeto por el cual había viajado once kilómetros océano abajo.

Eran los restos de una estrella de mar albina.

El macho

Terry Tanaka, Frank Heller y Alphonse DeMarco casi se cayeron de la silla, partiéndose de risa. Jonas escuchó sus carcajadas incontrolables por la radio y, durante un segundo, consideró seriamente la posibilidad de estrellarse contra la pared de la sima.

—Siento mucho haberme reído, hombre —dijo por fin D.J.—. Si quieres reírte tú de mi estupidez, echa un vistazo al brazo mecánico de mi *Glider*.

Jonas lo hizo, y vio que el cable de acero se había enroscado en una docena de lazos caóticos en torno a los dos metros de extremidad mecánica, hasta el punto de que esta apenas resultaba visible bajo el cable.

—Eso no tiene nada de gracioso. Tendrás que hacer muchas maniobras para desenredarte y quedar libre.

—No te preocupes. Puedo hacerlo. Tú ocúpate de despejar esas rocas.

—¡Taylor! —la voz de DeMarco le llegó por los auriculares—. Quizá creíste ver una estrella de mar de veinte metros...

Jonas escuchó la risa aguda de Terry. Bajó el brazo mecánico e intentó concentrarse en el trabajo que tenía ante sí.

Notaba que le hervía la sangre y unas gotas de sudor le resbalaban por las mejillas. En pocos minutos había despejado de obstáculos la zona circundante del robot UNIS.

—Buen trabajo, doctor. —D.J. hacía girar el brazo mecánico muy despacio, girando en pequeños círculos en sentido contrario al de las agujas del reloj. Poco a poco, el cable de acero empezó a soltarse del apéndice extendido.

—¿Necesitas ayuda? —preguntó Jonas.

—No, me va bien así. Mantente a la espera.

Jonas equilibró el *Abyss Glider* a siete metros del fondo. Masao tenía razón, todos ellos la tenían. Había sufrido una alucinación, había permitido que su imaginación se disparara en el abismo y, con ello, había violado una de las reglas fundamentales de la exploración a grandes profundidades. Un error, una simple pérdida de concentración, había costado la vida de sus compañeros de equipo y su reputación como acuanauta.

¿Qué le quedaba ahora? Pensó en Maggie. Querría el divorcio, sin duda. Jonas era un estorbo. Había recurrido a su propio amigo, a Bud Harris, en busca de amor y apoyo mientras él, Jonas, construía toda una nueva carrera para sí sobre la base de una alucinación. Esta nueva inmersión en la sima Challenger en busca de la prueba de la existencia del *Megalodon* lo convertiría en el hazmerreír del mundillo paleontológico. ¡Una estrella de mar, por el amor de Dios...!

Blip.

El sonido lo pilló desprevenido. Localizó el radar. Había aparecido un punto rojo en la representación del terreno abisal. El plano indicaba que la fuente de la perturbación se aproximaba deprisa.

Blip, blip, blip, blip...

Jonas notó que se le aceleraba el corazón. Fuera lo que fuese, ¡era grande!

—D.J., mira en el radar —indicó a su compañero.

—El radar... ¡Ostras! ¿Qué demonios es eso?

—¡DeMarco!

Alphonse DeMarco había dejado de reírse:

—Aquí también lo vemos —dijo—. ¿D.J. ha sujetado el cable, ya?

Jonas miró hacia el sumergible. El brazo mecánico seguía girando, ahora más deprisa, e intentaba liberarse de los últimos anillos.

—No, todavía no. ¿Qué tamaño le calculáis a ese objeto?

—Relájate, Jonas. Ya sé qué piensas, pero DeMarco dice que probablemente estáis viendo un cardumen de peces.

Jonas contempló el radar, escéptico. El objeto parecía encaminarse directamente hacia ellos, como si los sumergibles fueran balizas que lo atraían.

—¡D.J., detén el brazo! —ordenó Jonas.

—¿Eh? Ya estoy casi...

—¡Desconéctalo todo, todos los sistemas! ¡Hazlo ahora mismo! —Jonas cortó la energía del vehículo y el foco de siete mil quinientos voltios se apagó—. D.J., si el objeto es un *Megalodon*, viene hacia aquí a causa de las vibraciones e impulsos eléctricos de nuestros sumergibles. ¡Apaga el motor!

A D.J. se le aceleró el corazón. Pulsó el botón y el brazo mecánico dejó de girar.

—¿Qué debo hacer, Al?

—Taylor está loco. Asegura el cable y largaos de ahí.

—D.J... —Jonas dejó la frase a medias. Sus ojos distinguieron el objeto que nadaba a su alrededor a menos de quinientos metros de distancia.

Brillaba.

El resplandor

El foco del sumergible de D.J. se apagó con un parpadeo y un manto de oscuridad cayó en torno a los dos vehículos. De pronto, Jonas no podía ver ni sus propias manos, pero notaba cómo temblaban y mantuvo una de ellas cerca del interruptor de energía.

Vislumbró el objeto como un vago resplandor pálido que daba vueltas a su alrededor, entrando y saliendo de la abrumadora oscuridad. Con su silencioso desplazamiento, a unos quinientos metros de los sumergibles, estaba midiendo a su presa y se acercaba gradualmente.

Jonas notó un nudo en la garganta.

No cabía duda. Allí estaban el morro cónico, la gran cabeza triangular y la cola en forma de media luna. Calculó que el *Megalodon* mediría sus buenos quince metros y pesaría alrededor de doce mil kilos. Tenía un color blanco puro, fluorescente, como las almejas gigantes y los gusanos de tubo. El animal volvió otra vez, nadando en paralelo a la pared del cañón. Jonas observó el par de órganos sexuales que quedaba a la vista en el bajo vientre: era un macho.

D.J. le cuchicheó unas palabras por la radio:

—Está bien, doctor, me has convencido, te lo juro. Y ahora, ¿qué plan tienes?

—Mantén la calma, D.J. Está estudiándonos porque no está seguro de que seamos comestibles. No te muevas; debemos tener cuidado de no provocar una respuesta.

—¡Taylor, informa! —La voz de Heller llenó la cápsula.

—Cierra el pico, Frank —susurró Jonas—. Nos están observando.

—¡D.J.! —susurró la voz de Terry por la radio.

El muchacho no respondió. Estaba hipnotizado por el ser que tenía ante él. Estaba totalmente paralizado por el miedo.

Jonas sabía que solo tenían una posibilidad; como fuera, tenían que escapar de aquella zona de aguas cálidas y alcanzar las aguas gélidas y abiertas de las capas superiores. El *Meg* no podría seguirlos allí. Jonas notó que el sumergible había empezado a calentarse debido al lecho de sedimentos calientes del cañón. Bañado en sudor, observó cómo el resplandor mortecino de la piel del monstruo se agrandaba y se tornaba más brillante. Jonas vio por un instante el destello de un ojo gris azulado.

El *Megalodon* se volvió. Nadaba directamente hacia ellos. La enorme criatura brillaba como un fantasma en la negrura. En su boca abierta se distinguían varias hileras de dientes aserrados.

Jonas encendió el foco y dirigió los siete mil quinientos vatios de luz a los ojos del animal. El *Megalodon* volvió la cabeza hacia la derecha y, como un rayo, desapareció en la oscuridad con un latigazo de la cola.

—¡Joder, doctor! —exclamó D.J. por la radio.

La onda de choque creada por las doce toneladas de tiburón alcanzó los dos sumergibles. El *Glider* de D.J. se zarandeó y tiró del cable de acero. El vehículo de Jonas fue arrastrado contra la pared de la sima y chocó con ella de popa. Los propulsores gemelos del sumergible quedaron aplastados.

El *Megalodon* nadó en círculo encima de ellos y descendió hacia el *AG-II* inmovilizado, que yacía boca abajo en la base de la montaña submarina. Jonas abrió los ojos mientras el resplandor mortecino que se aproximaba llenó el campo de visión de la cápsula. El monstruo levantó su grueso hocico blanco, desplazó la mandíbula hacia delante y dejó a la vista las múltiples hileras de dientes afilados como cuchillas, de veinte centímetros. Entonces cerró los ojos y durante un milisegundo agradeció que la muerte le llegara por el cambio de presión y no por la acción de la espantosa dentadura del animal.

En el último momento, el *Megalodon* interrumpió el ataque; con un latigazo del cuerpo, se desvió en un giro cerrado y se alejó del fondo. El muro de agua creado por el movimiento de su enorme cola desplazó el sumergible y este dio varias vueltas sobre sí mismo hasta que, por fin, quedó encajado boca abajo en la pared de la sima.

Jonas notó el líquido caliente que le descendía por la frente y quedó inconsciente.

La caza

D.J. Tanaka aceleró el *AG-II* en un ángulo de ascenso de noventa grados y se concentró en la carrera en que estaba enfrascado, sin hacer caso a las constantes llamadas que suplicaban que respondiera. Las venas le zumbaban los oídos, pero tenía las manos firmes. Sabía lo que se jugaba: aquello era asunto de vida o muerte. El adicto a la adrenalina sonrió.

Echó una rápida mirada hacia la izquierda. El monstruo albino se apartó bruscamente de la pared de la sima y se elevó del lecho oceánico como un misil teledirigido que apuntara a su presa fugitiva. D.J. calculó que tenía cuarenta metros de ventaja y las aguas frías quedaban a setecientos o mil metros más arriba. Las cosas irían muy justas.

El *Glider* cruzó la densa niebla que producían los humeros negros. D.J. miró atrás y no vio al *Megalodon*. Comprobó el termómetro exterior y vio que marcaba diez grados y bajando. «Voy a conseguirlo», se dijo.

La vista del muchacho registró el resplandor a la derecha de la cápsula una fracción de segundo antes de que la boca gigantesca se estrellara de costado contra el sumergible. El impacto fue como el de una colisión entre un automóvil y una locomotora. Girando boca abajo en completa oscuridad, D.J. intentó gritar y el crujido amenazador de la cerámica y del plástico lo ensordecieron en el mismo instante en que su cráneo implosionaba y le estrujaba los sesos.

El *Megalodon* macho olfateó la sangre caliente y todo su sistema sensorial se estremeció de placer. Introdujo el hocico en la estrecha cámara, aunque no pudo alcanzar los restos del torso de D.J. Tanaka.

Con lo que quedaba del sumergible entre las mandíbulas, el monstruo descendió hacia las corrientes cálidas del fondo.

Jonas recobró el sentido inmerso en una completa oscuridad y un silencio sobrecogedor. Notó una punzada de dolor en la pierna. Tenía el pie atrapado en algo; tiró de él, consiguió liberarlo y giró el cuerpo. Un líquido caliente le resbaló por el párpado y lo enjugó. Sabía que era sangre aunque no podía ver la mano a un palmo de la cara.

¿Cuánto tiempo había permanecido inconsciente?

La energía estaba cortada, pero el compartimento parecía una sauna. Debía de estar en el fondo oceánico, pensó. Alargó la mano y, a tientas, buscó los controles, pero descubrió que se había escurrido del arnés de pilotaje y había caído hasta el otro extremo de la cápsula. Se arrastró de nuevo a la posición inicial y localizó los mandos en el panel. Pulsó el interruptor del sistema de energía del sumergible pero no se puso en marcha. El *AG-II* estaba completamente inactivo en el agua.

Distinguió algo encima de él, fuera del vehículo. Un destello de luz refractado en el plástico. Se impulsó hacia delante en la burbuja de lexan y estiró el cuello.

Entonces vio al *Megalodon* macho que nadaba lentamente hacia el fondo con un extraño objeto colgado entre la mandíbula superior y el hocico.

—¡Oh, Dios mío...! —exclamó al reconocer los restos del *Glider*. El sumergible de D.J. colgaba de las mandíbulas del depredador con el cable de acero todavía sujeto a él. Ahora, el cable se enlazaba y enroscaba en torno al torso del animal.

Frank Heller tomó asiento, petrificado.

—Tenemos que saber qué sucede ahí abajo —dijo, señalando los monitores en blanco.

Terry intentó en vano establecer contacto por radio.

—¿Me oyes, D.J.? ¿D.J.?

DeMarco hablaba precipitadamente con el capitán Barre por una línea telefónica interna. La tripulación estaba situada a popa, ocupada en el enorme cabrestante.

—Frank, Leon dice que se registra movimiento en el cable. El sumergible de D.J. todavía está sujeto.

Heller se puso en pie de un salto y se desplazó al monitor que mostraba el cabrestante de la cubierta de popa.

—Tenemos que subirlo antes de que muera ahí abajo. Si se ha quedado sin energía, somos su única posibilidad.

—¿Qué hay de Jonas? —preguntó Terry.

—No hay modo de ponerse en contacto con él —respondió DeMarco—, pero quizá podamos salvar a tu hermano.

Heller se inclinó sobre la consola y habló al micrófono:

—Leon, ¿me recibes?

La respuesta de Leon Barre resonó en el altavoz.

—¿Estás preparado para izarlo? —preguntó Heller—. ¡Pues hazlo!

Jonas se quedó paralizado mientras veía pasar al *Megalodon* macho justo por encima de él. Un temblor en el vientre que acompañaba el abrir y cerrar de las mandíbulas del voraz depredador, que continuaba empeñado en introducir el hocico en los restos del sumergible, sin preocuparse del cable de acero que ya lo rodeaba. Jonas creyó captar una sombra en movimiento más allá del animal. Desde arriba estaban recogiendo el cable. Segundos después, el acero se tensó en torno a la piel blanca del monstruo y se hundió profundamente en los blandos tejidos de las aletas pectorales.

El apretado abrazo del cable provocó espasmos en el *Megalodon*, que giró el torso en un acceso de rabia y sacudió la aleta caudal adelante y atrás en un fútil intento por liberarse. Cuanto más se debatía, más se enredaba.

Jonas contempló con fascinación impotente cómo luchaba el animal, incapaz de soltarse de aquellos lazos de acero. Con las aletas pectorales pegadas a los costados, no podía estabilizarse y sacudía la cabeza de lado a lado, provocando potentes corrientes de agua que martilleaban en la pared de la sima. Los esfuerzos del animal no hacían sino agotarlo.

Al cabo de unos minutos, el monstruo dejó de agitarse y se quedó inmóvil, suspendido en el lío de acero. El único signo de vida que ofrecía era un esporádico aleteo de las agallas. Poco a poco, el cabrestante del *Kiku* empezó a tirar del *Megalodon* atrapado hacia las frías aguas superiores.

Los últimos movimientos del macho agonizante enviaron una cascada de vibraciones a lo largo de toda la sima Challenger.

La hembra

Apareció de la nada, nadando directamente encima de Jonas, y su mortífero esplendor mortecino iluminó la negrura como una luna enorme.

Su inmensa mole tardó varios segundos en pasar sobre su cabeza. Hasta que distinguió su enorme aleta caudal, Jonas creyó que quizá se trataba de alguna clase de submarino.

El *Megalodon* hembra medía cinco metros más que el macho, como mínimo, y debía de alcanzar los veinte mil kilos de peso. Un movimiento de la aleta caudal provocó una sacudida en el agua que alcanzó al sumergible averiado, lo levantó y lo envió sima abajo. Jonas se sujetó como pudo mientras el *AG-II* se deslizaba hacia el fondo del cañón, dando un par de vueltas antes de detenerse en medio de otra nube de sedimentos. Apretó el rostro contra el plástico de la burbuja y, cuando el limo se aposentó, vio a la hembra lanzarse hacia el macho que aún se debatía en el cable.

Cuando estuvo a una distancia de dos cuerpos, la hembra aceleró bruscamente, cargó contra el macho y clavó sus mandíbulas hiperextendidas en el blando vientre de su compañero.

El colosal impacto envió al *Megalodon* macho veinte metros hacia arriba mientras los dientes aserrados de veinticinco centímetros de la hembra desgarraban la piel blanca y dejaban a la vista el corazón y el estómago del *Megalodon*.

El cabrestante del *Kiku* recuperó rápidamente los metros de cable y tiró de él hacia arriba en el instante en que, abajo, la hembra engullía un enorme bocado del tracto digestivo de su compañero.

Jonas apenas alcanzó a distinguir la silueta blanquecina de la hembra en su ascenso tras el cuerpo, con el hocico enterrado en el cuerpo sangrante del macho y el vientre blanco e hinchado palpitando en espasmos, mientras tragaba enormes pedazos de músculos y entrañas.

La hembra estaba preñada, próxima a parir, y el hambre de sus crías aún no nacidas debía de ser insaciable. Se negaba a abandonar la comida aunque ya estaba alimentándose en unas aguas gélidas en las que jamás se había aventurado.

Pero la sangre templada de su compañero la bañaba en un denso río de calor que la escoltaba en su ascensión desde las profundidades y que hacía soportable el viaje. Así continuó alimentándose, con sus mandíbulas mortíferas clavadas en lo más hondo de la herida y desgarrando el bazo y el duodeno del monstruo mientras cientos de litros de sangre caliente se derramaban sobre su torso, protegiéndola del frío.

Jonas se dio cuenta de que el *Megalodon* estaba desplazándose a través del frío. Atrapado en el vehículo, vio desaparecer el agitado resplandor mortecino sobre su cabeza y dejó que la negrura de la sima se cerrara en torno a él.

Terry, DeMarco y Heller habían salido a cubierta, donde el equipo médico de a bordo y una docena de tripulantes más permanecían junto a la barandilla, a la espera de que reapareciese su compañero.

El capitán Barre contempló el aro de hierro del cual estaba suspendida la polea del armazón de acero del cabrestante.

Se notaba que estaba forzado bajo el peso de la carga y amenazaba con romperse en cualquier momento.

—No sé qué habrá al otro extremo del cable —murmuró con voz grave—, pero seguro que es algo más que el sumergible de D.J.

Escape

Jonas sabía que se quedaría sin aire si no actuaba pronto. Los alerones del sumergible se habían estropeado con los golpes y el motor había dejado de funcionar. Sería imposible ascender con el peso muerto de la parte mecánica del vehículo, así que tenía que encontrar la palanca de emergencia y liberar la cápsula de escape de lexan.

Sudaba profusamente y empezaba a sentirse mal otra vez. No estaba seguro de si era debido a la pérdida de sangre o a la creciente falta de oxígeno. Tanteó con los dedos el piso de la cápsula, bajo su estómago, y localizó el pequeño compartimento de reserva. Se inclinó hacia atrás, abrió la tapa y buscó con la mano la bombona de oxígeno. Desenroscó una válvula y liberó una corriente de aire en la burbuja de plástico.

A continuación, se ajustó de nuevo el arnés de pilotaje hasta quedar colocado en posición. Palpó a su derecha, encontró la caja metálica que buscaba, la abrió y agarró la palanca de emergencia para lanzarse.

Cuando tiró del mando, un brillante destello rasgó la oscuridad detrás de él, clavándolo al arnés. La cápsula salió disparada en el agua como una centella y se alzó del fondo de la sima. Tenía dos alerones estabilizadores y, sin embargo, continuó girando por efecto de la explosión, ascendiendo en espiral a través del agua.

Poco a poco, la burbuja de lexan perdió su impulso y entró en una ascensión mucho más suave. La cápsula trasparente tenía una flotabilidad positiva y se elevó rápidamente. Con todo, pasarían varias horas hasta que alcanzara la superficie y Jonas sabía que debía concentrarse en mantener el calor. Sus ropas estaban empapadas de sudor y la temperatura descendía deprisa.

Las aguas verdes superficiales empezaron a burbujear con una espuma rosada y brillante. De pronto, asomó en la superficie la enorme cabeza blanca del *Megalodon* macho. Debajo, el cable de acero mantenía unidos los escasos pedazos de músculo y tejido conectivo que aún pendían de la larga columna vertebral y de la aleta caudal, que colgaba fláccida en las aguas.

La tripulación del *Kiku* contempló con asombro los restos del monstruo devorado mientras los izaban fuera del agua y los extendían en la ancha cubierta de la nave. Enredados en el cable, colgando en la base de la cola del gigante, estaban los restos destrozados del sumergible de D.J. Tanaka.

Terry cayó de rodillas y contempló demudada el desastre incomprensible que tenía ante ella.

Jonas llevaba dos horas ascendiendo sin incidencias. La merma de sangre y el frío intenso de las grandes profundidades lo habían dejado casi inconsciente. Había perdido la sensibilidad de todos los dedos de las manos y de los pies.

Seguía sin ver nada en aquellas aguas negras como el betún, pero sabía que terminaría por alcanzar la luz si era capaz de resistir.

Frank Heller bajó los prismáticos y escrutó el mar con su mirada, directamente. Desde el puente vio las tres pequeñas Zodiac de exploración, colocadas a cuatrocientos metros en torno al *Kiku*. DeMarco estaba a su lado junto a la barandilla.

—Será mejor que los helicópteros de la Marina lleguen pronto... —murmuró.

—Ya es demasiado tarde. Si no aparece en los próximos diez minutos... —Heller no terminó la frase. Los dos sabían que si a Jonas no lo había matado el *Megalodon*, lo haría el frío. Se volvió a contemplar por enésima vez la gigantesca cabeza blanca y la espina dorsal del monstruo extendidas en la cubierta inferior. El equipo científico estaba examinando los restos. Uno de los miembros tomaba fotografías—. Si eso... si eso mató a D.J., ¿qué diablos lo mató a él?

DeMarco contempló la cabeza ensangrentada antes de responder.

—No lo sé. Pero, desde luego, no fue un deslizamiento de tierras.

Terry, de pie en la proa de la Zodiac amarilla, resistía el zarandeo del oleaje y escrutaba las aguas delante de ella en busca de la cápsula de rescate del otro *AG-II*. Hasta que la encontraran no tenía tiempo de lamentarse, de dar rienda suelta al dolor que sentía.

Tenía que localizar a Jonas mientras quedara alguna oportunidad.

Leon Barre iba al timón de la lancha.

—Voy a dar la vuelta —anunció.

—¡Espere! —Terry distinguió algo entre las olas y señaló al frente y a estribor—. ¡Allí!

La banderola de vinilo roja asomaba sobre la cresta de las olas.

Leon los condujo hasta la cápsula, que se mecía plácidamente en el agua. Vieron a Jonas a través de la burbuja transparente de lexan.

—¿Está vivo? —preguntó Leon, con la vista puesta más allá de la proa.

Cuando estuvieron más cerca, Terry asomó el cuerpo sobre el agua para ver mejor.

—Sí —dijo con alivio—. Está vivo.

En puerto

Frank Heller no lograba entender cómo se había propagado tan deprisa la noticia. El *Kiku* había tardado menos de doce horas en alcanzar la base naval Aura Harbor, en Guam. Dos equipos de televisión japoneses y otro de la emisora local los esperaban en el muelle, junto a reporteros de prensa y fotógrafos de la Marina, del *Manila Times* y del *Sentinel* de Guam. Tan pronto Heller desembarcó, los periodistas lo rodearon y lo bombardearon con preguntas sobre el tiburón gigante, el piloto muerto y el científico superviviente, que había sido trasladado al hospital por vía aérea para recibir el tratamiento médico oportuno.

—El profesor Taylor ha sufrido algunas contusiones y presenta hipotermia y pérdida de sangre, pero me han informado de que se recupera satisfactoriamente —les comunicó Heller.

Los cámaras enfocaron al médico, pero cuando la grúa izó los restos del *Megalodon*, se apresuraron a grabar unas tomas. Una joven japonesa acercó el micrófono a Heller.

—¿Dónde llevarán al tiburón?

—Enviaremos los restos por avión al Instituto Oceanográfico Tanaka tan pronto como sea posible.

—¿Qué ha sido del resto del animal? —quiso saber la insistente reportera.

—De momento, no estamos seguros. Quizá el animal quedó destrozado por el cable que lo apresaba.

—Pues parece que lo hayan devorado. —El comentario procedía de un norteamericano medio calvo de cejas pobladas—. ¿Es posible que otro tiburón atacara a este?

—Es posible, pero...

—¿Está usted diciendo que hay otros monstruos como ese?

—¿Alguien ha visto...?

—¿Cree usted que...?

—Por favor, por favor... —Heller levantó las manos—. Uno después de otro.

Hizo un gesto a un hombre corpulento del periódico de Guam que había levantado el bolígrafo para preguntar.

—Supongo que lo que queremos saber, doctor, es si podemos meternos en el agua con tranquilidad.

—Permítame que despeje sus temores —respondió Heller en tono confiado—. Si existe algún otro tiburón como ese en la fosa de las Marianas, nos separan de él diez kilómetros de agua casi helada. Según parece, las aguas frías los han mantenido atrapados ahí abajo durante los últimos dos millones de años, por lo menos. Y si han sobrevivido más ejemplares, probablemente sigan confinados en esa capa de aguas cálidas del fondo del océano durante unos cuantos millones de años más.

—Doctor Heller... —Frank se volvió. Ante él estaba David Adashek, quien preguntó con aire inocente—: El profesor Taylor es paleontólogo marino, ¿verdad?

Heller dirigió una mirada furtiva a la multitud.

—Sí. Ha realizado algunos trabajos...

—Más que eso, yo diría. Tengo entendido que ha planteado una teoría acerca de estos... de estos tiburones dinosaurio. *Megalodon*, creo que los llaman.

—Sí, bien... Creo que dejaré que el doctor Taylor le explique sus teorías personalmente. Ahora, si me...

—¿Lo dice en serio...?

—Si no le importa, todos tenemos mucho trabajo pendiente.

Heller se abrió paso entre los periodistas sin hacer caso del chaparrón de preguntas que llovía sobre él.

—¡Abran paso! —tronó una voz detrás del grupo. Era Leon Barre, que supervisaba el traslado de los restos del *Megalodon* al embarcadero. Un fotógrafo se destacó del grupo y gritó:

—¡Capitán! Capitán, ¿puedo tomar una foto de usted con el monstruo?

Barre hizo una señal con el brazo al operario de la grúa. La cabeza del *Megalodon* se detuvo en el aire con la espina dorsal y la aleta caudal rozando el muelle y las mandíbulas abiertas hacia el cielo. Los cámaras intentaron todos los escorzos posibles, pero los restos del monstruo eran tan largos que no había forma de que cupieran en el encuadre. Barre retrocedió unos pasos hasta situarse junto a la cola del gigante y se volvió hacia los reporteros. El monstruoso depredador hacía que el robusto capitán pareciese un enano.

—Sonría, capitán —gritó alguien.

Barre mantuvo su mirada sombría.

—Ya sonrío —refunfuñó.

El *Magnate*

Maggie estaba tendida sobre la cubierta del yate, de madera de teca. El sol acariciaba su cuerpo embadurnado de aceite y cubierto solo con la pieza inferior del biquini.

—Siempre has dicho que el bronceado queda bien ante las cámaras. —Bud estaba de pie ante ella, en traje de baño, con el rostro invisible a contraluz. Maggie se colocó la mano a modo de visera y levantó la mirada hacia él con los ojos entrecerrados—. Esto es para ti, cariño —murmuró con una sonrisa—. Pero no ahora. —Ella se dio la vuelta y miró la pequeña pantalla de televisión—. ¿Puedes traerme otra copa?

—Por supuesto, Maggie —dijo él dirigiendo su mirada hacia la espalda de ella—. Lo que quieras.

Dio media vuelta y entró en el camarote para prepararle un vodka con tónica.

Un minuto más tarde, Maggie lo llamaba a gritos. Bud salió a cubierta a toda prisa y la encontró sentada, con los pechos cubiertos con una toalla y boquiabierta ante el televisor.

—¡No me lo puedo creer!

—¿Qué?

Bud se acercó corriendo y prestó atención al televisor. La cabeza y las mandíbulas llenas de dientes del *Megalodon*, colgadas de la grúa del *Kiku*, llenaban el monitor.

(...) podría ser el tiburón gigante prehistórico conocido como *Megalodon*, el antepasado del gran tiburón blanco. Según parece, nadie sabe explicar cómo puede haber sobrevivido tal animal, pero quizá el doctor Jonas Taylor, que resultó herido en la captura, pueda aportar alguna respuesta. En estos momentos, el profesor Taylor se recupera en el hospital naval de Guam.

En China, hoy, las negociaciones para un acuerdo (...)

Maggie corrió al puente de mando. Bud fue tras ella.

—¿Adónde vas?

—Tengo que llamar a mi despacho. —Maggie entró en el puente mientras se envolvía en una toalla—. ¡Un teléfono! —pidió a gritos al capitán.

Este señaló un aparato situado detrás de ella y detuvo la mirada unos segundos más de lo necesario mientras ella se giraba de espaldas.

Maggie, furiosa, marcó el número de la oficina. Su secretaria le dijo que un tal David Adashek llevaba toda la mañana intentando localizarla. Anotó el número y marcó el de la telefonista que la conectaría con Guam. Unos minutos más tarde, oyó la señal de llamada.

—Adashek.

—David, ¿qué coño está pasando?

—¿Maggie? Llevo toda la mañana tratando de localizarte. ¿Dónde demonios has...?

—Olvida eso. ¿Qué sucede? ¿De dónde ha salido ese tiburón? ¿Dónde está Jonas? ¿Alguien ha hablado ya con él?

—¡Eh, poco a poco! Jonas se recupera en el hospital naval de Guam, con un centinela apostado en la puerta para que nadie hable con él. En cuanto al tiburón, es real y parece que te equivocabas con tu marido.

Maggie se sintió enferma.

—¿Maggie? ¿Sigues ahí?

—¡Mierda! Este podía ser el reportaje de la década, Jonas es uno de los protagonistas principales y yo me lo he perdido todo.

—Es cierto, pero eres la mujer de Jonas, ¿no? Quizá te cuente lo del otro tiburón.

A Maggie le dio un vuelco el corazón.

—¿Qué otro tiburón?

—El que devoró al monstruo que mató a ese chico, Tanaka. Todo el mundo habla de ello pero los del Instituto Tanaka lo niegan. Quizá Jonas hable contigo.

—Está bien, está bien. —La mente de Maggie funcionaba a toda velocidad—. Voy para allá, pero quiero que tú sigas la historia e intentes descubrir qué van a hacer las autoridades para localizar al otro animal.

—Ni siquiera saben si ha subido a la superficie. La tripulación del *Kiku* jura que no salió de la fosa y está segura de que el monstruo sigue atrapado allá abajo.

—Tú haz lo que te digo. Hay mil dólares extra para ti si me consigues alguna información interna de alguna fuente fiable sobre ese segundo tiburón. Te llamaré tan pronto aterrice en Guam.

—Tú mandas.

Cuando Maggie colgó, Bud estaba a su lado.

—¿Qué sucede, Maggie?

—Bud, necesito que me ayudes. ¿A quién conoces en Guam?

La recuperación

El policía militar de la Marina apostado ante la puerta de la habitación de Jonas en el hospital naval Aura se puso firme cuando Terry se acercó.

—Lo siento, señora. No se permite el paso a la prensa.

—No soy periodista.

El policía la observó con suspicacia.

—Pues le aseguro que no parece miembro de la familia.

—Me llamo Terry Tanaka. Soy del...

—¡Oh...! Disculpe —El hombre se hizo a un lado—. Discúlpeme, señora. Y... mis condolencias —añadió, desviando los ojos.

—Gracias —susurró ella y entró en la habitación.

Jonas tenía la cama cerca de la ventana y llevaba la frente vendada. Su rostro, pálido y lleno de arañazos, mostraba síntomas de agotamiento.

—Lo siento... —murmuró con voz todavía débil.

Terry asintió en silencio.

—Me alegro de que estés bien —dijo finalmente.

—¿Has hablado con tu padre?

—Sí... Estará aquí por la mañana.

Jonas se volvió hacia la luz blanca de la ventana, sin saber qué decir.

—Terry, esto es culpa mía...

—No. Tú intentaste advertirnos, pero nos burlamos de ti.

—No debería haber dejado que D.J. bajara. Debería haber...

—Basta, Jonas —lo interrumpió Terry—. No puedo cargar con mi propio sentimiento de culpabilidad, y mucho menos con el tuyo. D.J. era adulto y, desde luego, no estaba en absoluto dispuesto a escucharte. Afrontemos los hechos: él quería ir, pese a todas tus advertencias. Estamos todos desolados, conmocionados. No sé qué sucederá ahora. Soy incapaz de prever nada...

—Calma, Terry. Ven aquí.

La muchacha se sentó en la cama, se abrazó a él y rompió a llorar en su pecho. Jonas le acarició los cabellos e intentó consolarla. Al cabo de unos minutos Terry recobró la compostura y, sentada en la cama todavía, apartó el rostro para enjugarse las lágrimas.

—Me ves en una circunstancia muy rara. Yo no lloro nunca.

—No tienes que ser siempre tan dura.

—Sí, claro que sí —replicó ella con una sonrisa—. Mamá murió cuando yo era muy pequeña y durante todos estos años he tenido que ocuparme yo sola de papá y de D.J.

—¿Cómo está tu padre?

—Está destrozado. Tengo que ayudarlo a pasar este trance pero ni siquiera sé qué hay que hacer. ¿Habrá funeral? No hay cuerpo y...

Las lágrimas nublaron sus ojos.

—Habla con DeMarco. Dile que organice el servicio.

—Está bien. Solo quiero que esto termine. Quiero volver a California.

Jonas la miró un momento:

—Terry, este asunto del tiburón todavía no ha terminado. Tienes que saber una cosa: en la fosa había dos *Megalodon*. El que ha izado el *Kiku* fue atacado por una hembra más grande. La vi subir agarrada con los dientes a su compañero.

—Mira, Jonas, todo el mundo a bordo estaba observando y no apareció nada más en la superficie. Heller insiste en que la otra criatura, esa hembra, no podría sobrevivir al viaje a través de las capas de aguas frías. Eso fue lo que tú mismo dijiste...

—Escúchame, Terry. —Jonas intentó incorporar el torso, pero el dolor lo obligó a echarse hacia atrás otra vez—. El cuerpo del macho... Había mucha sangre. Los *Megalodon* son como los grandes tiburones blancos: no son mamíferos de sangre caliente pero tienen el cuerpo caliente. Algunos científicos denominan a eso «gigantotermia» y lo definen como la capacidad de los animales grandes para mantener una temperatura corporal alta gracias a su tamaño, unas tasas metabólicas bajas y unos tejidos periféricos utilizados como aislamiento.

—Jonas, déjate de lecciones. Me estoy perdiendo.

—El *Megalodon* es capaz de mantener unas temperaturas internas altas. Su sangre se calienta internamente como resultado del movimiento de los músculos. Hablamos de entre nueve y once grados más que la temperatura ambiente, y las corrientes del fondo abisal eran muy calientes.

—¿Qué intentas decir?

—Cuando el *Kiku* empezó a izar los restos del sumergible de D.J., el *Megalodon* se quedó atrapado en el cable de acero. Entonces vi cómo la hembra, de mayor tamaño, ascendía con el cuerpo de su compañero sin salirse del chorro de sangre caliente que manaba de este. Por fin, la vi desaparecer en aguas frías, por encima de la capa cálida del fondo.

—¿Qué temperatura puede alcanzar la sangre de un *Megalodon*?

Jonas cerró los ojos e hizo cálculos.

—Dado que vive en la fosa, la temperatura de la sangre podría superar los treinta grados. Si la hembra se mantuvo en la estela de sangre de su compañero muerto, es posible que llegara a la termoclina. Es muy grande; veinte metros o más. Un tiburón de ese tamaño podría cubrir la distancia de la fosa a las aguas superficiales cálidas en veinte minutos.

Terry lo contempló durante un momento interminable.

—Tengo que irme. Quiero que descanses un poco.

Le estrechó la mano y abandonó la habitación.

Tiburones

Jonas despertó y se miró la mano. La tenía cubierta de sangre seca. Se hallaba a bordo de la cápsula del *Abyss Glider*, que cabeceaba en la superficie del océano. El sol brillaba a través de la esfera de plástico, la mitad en el agua y la mitad fuera de ella.

«Ha sido un sueño —se dijo—. Ha sido un sueño...»

Contempló el cielo azul tras la cápsula. El horizonte estaba vacío. ¿Cuánto tiempo había pasado sin sentido? ¿Horas? ¿Días?

Debajo de él, el agua centelleaba con los rayos de sol. Escrutó las profundidades a la espera del tiburón. Sabía que estaba allí abajo.

El *Megalodon* apareció y se alzó hacia él como un cohete, con las mandíbulas abiertas y los dientes a la vista. Su boca era un abismo negro...

Despertó bañado en sudor y jadeando como si se ahogara. Estaba a solas en la habitación del hospital. El reloj digital marcaba las 00.06. Se dejó caer sobre la sábana empapada y contempló el techo iluminado por la luna.

Inspiró profundamente y fue expulsando el aire lentamente.

El miedo había quedado atrás. De pronto, se dio cuenta de que se sentía mejor. La fiebre, los fármacos... algo había dejado de producirle efecto y se sentía hambriento.

Se incorporó de la cama, se puso una bata y salió al pasillo. Estaba vacío. Escuchó el sonido de un televisor, pasillo adelante.

Encontró al policía militar en el puesto de las enfermeras, sentado a solas con los pies sobre una mesa y la camisa abierta, pendiente de las noticias mientras engullía un bocadillo.

El muchacho dio un respingo cuando notó la presencia de Jonas a su espalda.

—Señor Taylor... Se ha levantado...

—¿Dónde está la enfermera? —Jonas miró a su alrededor.

—Ha salido un momento, señor. Le he dicho que... que yo estaría pendiente. —Dirigió la mirada al vendaje de la cabeza de Jonas—. ¿Seguro que hace bien en levantarse de la cama, señor?

—¿Dónde puedo encontrar algo de comer?

—La cafetería está cerrada hasta las seis.

Jonas tenía cara de desesperación.

—Puede probar un poco de esto. —El muchacho partió el enorme bocadillo y le ofreció la mitad a Jonas. Él lo miró.

—No, no, muchas gracias...

—Por favor. Vamos, coma lo que quiera.

—Está bien, sí, gracias. —Jonas aceptó el bocadillo y empezó a devorarlo. Por el hambre que tenía, daba la impresión de que llevaba días sin probar bocado—. Está buenísimo —dijo al policía militar entre mordisco y mordisco.

—Es difícil encontrar bocadillos de salchichón y queso por aquí —comentó el muchacho—. El único lugar que conozco está al otro lado de la isla. Mis amigos y yo vamos hasta allí una vez por semana, para acordarnos un poco de lo que es estar en casa. No sé por qué no abren algo así más cerca de la base. Me parece que...

El joven marinero continuó hablando, pero Jonas no le escuchaba. La imagen que aparecía en el televisor había captado su atención. Unos pescadores descargaban en un muelle gran cantidad de tiburones de sus barcas.

—Disculpe. ¿Puede subir el volumen?

El marinero interrumpió su discurso y asintió:

—Desde luego.

> (...) la captura de más de cien tiburones frente a Zamora Bay. Al parecer, los pescadores han localizado una zona del océano frente a Saipan que ha ofrecido las máximas capturas del siglo y esperan que la fortuna les dure en el porvenir. En un suceso relacionado con este, doce ballenas piloto y dos decenas de delfines embarrancaron en la costa norte de Saipan. Por desgracia, la mayoría de estos mamíferos murió antes de que los grupos de rescate pudieran devolverlos al mar.
>
> También ha sido noticia (...)

Jonas bajó el volumen del televisor.

—Saipan. Eso está en mitad de las Marianas Septentrionales, ¿verdad?

—Sí, señor. La tercera isla del archipiélago.

Jonas desvió la mirada, pensativo.

—¿Qué sucede, señor? —preguntó el joven.

Jonas lo miró.

—Nada —respondió. Dio media vuelta y desanduvo sus pasos por el pasillo. De pronto se detuvo, volvió atrás y entregó el resto del bocadillo al marinero—. Gracias.

El muchacho lo vio regresar a toda prisa a la habitación.

—¿Señor? —dijo desde la silla—. ¿Seguro que se encuentra bien?

Saipan

El helicóptero biplaza dio dos brincos sobre la pista de tierra hasta que se apoyó como se corresponde en los esquíes. El capitán retirado de la Marina James «Mac» Mackreides dirigió una mirada a su pasajero, que parecía un poco nervioso después de cuarenta y cinco minutos de vuelo.

—¿Te encuentras bien, Jonas?

—Sí. —Jonas hizo una profunda inspiración mientras las palas del helicóptero aminoraban su velocidad progresivamente, hasta detenerse. Se habían posado en el recinto de un aeródromo improvisado. En un rótulo de madera borroso, junto al depósito de combustible, se leía BIENVENIDO A SAIPAN.

—Claro. Por eso tienes esa cara.

—Tu finura como piloto no ha mejorado desde que te licenciaste.

—Mira, chico: soy tu único recurso. Sobre todo, a las tres de la madrugada, maldita sea. ¿Qué puede ser tan importante como para que tengas que abandonar a estas horas esta isla olvidada de Dios?

—Has dicho que tu amigo, el pescador, sabe dónde

apareció recientemente una ballena muerta. Tengo que examinar los restos.

—¿En plena noche? Creo que a quien tendremos que examinar es a ti, amigo.

—En serio, Mac, esto es importante. ¿Dónde está nuestro hombre? Pensaba que se reuniría con nosotros aquí.

—¿Ves ese camino de la izquierda? Síguelo hasta la playa y verás media docena de barcas de pesca amarradas. Phillipe estará en la última. Ha dicho que te esperaría allí. Yo estaré en la taberna, emborrachándome. Búscame allí cuando te canses de jugar. Si estoy con una mujer, espérame diez minutos. Si es fea, espera cinco.

—Si estás borracho, ¿qué importa eso?

—Es verdad. Respecto a mi amigo Phillipe, recuerda: págale la mitad ahora y la otra mitad cuando vuelvas, no vaya a dejarte allí para que vuelvas a la orilla a nado.

—Gracias por el consejo —murmuró Jonas, y siguió con la mirada a su amigo mientras este se acercaba cojeando al edificio verde oxidado al que Mac se había referido como «la taberna». Después, cargó con el macuto y se encaminó en dirección opuesta, hacia la playa. Las nubes ocultaban las estrellas, pero el océano Pacífico estaba liso como un cristal.

Jonas Taylor había conocido a James Mackreides hacía siete años, en lo que ambos denominaban «el manicomio de la Marina». Tras el incidente a bordo del *Seacliff*, Jonas había pasado varias semanas en un hospital naval y, a continuación, había recibido la orden de ingresar en un pabellón psiquiátrico durante noventa días para su evaluación. Fue allí donde el equipo de psiquiatras de la

Marina intentó convencer al acuanauta de que los acontecimientos de la fosa de las Marianas habían sido alucinaciones. Al cabo de dos meses de «ayuda», Jonas se encontró en un profundo estado de depresión, separado de Maggie y con la carrera profesional arruinada. Imposibilitado de abandonar la clínica, se sentía solo y traicionado.

Entonces conoció a Mac.

James Mackreides vivía para desafiar a la autoridad. Se alistó y fue enviado a combatir a Vietnam cuando tenía veintitrés años y ascendió a capitán del 155 Cuerpo de Helicópteros de Asalto, desplegado en Camboya, mucho antes de que las Fuerzas Armadas de Estados Unidos reconocieran su presencia en la zona. Entrenado en la Marina en el pilotaje de los Cobra, Mac había sobrevivido a la locura de Vietnam decidiendo por su cuenta cuándo, dónde y si era el momento de librar una batalla. Si una misión le parecía absurda, nunca protestaba las órdenes; sencillamente, hacía otra cosa. Cuando le ordenaban bombardear la ruta Ho Chi Minh, Mac organizaba sus tropas para la batalla y conducía a su escuadrilla de helicópteros a algún hospital de campaña, recogía a un grupo de enfermeras y se las llevaba a pasar el día en las playas de la isla de Con Son. Por la noche, enviaba un informe sobre el excelente trabajo realizado por sus hombres en el «encuentro» con el «enemigo». La Marina no se enteró nunca. En una de tales aventuras, uno de los helicópteros de dos millones de dólares del grupo de Mac tomó tierra en un delta y fue destrozado a tiros y, finalmente, volado con una mina anticarro. Mac informó a sus superiores de que la escuadrilla había encontrado intenso fuego enemigo pero sus hombres habían conseguido resistir heroicamente ante fuerzas superiores. Por su valentía, Mac y sus hombres recibieron la estrella de bronce.

Después de la guerra, Mackreides continuó volando para la Marina. Defendía el sistema de libre empresa y suministraba cualquier cosa que pudieran pedirle los pequeños comerciantes desde Guam a Hawái... utilizando helicópteros de la Marina para transportar las mercancías. Finalmente, otro mando se fue de la lengua cuando encontró a sus hombres apuntados a visitas turísticas a las islas Hawái en helicóptero. Mac cobraba cincuenta dólares por cabeza y su paquete turístico incluía una bolsa de seis latas de cerveza y veinte minutos con una prostituta local.

El incidente del «burdel volante» le valió a Mackreides la destitución, una evaluación psiquiátrica obligada y una larga estancia en la institución mental de la Marina. Era aquello o la cárcel. Confinado contra su voluntad, Mac se sentía asfixiado, sin posibilidad de expresar su desprecio por la autoridad. Hasta que conoció a Jonas Taylor.

Según la opinión profesional de Mac, Jonas era una víctima más del juego del reparto de culpas de la Marina, de la aversión de los superiores a responsabilizarse de sus acciones. Aquello convertía a Taylor en una especie de espíritu hermano, y Mackreides se sintió en la obligación moral de ayudarlo a recuperarse.

Mac decidió que el mejor remedio para la depresión de su recién encontrado colega sería realizar un viaje por carretera. Robar el helicóptero del servicio de Guardacostas resultó fácil, y el aterrizaje en el aparcamiento de Candlestick Park, coser y cantar. Lo difícil fue entrar a ver el partido entre los 49ers y los Cowboys. Después de una noche de juerga, volvieron al hospital por la mañana, en taxi, borrachos y felices. El servicio de Guardacostas localizó el helicóptero dos días después, aparcado frente a una tienda de productos de belleza, con sendas mujeres desnudas pintadas a cada lado de la cabina.

Desde entonces, Jonas y Mac habían sido amigos del alma.

El último bote anclado junto a la playa no parecía muy marinero. Con apenas seis metros de eslora, la barca de madera se hundía mucho en el agua y sus planchas grises mostraban restos de una capa de pintura roja que había desaparecido con el paso de los años. A bordo, un negro alto con una camiseta sudada y pantalones tejanos izaba del agua una nasa para cangrejos.

—Disculpe... —dijo Jonas al acercarse. El hombre siguió trabajando—. ¡Eh, disculpe! ¿Usted es Phillipe?

—¿Quién quiere saberlo?

—Soy el doctor Jonas Taylor. Amigo de Mac.

—Mac me debe dinero. ¿Usted me trae dinero?

—No. Es decir, traigo suficiente como para que me lleve al lugar donde avistó la ballena muerta, pero no sé nada de deudas...

—Una jorobada muerta, flotando a unas dos millas mar adentro. Le costará cincuenta dólares americanos.

—Bien. La mitad ahora; el resto, cuando regresemos. —Jonas sostuvo en alto los billetes y esperó a que Phillipe aceptara.

—Bien, vámonos.

Jonas hizo ademán de darle los veinticinco dólares, pero retiró la mano otra vez.

—Una cosa más, solamente. Nada de motores al ir hacia allí.

—¡Pero qué dice, doctor Jonas! ¿Quiere que hagamos dos millas a golpe de remo? ¡Bah, quédese su dinero y...!

—Está bien, le pagaré el doble. La mitad ahora y el resto, cuando volvamos.

El isleño miró a Jonas de arriba abajo por primera vez.

—Está bien, doctor, cien dólares. Y ahora, dígame por qué quiere que vayamos sin motor.

—No quiero perturbar al pez.

Jonas sabía que necesitaba alguna prueba que demostrara su teoría de que la hembra había alcanzado la superficie. Las grandes capturas pesqueras frente a la costa de Saipan eran un indicio de que algo perturbaba a la población local de escualos y los embarrancamientos de ballenas y delfines también podían apuntar a la presencia de un gran depredador, pero ninguna de ambas cosas era la prueba que Jonas necesitaba. Si la ballena jorobada que Phillipe había localizado había sido atacada y muerta por la hembra de *Megalodon*, a Jonas le bastaría con certificar el tamaño de la mordedura. Acercarse a remo hasta el lugar era, simplemente, una precaución necesaria.

Incluso con Jonas a cargo de uno de los remos, tardaron casi una hora en llegar al lugar. Descamisados y sudorosos, los dos hombres dejaron flotar el bote contra el cuerpo negro supurante.

—Aquí la tiene, doctor. Parece que los tiburones han estado comiendo de ella todo el día. No queda mucho.

La superficie dorsal de la ballena muerta flotaba en el mar en calma. El cadáver despedía un hedor nauseabundo. Jonas utilizó el remo para manipular el cuerpo y lo deslizó arriba y abajo a lo largo de la piel, demasiado gruesa y pesada como para levantarla.

—¿Qué intenta hacer? —preguntó Phillipe.

—Tengo que ver qué mató a esta ballena. ¿Podemos darle la vuelta?

—Veinticinco dólares.

—¿Veinticinco dólares? ¿Piensa meterse en el agua, por esa cantidad?

—No. Hay demasiados tiburones. Mire ahí.

Jonas distinguió la aleta.

—¿Es un tiburón tigre?

—Sí, es un tigre. Pero no se preocupe, doctor. ¡Si se pone muy pesado, me lo cargo con mi seis tiros! —El hombre sacó una pistola del cinto.

—¡Phillipe, por favor... nada de ruidos!

Jonas barrió con la linterna la plácida superficie del agua negra. Unas leves olas lamían el casco de la nave. De repente, Jonas se dio cuenta de que eran un objetivo fácil.

El pequeño haz de luz enfocó un cuerpo de gran tamaño que se movía veloz bajo la superficie, un destello de blancura que desapareció rápidamente en las negras aguas.

—¡Cristo bendito, doctor! ¿Qué diablos ha sido eso?

Jonas miró a Phillipe. El hombretón tenía el miedo en los ojos.

—¿Qué sucede? ¿Qué...?

—Debajo de nosotros hay algo, doctor. Lo noto vibrar bajo el agua. Algo muy grande.

El bote de madera empezó a moverse, al principio lentamente, y empezó a dar vueltas en sentido contrario a las agujas del reloj. Giraban en un remolino, atrapados en una corriente que se originaba muy por debajo de la superficie. Los dos hombres se agarraron a la borda para sostenerse, y la embarcación empezó a tomar velocidad. Phillipe empuñaba la pistola y apuntaba al agua.

—¡Ahí abajo está el propio demonio!

El horizonte giró a su alrededor. Jonas miró abajo y notó que se le erizaba el vello de la nuca. ¡Algo grande y blanco se acercaba a la superficie a toda velocidad!

El enorme abdomen blanco surgió del agua con un estallido. Phillipe lanzó un grito y disparó seis balas al abdomen de la orca muerta. Segundos después, el tiburón tigre de cuatro metros arrancó un bocado de la ballena de nueve y, al hacerlo, lanzó al aire rociadas de sangre.

El bote quedó inmóvil. Jonas barrió el vientre de la orca con la luz de la linterna y, de pronto, los dos hombres lo vieron: era la marca de un mordisco enorme, de varios palmos de profundidad y casi tres metros de anchura.

—¡La madre de Dios! ¿Qué diablos ha hecho eso?

Antes de que Jonas pudiera responder, Phillipe bajó al agua la hélice del motor fuera borda y lo puso en marcha.

—¡No...! ¡Espere! —gritó Jonas.

Demasiado tarde. El motor cobró vida con un rugido y Phillipe cogió el timón y dio una vuelta cerrada para poner proa a la playa.

—¡Nada de eso, doctor Jonas! ¡Ahí abajo hay un monstruo, algo realmente grande! ¡Nunca jamás he visto un pez capaz de matar a una orca de esa manera! ¡Usted persigue al diablo, doctor! Quédese su dinero, maldita sea... ¡Nos vamos ahora mismo!

El encuentro

Terry Tanaka entró en el hospital naval Aura y miró el reloj. Eran las nueve menos veinte. Tenía veinte minutos, exactamente, para llevar a Jonas hasta el despacho del comandante McGovern, siempre que Jonas estuviera en condiciones de viajar. Recorrió el pasillo vacío y se preguntó por qué el policía militar ya no estaba en su sitio. De hecho, la puerta de la habitación de Jonas estaba entreabierta.

Dentro, una mujer de cabellos rubios brillantes inspeccionaba los cajones de una cómoda. La cama estaba vacía. Jonas se había marchado.

—¿Puedo ayudarla, señorita? —preguntó Terry.

Maggie dio un respingo y la ropa que llevaba en las manos estuvo a punto de caérsele al suelo.

—Sí, puede ayudarme. Para empezar, ¿dónde está mi marido?

—¿Su...? ¿Usted es Maggie?

Maggie entrecerró los ojos.

—Soy la señora Taylor. ¿Quién eres tú?

—Terry Tanaka.

—Vaya, vaya, vaya... —Maggie la repasó de arriba abajo.

—Soy una amiga. He venido para llevar al doctor Taylor a la base naval.

Maggie cambió bruscamente de entonación.

—¿La base naval? ¿Qué quiere la Marina de Jonas?

—Tiene una cita con el comandante McGovern para hablar del *Mega*... —Terry titubeó; no sabía si había hablado demasiado.

Maggie sonrió con una mirada cargada de veneno.

—Bien, parece que llegas demasiado tarde. Se ha marchado. Cuando lo veas, dile que su esposa necesita hablar con él... si no está demasiado ocupado.

Con estas palabras, Maggie apartó de en medio a Terry de un empujón y abandonó la estancia. Cuando se alejaba por el pasillo, los tacones resonaron en el suelo de baldosas.

Lo único que se le ocurrió a Terry fue volverse y contemplar la cama vacía.

A las nueve y cinco, la muchacha llegó sola a la base naval y allí se enteró de que la reunión se había trasladado al Almacén D, al otro extremo de los terrenos de la base. Cuando llegó, la reunión ya había empezado.

El Almacén D contenía una zona refrigerada que se utilizaba para guardar los cadáveres de soldados fallecidos a la espera de su repatriación. Bajo tres juegos de focos quirúrgicos yacían los restos del *Megalodon*. Un policía militar entregó a Terry una bata blanca antes de entrar en la cámara frigorífica.

Junto a los restos del animal se había instalado una mesa de conferencias. A un lado estaban sentados Heller, DeMarco y el comandante Bryce McGovern. Terry no reconoció a ninguno de los dos hombres sentados enfrente de ellos, ni a los dos japoneses que examinaban las enormes mandíbulas del tiburón.

—¿Dónde está Taylor? —le gritó Frank Heller desde su asiento.

—No lo sé —respondió Terry desde el otro extremo de la estancia—. Debe de haber abandonado el hospital.

—Me lo figuraba.

DeMarco le ofreció una silla en la mesa.

—Creo que ya conoces al comandante McGovern...

—Señorita Tanaka, todos lamentamos lo sucedido a su hermano. Le presento al señor André Dupont, de la Sociedad Cousteau, y ahí, junto a los restos, están el doctor Tsukamoto y el doctor Simidu, del Centro Japonés de Ciencia y Tecnología Marinas. —Terry estrechó la mano de Dupont—. Y este caballero es el señor David Adashek, a quien se ha delegado para que cubra esta información por cuenta del gobierno local.

Terry estrechó la mano del periodista de cejas pobladas con cierta prevención.

—Yo lo he visto antes, señor Adashek. ¿Dónde nos hemos conocido?

—No estoy seguro, señorita Tanaka. —Adashek sonrió—. Paso mucho tiempo en Hawái. Tal vez...

—No. De Hawái, no... —Terry continuó mirándolo.

—Muy bien, señores... y señorita —anunció el comandante McGovern—, si todos ocupan sus asientos, me gustaría empezar. La Marina de Estados Unidos me ha ordenado investigar el incidente sucedido en la fosa de las Marianas. Mis normas son muy sencillas: yo haré las preguntas y ustedes me darán las respuestas. En primer lugar —señaló los restos del animal—, ¿quiere alguien hacerme el favor de decirme qué es eso que tenemos ahí?

El doctor Simidu, el más joven de los dos japoneses, fue el primero en hablar.

—Comandante, el JAMSTEC ha examinado los dientes de la criatura y los ha comparado con los del *Carcharodon carcharius*, el gran tiburón blanco, y los de su extinto predecesor, el *Carcharodon megalodon*. La presencia de un resalte o muesca sobre la raíz los identifica sin lugar a dudas como pertenecientes a un *Megalodon*, aunque su existencia en la fosa de las Marianas es desconcertante, cuanto menos.

—Para nosotros, no, doctor Simidu —replicó André Dupont—. La desaparición del *Megalodon* siempre ha resultado un misterio, pero el descubrimiento por el *Challenger I*, en 1870, de varios dientes fosilizados de diez mil años de antigüedad sobre la fosa dejó en evidencia que algunos miembros de la especie habían logrado sobrevivir.

—Lo que quiere saber la Marina es si hay más criaturas de esas con vida y si alguna otra puede haber salido a la superficie. ¿Doctor Heller?

Todas las cabezas se volvieron hacia Frank.

—Comandante, el tiburón que ve aquí atacó y mató al piloto de uno de nuestros sumergibles a once mil metros de profundidad y luego, al parecer, se enredó en nuestro cable y fue atacado por otro ejemplar de su especie. Estos animales han quedado atrapados en una capa de aguas cálidas en el fondo de la fosa, bajo diez kilómetros de aguas gélidas durante Dios sabe cuántos millones de años. La única razón de que hoy tenga este ejemplar delante es que lo izamos accidentalmente hasta la superficie.

—Entonces ¿me está diciendo que existe otro, al menos, de estos *Mega... Megalodones* —preguntó el comandante—, pero que está atrapado en el fondo de la sima?

—Exacto.

—Te equivocas, Frank. —Jonas hizo acto de presencia en la sala con una bata blanca en una mano y un periódico en la otra.

Masao Tanaka lo seguía a corta distancia.

—Taylor, ¿qué crees que estás...?

—¡Frank! —le interrumpió Tanaka—, siéntate y escucha lo que Jonas tiene que decirnos.

Terry se puso en pie para recibir a su padre, que la abrazó con fuerza durante un inacabable instante. Luego, ocupó un asiento vacío junto a ella y siguió cogido de su mano. Jonas se acercó a la cabecera de la mesa.

—Anoche, a última hora, contraté a un pescador local para que me llevara a una zona donde, recientemente, ha aparecido muerta una ballena jorobada. Quería examinar los restos para ver si era posible que la hubiera matado el *Megalodon*. Mientras estábamos allí, emergieron junto a la barca los restos de una orca de nueve metros con una herida mortal que era, sin la menor duda, el resultado del ataque de un tiburón. La circunferencia de la dentellada medía tres metros de diámetro, por lo menos.

—Eso no demuestra nada —dijo Heller.

—Hay más. Aquí está el periódico de la mañana. Varios vecinos de la isla Wake informan que durante toda la noche han estado llegando a las playas del norte de la isla cuerpos de ballenas muertas. Comandante, el segundo *Megalodon* no solo ha conseguido llegar a la superficie, sino que se ha adaptado a las aguas someras.

—¡Eso es ridículo! —replicó Frank.

—Doctor Heller, siéntese, haga el favor —indicó McGovern—. Doctor Taylor, ya que es usted, por lo visto, lo más parecido a un experto en esos animales que se puede encontrar y que estaba usted presente en la fosa, quizá pueda explicarnos cómo ha conseguido llegar a la superficie. Según el doctor Heller, estos animales estaban atrapados bajo kilómetros de aguas frías.

—Es cierto. Pero yo presencié cómo el segundo tiburón atacaba al primero en la fosa. El primer *Meg* sangraba profusamente y el segundo le devoraba las entrañas mientras ascendía con él, manteniéndose en la estela de sangre que dejaba. Como le expliqué ayer a Terry, si el *Megalodon* es como su primo, el gran tiburón blanco, la temperatura de su sangre será unos diez grados superior a la del agua oceánica que lo rodea; es decir, en el caso de la capa hidrotermal de la fosa, alrededor de treinta y tres grados centígrados. El *Kiku* izó el primer animal a la superficie y la hembra siguió el cebo hasta las aguas superficiales, protegida por el chorro de sangre caliente de su compañero.

—¿La hembra? —André Dupont puso cara de perplejidad—. ¿Cómo sabe que el segundo *Megalodon* es una hembra?

—Porque la vi. Pasó sobre mi sumergible mientras estaba en la fosa. Es mucho mayor que el primero.

A McGovern no le gustó lo que estaba oyendo.

—Doctor, ¿qué más puede decirnos de esa... de esa hembra?

—Veamos... Bien, como su compañero, es completamente blanca; luminiscente, en realidad. Es una adaptación genética frecuente en un ambiente de absoluta oscuridad. Tendrá unos ojos extraordinariamente sensibles a la luz y, por lo tanto, no saldrá a la superficie de día. —Se volvió a Terry—. Por eso nadie a bordo del *Kiku* la vio emerger. Probablemente, se quedó a suficiente profundidad para evitar la luz. Y ahora que se ha adaptado a las aguas superficiales, creo que va a ser muy agresiva.

—¿Por qué dice eso?

Era la primera vez que intervenía el doctor Tsukamoto.

—Las aguas profundas de la fosa de las Marianas son pobres en oxígeno en comparación con las superficiales. Cuanto mayor es el contenido de oxígeno, más eficaz es el funcionamiento del organismo del *Megalodon*. En este nuevo medio rico en oxígeno, el animal podrá procesar y generar un mayor gasto energético y, para aprovechar este aumento de energía, tendrá que consumir mayores cantidades de comida. Supongo que no es preciso que les diga que nuestro animal tiene suficientes recursos alimenticios a su disposición.

A McGovern se le ensombreció la expresión.

—Podría haber ataques a nuestras poblaciones costeras...

—No, comandante. El animal es demasiado grande como para aventurarse en aguas poco profundas. De momento, la hembra ha atacado a tiburones más pequeños y, ahora, a ballenas. Lo que me preocupa es que su mera presencia entre los grupos de cetáceos pueda afectar sus patrones migratorios.

—¿Cómo?

—Dese cuenta de que el *Carcharodon megalodon* es la mayor máquina de matar de la historia natural de nuestro planeta. Cuando se haya acostumbrado al sabor de las ballenas de sangre caliente, entrará en un frenesí asesino. Las ballenas actuales no se han encontrado nunca con un depredador parecido. Esta hembra tiene un tamaño comparable al de las mayores ballenas y es agresiva. Su presencia podría causar entre los cetáceos una... una estampida, si usted quiere. Un cambio, incluso ligero, en los patrones migratorios de los grupos de ballenas que se dirigen al sur desde el mar de Bering podría originar un desastre ecológico. Por ejemplo, si las poblaciones de ballenas que actualmente habitan las aguas costeras frente a Hawái huyeran de pronto a las costas de Japón en un intento de evitar al *Megalodon*, quedaría afectada toda la cadena alimenticia marina. La presencia adicional de varios miles de ballenas causaría un desequilibrio entre las especies que comparten las mismas dietas que los cetáceos. La competencia por el plancton, el krill y los camarones reduciría drásticamente la población de otras especies de peces y el inadecuado suministro de comida cambiaría los patrones de cría, lo cual tendría un grave efecto sobre la industria pesquera de la zona durante muchos años.

El doctor Simidu y su colega Tsukamoto cuchichearon entre ellos en japonés.

Heller, Adashek y Dupont dispararon sus preguntas a Jonas simultáneamente.

—¡Caballeros, caballeros! —McGovern se puso en pie y recuperó el control de la conferencia—. Como ya he dicho antes, las preguntas las hago yo. Doctor Taylor, quiero estar seguro de que entiendo la situación correctamente. En resumen, usted cree que anda suelta una versión agresiva, de veinte metros de longitud, de un gran tiburón blanco cuya mera presencia podría afectar de forma indirecta la industria pesquera de una nación marítima. ¿Lo he resumido bien?

—Sí, señor.

Heller se puso en pie.

—Me marcho, Masao. Ya he oído bastantes tonterías. ¿Una estampida de cetáceos? No quiero faltarle al respeto, comandante, pero usted se deja aconsejar por un tipo cuya reacción incontrolada a esta criatura, hace siete años, provocó la muerte de dos oficiales. Vámonos, DeMarco. Puedes llevarme de vuelta al barco.

DeMarco se levantó y, con una disculpa, siguió a su compañero de barco y abandonó la estancia. Jonas permaneció sentado, abrumado por las palabras de Heller, mientras David Adashek se volvía y garabateaba algo con energía en su libreta de notas. Cuando los dos hombres llegaron a la puerta, Masao le susurró algo al oído a su hija. Terry asintió y besó en la mejilla a su padre; después, siguió a DeMarco y a Heller fuera del almacén.

Jonas carraspeó:

—Comandante, déjeme asegurarle que...

—Doctor Taylor, no quiero que me asegure nada. Lo que necesito son opciones. Quizá podría decirme qué cojones se supone que debe hacer la Marina con este asunto.

Opciones

André Dupont fue el primero en hablar:

—¿Y por qué tiene que hacer nada, comandante? ¿Desde cuándo la Marina de Estados Unidos se ocupa de los patrones de conducta de los peces?

—¿Y si ese «pez» empieza a devorar pequeños botes de pesca o a algún submarinista? ¿Qué hacemos entonces, señor Dupont?

—Doctor Taylor —intervino Tsukamoto—, si la presencia de ese animal alterara los patrones migratorios de las ballenas en el área del Japón, toda nuestra industria pesquera podría sufrir un grave perjuicio. En teoría, el JAMSTEC y el Instituto Tanaka podrían ser considerados responsables, según la ley. El programa UNIS ya ha quedado suspendido y no podemos permitirnos más deslices financieros. Por todo ello, el JAMSTEC recomienda oficialmente que esta criatura sea encontrada y destruida.

—Yo estoy de acuerdo con el doctor Tsukamoto —dijo McGovern—. No creo que la naturaleza se propusiera liberar a ese monstruo del abismo. Eso fue cosa suya, doctor Taylor. A pesar de sus seguridades, no puedo correr el riesgo de que ese *Megalodon* se aventure en aguas pobladas. Ya ha habido un muerto —añadió tras una pausa— y prefiero no esperar a tener una lista de cadáveres para ponerme a trabajar. Por lo tanto, voy a seguir la recomendación de uno de mis oficiales superiores de Hawái y ordenaré al *Nautilus* que localice a la hembra y la destruya.

—Y la Sociedad Cousteau movilizará a todos los grupos de defensa de los derechos de los animales ante la base naval de Oahu desde mañana mismo —intervino Dupont.

—Jonas... —Masao era la voz de la razón en aquella mesa—. Según tu opinión, ¿en qué dirección se encaminará ese *Megalodon*?

—Eso es imposible de predecir. Esa hembra seguirá la comida, de eso no hay duda. El problema es que en esta época del año las ballenas tienen cuatro patrones migratorios distintos en este hemisferio: al oeste hacia la costa de Japón, al este y al oeste de las islas Hawái, y hacia el este, a lo largo de la costa de California. En este momento, parece que la hembra se dirige hacia Hawái. Se me ocurre que continuará hacia el este y terminará en aguas de California... ¡Esperen un momento!

—¿Qué sucede, Taylor? —preguntó McGovern.

—Quizá exista otra opción. Masao, ¿cuánto falta para terminar el Acuario Tanaka?

—Dos semanas... hasta que el JAMSTEC recortó los fondos cuando se averiaron las unidades UNIS —respondió Tanaka—. No pensarás capturar a ese animal, ¿verdad?

—¿Por qué no? Si el estanque estaba pensado para estudiar las ballenas en un ambiente natural, ¿por qué no utilizarlo para capturar al *Megalodon*? —Jonas se volvió hacia los directivos del JAMSTEC—. Caballeros, consideren la oportunidad que tenemos de estudiar a ese depredador...

—Tanaka-*san* —dijo el doctor Simidu—, ¿es factible esa opción?

—*Hai*, Simidu-*sama*, es posible, siempre que podamos localizarlo, para empezar. —Masao reflexionó durante unos momentos—. Desde luego, el acuario debería terminarse enseguida y habría que reacondicionar el *Kiku*. Si localizáramos al animal, quizá podríamos sedarlo y remolcarlo adentro.

—Masao —le interrumpió Jonas—, si vamos a intentar algo así, tendremos que aparejar una especie de arnés flotante para arrastrar al *Megalodon*. Recuerda que los tiburones, a diferencia de las ballenas, no flotan. Cuando la hayamos sedado, esa hembra se hundirá y se ahogará.

—Esto... disculpe —le interrumpió Adashek—. ¿Y por qué no flotan?

Jonas miró al periodista por primera vez.

—Los tiburones tienen un peso específico superior al del agua del mar; si dejan de nadar, se hunden. —Jonas se volvió hacia el comandante—: ¿Qué hace aquí este hombre?

—Hace una hora he recibido una llamada de varios funcionarios locales preocupados por la presencia de otro *Megalodon* en sus costas. Uno de ellos ha pedido que permitiera la presencia del señor Adashek durante estas sesiones y he aceptado, con el fin de mantener unas buenas relaciones con la comunidad.

Los dos representantes del JAMSTEC habían estado conversando entre ellos.

—Tanaka-*san* —dijo el doctor Tsukamoto—. Ya ha perdido usted un hijo con esas fieras. Con todo respeto, si tanto desea capturar a la hembra, accedemos a patrocinar el proyecto y a permitirle terminar el estanque. Naturalmente, si tiene usted éxito, se garantizará al JAMSTEC el acceso pleno al *Megalodon* capturado, así como nuestra parte de beneficios por la explotación turística del acuario.

Masao permaneció callado unos instantes, con lágrimas en los ojos.

—Sí... Sí, creo que D.J. habría querido esto. Mi hijo dedicó su vida al progreso de la ciencia. Lo último que habría deseado es que destruyéramos esta especie única. Jonas, debemos intentar la captura del *Megalodon*.

McGovern reanudó la conversación.

—Señor Tanaka, señores... Que quede bien entendido: la Marina no puede apoyar sus intenciones. Se asignará al *Nautilus* la misión de perseguir a ese animal y de proteger la vida de los americanos. Si consiguen capturar al tiburón primero, perfecto. Personalmente, espero que lo logren. Sin embargo, la Marina no puede aceptar de un modo oficial lo que ustedes proponen como opción viable.

McGovern se levantó y puso fin a la reunión.

—Por cierto, doctor Taylor —el comandante se volvió y miró a Jonas—, ¿qué le hace pensar que el tiburón viajará hasta aguas de California?

—Verá, comandante; en este mismo momento, mientras hablamos, unas veinte mil ballenas emigran hacia el sur desde el mar de Bering, en dirección a la península de Baja California, en México. Estoy seguro de que el *Megalodon* seguirá, textualmente, el latir de sus corazones.

Veinte minutos más tarde, David Adashek se encontraba en una cabina, fuera de la base naval, marcando el número de una habitación de un hotel local.

Esperó a que la voz de mujer respondiera.

—¿Maggie? Soy yo. Sí, he estado en la reunión; dile a Bud que todo ha funcionado. Sí, tengo exactamente lo que queríais...

—¿Capturar al *Meg*? —Frank Heller palideció—. ¿Te das cuenta de lo que dices, Masao? ¡Esa fiera mató a D.J.! Es una amenaza. Intentar capturarlo sería un trágico error. Hay que destruirlo. ¿Cuántos inocentes más tienen que morir?

Masao dio la espalda a Frank y volvió el rostro hacia el sol que se hundía en el Pacífico. Respiró el aire salado y cerró los ojos con apariencia meditabunda. Heller miró a Jonas y masculló:

—¡Esto es culpa tuya! ¡D.J. murió debido a tu incompetencia y ahora vas a matarnos a todos!

—¡Frank! —Masao se volvió y taladró al médico con una mirada enfurecida—. El proyecto es mío, y el barco, también; la decisión es firme. O apoyas el trabajo del grupo, o te haré desembarcar en Hawái. ¿Queda claro?

Heller miró con cólera a Jonas. Luego, volvió la vista a Masao.

—Hace dieciséis años que nos conocemos —le dijo—. Creo que cometes un gran error al prestar oídos a este chiflado, pero, por respeto a ti y a Terry, prefiero quedarme a bordo para ayudar, si puedo.

—Si te quedas, trabajarás con Jonas. He decidido nombrarlo jefe del grupo que ha de capturar al *Megalodon*. Ahora, dime si crees que los dos podréis trabajar juntos.

Heller bajó la mirada y la fijó en la cubierta.

—Colaboraré con él, Masao. —Miró a Jonas—. Haré lo posible para proteger la vida de la tripulación.

—Bien. —Masao se volvió a Jonas—. ¿Cuándo es la reunión?

—Dentro de quince minutos. En el comedor.

El comedor había sido reconvertido en la sala de mando de las operaciones. Jonas había colgado de una pared un gran mapa que ilustraba las rutas migratorias de las ballenas, con una serie de distintivos rojos que señalaban los lugares donde se habían avistado cadáveres de ballena recientemente. Se apreciaba una trayectoria: la hembra parecía dirigirse al noreste, hacia las islas Hawái. Junto al mapa pendía un gran gráfico que ilustraba la anatomía interna del gran tiburón blanco.

Terry y Masao ocupaban dos sillas contiguas mientras DeMarco y Mac Mackreides se hallaban de pie ante el mapa. Heller fue el último en llegar.

—Mac —preguntó Jonas—, ¿conoces a todos los presentes?

—Sí. Hola, Frank. Cuánto tiempo... —Se estrecharon la mano.

—Mac... No sabía que ibas a participar en este asunto del tiburón.

—Ya me conoces, Frank. Siempre pendiente de un dólar.

Jonas dirigió la palabra a los presentes:

—Mac y yo volaremos en el helicóptero e intentaremos localizar al *Megalodon*. Como los arpones y el arnés que preparan en Honolulú tardarán unos días en estar a punto, nuestro primer objetivo será ver si podemos ponerle un emisor de radio.

—¿Y cómo piensas localizar un pez en este océano? —inquirió Heller con una sonrisa burlona.

—Como puedes ver —explicó Jonas—, el mapa ilustra la situación de los comederos invernales de las ballenas que emigran al sur desde el mar de Bering. El *Megalodon* puede detectar las vibraciones masivas producidas por las poblaciones de ballenas al este y al oeste de Guam. Si nos guiamos por las muertes recientes de cetáceos, la hembra parece dirigirse al este, hacia las concentraciones de ballenas localizadas a lo largo de las aguas costeras de Hawái. No será fácil localizarla —añadió, mirando hacia Masao—, pero sabemos que no saldrá a la superficie de día porque sus ojos son demasiado sensibles a la luz. Esto significa que se dedicará a alimentarse por la noche, atacando a los grupos de ballenas cerca de la superficie. El helicóptero de Mac ha sido equipado con un visor térmico y un monitor que nos permitirán localizar al *Megalodon* y a las ballenas en la oscuridad. Llevaré una carabina y utilizaré prismáticos de visión nocturna. Ese animal tiene una piel casi fluorescente, fácil de distinguir desde el aire, de noche; es una ventaja. —Jonas miró en torno a sí—. En cuanto empiece a cazar, tendremos un rastro de sangre y restos en el agua que no serán difíciles de seguir.

Jonas sostuvo entre los dedos uno de los dardos de seguimiento, sujeto al cual había un aparato electrónico de apenas el tamaño de una linterna de bolsillo.

—Este transmisor encaja en la bocacha de un fusil de alta potencia. Si conseguimos clavar el dardo cerca del corazón, no solo podremos seguir al animal, sino también recoger datos de su ritmo cardíaco.

—¿Con qué objeto? —preguntó DeMarco.

—Cuando hayamos tranquilizado al *Megalodon*, conocer su ritmo cardíaco puede ser vital para nuestra seguridad y para la supervivencia del propio animal. Los arpones llevarán una combinación de pentobarbital y ketamina. El primero deprimirá el consumo de oxígeno cerebral, lo cual me tiene algo preocupado. La ketamina es, más bien, un anestésico general sin barbitúrico. El ritmo cardíaco del *Meg* debería reducirse apreciablemente una vez surta efecto el fármaco. He calculado las dosis para el tamaño de la hembra. También estoy un poco preocupado por los posibles efectos secundarios del somnífero.

—¿Qué efectos? —Heller levantó la cabeza.

—El pentobarbital podría provocar cierta excitación inicial en la hembra...

—¿Qué carajo significa eso?

—Significa que se va a sentir bastante molesta antes de que caiga dormida.

—¿Oyes eso, Masao?

—Déjale terminar, Frank. —Masao miró a Jonas—. Y cuando tengas drogado al animal, ¿cómo piensas remolcarlo al acuario?

—Esa es la parte más delicada. El cañón de arponear irá instalado en la popa del *Kiku*. Utilizaremos como cabo el cable de acero que está enrollado en el cabrestante. Es probable que el arpón no permanezca mucho rato clavado en el *Meg*, de modo que es importante colocarle el arnés lo más deprisa posible. Este consiste, básicamente, en una red de pesca de setenta metros con boyas de flotación a lo largo de los bordes, cada seis o siete metros. La red nos ayudará a mantener a la hembra a flote mientras la remolcamos al interior del estanque. El arpón, pues, debería seguir hundido en la piel del *Megalodon* para que, cuando el animal quede inconsciente, el

Kiku pueda arrastrarlo mientras terminamos de colocar la red. Esto es de suma importancia. Si no conseguimos que siga circulando agua por su boca, dejarán de funcionarle las agallas y se ahogará.

—¿Y cómo te propones colocar la red? —preguntó DeMarco.

—Un extremo seguirá sujeto a la popa del *Kiku* y utilizaré el *AG-I* para pasar el otro extremo por debajo del animal.

—¿Piensas volver a meterte en el agua con ese monstruo? —Terry miró a Jonas.

—Terry, escucha...

—¡No! ¡Escucha tú! Todo esto apesta a machismo. Arriesgar la vida por capturar ese monstruo... Ya he perdido un hermano; no quiero... —Se detuvo a media frase, como si temiera lo que pudiese decir a continuación—. Lo siento, papá, no puedo soportarlo más.

Masao contempló a su hija mientras esta abandonaba la sala a toda prisa. Luego, se puso en pie:

—Es la muerte de D.J. Ninguno de los dos hemos tenido mucho tiempo para llorarlo, realmente. Debo ir a hablar con ella. Pero, Jonas, ¿qué peligros correrás a bordo de ese *AG*?

—Controlaremos el ritmo cardíaco del *Megalodon* y estaré en constante comunicación con el *Kiku*. Cuando el animal empiece a despertar, se le acelerará rápidamente el pulso y eso nos servirá de advertencia. El *AG-I* es un sumergible rápido y no tendré problemas para ponerme a salvo. Créeme, Masao, no tengo ningún deseo de hacerme el héroe. La fiera estará dormida antes de que me meta en el agua con el vehículo.

Masao asintió y abandonó la sala en busca de su hija.

—Tengo una pregunta... —Mac se acercó al diagrama

de los órganos internos del gran tiburón blanco—. Dices que vamos a poner el dardo cerca del corazón del tiburón. ¿Dónde coño lo tiene?

Jonas señaló la boca del animal del dibujo.

—Si trazas una línea a través de la boca y del esófago, el corazón debería de estar situado justo debajo del punto en que el esófago conecta con el estómago. Naturalmente, lo que vemos aquí es la anatomía de un gran tiburón blanco; nadie sabe con seguridad cómo se distribuyen los órganos internos de un *Megalodon*. Tenemos que suponer que el parecido entre ambas especies no es solo externo, sino también en cuanto a anatomía interna. Si podemos clavarle el dardo en esta zona —indicó un área en la parte inferior del costado del tiburón, entre las aberturas de las agallas y las aletas pectorales—, creo que todo saldrá bien.

Mac ladeó la cabeza con gesto escéptico:

—¿Y si fallamos?

Ataque

La luna llena se reflejaba en el parabrisas del helicóptero e iluminaba el interior del pequeño compartimento. Mac llevaba casi cuatro horas a los mandos del aparato, sobrevolando las negras aguas del Pacífico a setenta metros de las olas, a lo largo de una extensión semicircular de océano de cincuenta kilómetros. Habían buscado y localizado casi dos docenas de grupos de ballenas sin observar el menor rastro del *Megalodon* y la expectación inicial que Jonas había experimentado estaba convirtiéndose rápidamente en aburrimiento al comprender lo difícil que iba a ser su tarea.

—¡Esto es una locura, Jonas! —le gritó Mac para hacerse oír entre el estruendo de los rotores.

—¿Qué tal estamos de carburante?

—Quince minutos más y tendremos que volver.

—Bien. Mira adelante, hacia la posición de las once en punto. Otro grupo de corcovadas. Sigámoslas un rato y nos volvemos.

—Tú mandas. —Mac cambió de rumbo para interceptar a las ballenas.

Jonas se concentró en el océano con los prismáticos

ITT Night Mariner Gen. III. Las lentes de visión nocturna penetraban en la oscuridad y ampliaban la luz que recibían mediante una cubierta de arseniuro de galio en el fotocátodo del intensificador. En los prismáticos, las negras aguas aparecían en un tono gris claro, y en ellas se apreciaban las moles enormes de las ballenas que asomaban en la superficie y volvían a hundirse velozmente en su recorrido a lo largo del Pacífico.

Mac había tomado «prestado» el termógrafo de infrarrojos Agema Thermovision 1000 del servicio de Guardacostas. Bajo el helicóptero había montada una pequeña plataforma con giroestabilizador que mantenía en su sitio el termógrafo. Dentro de la cabina, un monitor estaba conectado a una grabadora de vídeo. El termógrafo podía detectar objetos en el agua por la radiación electromagnética que emitían. La temperatura interna de un cuerpo caliente aparecía en el monitor como un punto caliente frente a la imagen del mar frío. Las ballenas de sangre caliente eran fácilmente detectables; la temperatura interna del *Megalodon* sería algo más fría. Jonas estaba preocupado. Era fundamental localizar pronto al animal. Cada hora que pasara deberían ampliar en treinta kilómetros más el círculo de búsqueda de la hembra. Pronto, la superficie de océano que habrían de cubrir sería demasiado grande, incluso con el complejo equipo de seguimiento de que disponían.

Jonas empezaba a sentirse casi hipnotizado por la luz de la luna que destellaba en el océano y apenas reparó en la mancha blanca que se movía casi en el borde de su campo de visión. Por un momento, le había parecido que brillaba...

—¿Ves algo, doctor?

—No estoy seguro. ¿Dónde está el grupo de ballenas?

—Delante, a trescientos metros.

Jonas localizó los surtidores; después, enfocó los prismáticos.

—Distingo dos machos, una hembra y la cría... No; hay dos hembras. Cinco ballenas en total. Coloquémonos sobre el grupo, Mac.

El helicóptero sobrevoló a los animales y acompañó su marcha mientras cambiaban de dirección y tomaban rumbo al norte.

—¿Qué sucede, doctor?

Jonas se concentró en el agua.

—¡Allí!

Del sur apareció un fulgor mortecino que avanzaba bajo la superficie como un gigantesco torpedo blanco.

Mac lo vio en el monitor.

—¡Joder! ¡Lo has encontrado! No me lo puedo creer... ¡Buen trabajo, doctor! ¿Qué hace ahora?

Jonas se volvió hacia el piloto.

—Creo que persigue a la cría.

Treinta metros bajo la negra superficie del Pacífico se desarrollaba un juego mortal del gato y el ratón. El sonar de las ballenas jorobadas había detectado la presencia del cazador a varios kilómetros de distancia y los cetáceos habían modificado su curso para evitar una confrontación. Cuando el depredador albino se acercó para interceptar a sus presas, las dos hembras se situaron a los flancos de la cría y los machos tomaron posición, uno en cabeza y el otro cerrando el grupo.

El *Megalodon* aminoró la marcha y se desvió en un círculo a la derecha de su presa. Las ballenas adultas eran más grandes que el depredador y su cerrada formación evitaba un ataque directo. Siempre cerca de la superficie, resoplaban constantemente y observaban con nerviosismo a la indeseable intrusa. El *Megalodon* dio una vuelta más estudiando a su presa y determinando la posición de la cría.

Cuando el depredador pasó por delante del líder del grupo, el macho de cuarenta toneladas se separó del grupo y arremetió contra el *Meg*. Aunque el primero poseía barbas en lugar de dientes, seguía siendo muy peligroso y capaz de embestir a la hembra con la cabeza. La carga fue imprevista, pero el *Megalodon* era demasiado rápido: se apartó del grupo con toda celeridad y, después, volvió describiendo un amplio arco.

—¿Qué se ve?

—Parece que el macho líder ahuyenta a nuestra fiera.

—Un momento... ¿Dices que la ballena persigue al *Meg*? —Mac soltó una risilla—. Pensaba que ese monstruo tuyo era un animal temible...

Jonas cargó el dardo del emisor de radio en la bocacha del fusil, fabricada especialmente para disparar aquellos proyectiles.

—No te fíes, Mac. No te fíes...

El grupo de cetáceos varió su rumbo una vez más y se dirigió al suroeste para evitar al cazador, pero la trayectoria del *Megalodon*, describiendo un amplio círculo, lo llevó de nuevo hacia las dos hembras. El macho líder volvió a dirigirse a su encuentro y, esta vez, el gigantesco depredador se retiró a la cola del grupo, alejando a la ballena macho de la seguridad de los otros.

Cuando la ballena dio media vuelta para regresar con los demás, la hembra de *Megalodon* giró también, rápidamente, e interceptó al macho aislado por el flanco. Con un escalofriante estallido de velocidad y de energía, la hembra lanzó sus veinte mil kilos de músculos y dientes contra la ballena corcovada que se retiraba.

Con la mandíbula superior hiperextendida y las fauces abiertas en un círculo de tres metros de diámetro, hundió sus terribles dientes en el flanco enorme de la impotente jorobada. En una fracción de segundo, las filas de dientes superiores cortaron la cola musculada de la ballena antes de que esta supiera qué estaba pasando.

Tan grande y poderoso fue el mordisco que amputó por completo la aleta de cola de la ballena. Esta se agitó en una violenta contorsión mientras la hembra de *Megalodon* engullía entera su presa.

El animal herido emitió un terrible gemido agudo, angustioso.

—¿Qué ha sido eso?

—No estoy seguro —respondió Jonas con los prismáticos pegados a los ojos—, pero creo que nuestra fiera acaba de arrancarle la aleta de cola a la ballena.

—¿Qué?

—Olvida al grupo, Mac. Quédate sobre el macho.

De la enorme herida manaba la sangre a chorros mientras la tullida ballena hacía débiles intentos para propulsarse con sus grandes aletas laterales. El segundo ataque del *Megalodon* hembra llegó por delante y fue aún más devastador que el primero. Agarró por debajo la bolsa de piel orlada de barbas que se extendía bajo la boca del cetáceo agonizante, tiró con fuerza y desgarró toda una tira de piel, grasa y músculo del cuello de este. Como si pelara una mazorca de maíz, arrancó la larga tira de piel a surcos y carne de su cuello.

A la deriva entre las olas, el torturado mamífero gimió de agonía. Como un solo cuerpo, el resto del grupo se alejó de la carnicería. La hembra de *Megalodon* no lo persiguió. Continuó cebándose en la carne tierna de su presa y engullendo miles de kilos de sangre caliente y grasa, obsesionada con la comida y ajena a todo lo demás.

Entonces el monstruo captó las rápidas vibraciones que le llegaban de arriba.

—¿Qué pasa ahora, Jonas?

—Es difícil decirlo. Hay demasiada sangre. ¿Qué capta tu visor térmico?

—Nada claro, doctor. La sangre se extiende por la superficie y está tan caliente que camufla los objetos. Tendremos que acercarnos más.

—No bajes demasiado, Mac. No se puede predecir qué hará ese bicho.

—Tranquilo. Tú querrás tenerlo bien a tiro, ¿no? —Mac descendió a quince metros—. ¿Verás mejor desde aquí?

Jonas miró por los prismáticos. Desde allí pudo distinguir la piel blanca del *Megalodon*, cuyo apagado fulgor quedaba minimizado por la sangre caliente que formaba un lago en la superficie.

Entonces, ante la mirada de Jonas, el monstruo desapareció en un abrir y cerrar de ojos.

—Maldita sea.

—¿Qué?

—Se ha sumergido. No sé si la habrán asustado las

vibraciones del helicóptero o si, tal vez, se siente amenazada por nuestra presencia en las proximidades de la presa.

Jonas escrutó el mar a sus pies y distinguió la sombra oscura de la ballena muerta, que flotaba con las vísceras reventadas. ¿Dónde estaba el *Megalodon*?

—Mac, esto me da mala espina. Subamos un poco.

—¿Más arriba?

—Sí, Mac, maldita sea. ¡Arriba...!

El monstruo salió del agua vertical como un misil balístico intercontinental y voló hacia el helicóptero suspendido en el aire más deprisa de lo que Mac podía ganar altura. Jonas cayó de su asiento y su pie derecho perdió contacto con el suelo al tiempo que la fuerza de gravedad del ascenso lo empujaba hacia la puerta abierta del helicóptero. Solo el cinturón de seguridad evitó que se precipitara al cielo nocturno, donde la cabeza del tamaño de un garaje se cerraba rápidamente, con los dientes apenas a metro y medio ya. Casi a cámara lenta, Jonas vio cómo la mandíbula superior se lanzaba hacia delante y dejaba a la vista las encías aún rojas de sangre y los dientes blancos, tan próximos que habría podido darles una patada con su pierna derecha, que colgaba en el vacío. Pero era incapaz de moverse; estaba paralizado por el miedo y su cuerpo asomaba por la puerta abierta del aparato. Consiguió agarrarse a alguna parte y volvió a meter la pierna en la cabina en el momento en que las mandíbulas se cerraban donde la tenía un segundo antes. La visión de la muerte blanca seguía subiendo.

El helicóptero alcanzó los veinte metros en el momento en que el ancho hocico de la fiera topaba con la panza del aparato, enviándolo de costado fuera de control. La cabina empezó a dar vueltas.

Mac agarró la palanca de control con ambas manos.

—¡Vamos, maldita sea!

El helicóptero se precipitaba hacia el mar en un ángulo de treinta grados cuando, por fin, los rotores cogieron aire. Mac sacó el aparato del picado hacia el agua segundos antes de que se zambulleran en el Pacífico y resopló de alivio cuando el helicóptero remontó el vuelo y ganó altura, dejando atrás el apuro.

—¡Maldita sea, Jonas, me parece que me he cagado encima!

Jonas se esforzó por recuperar el aliento. Le temblaban las piernas y le fallaba la voz. Al cabo de un minuto largo, se obligó a decir algo con la garganta reseca.

—Es... es mucho más grande de lo que pensaba. —Intentó tragar saliva—. Mac, ¿a qué... a qué altitud estábamos cuando nos ha golpeado.

—A unos veinte metros. ¡Joder, fíjate, todavía estoy temblando! ¿Has disparado?

Jonas contempló el rifle que aún sujetaba con fuerza en la mano derecha.

—No. Me ha pillado desprevenido. ¿Tenemos combustible para otra pasada?

—Negativo. Llamaré al *Kiku* para informar que volvemos; luego, seguiremos el rastro. —Durante varios minutos, volaron sin abrir la boca. Por fin, Mac rompió el silencio—. Dime una cosa: ese monstruo... ¿es lo que viste venir hacia ti en la fosa de las Marianas hace siete años?

Jonas miró a su amigo.

—Sí, Mac, eso es lo que vi.

La cadena

Maggie se sentó hacia delante, en una postura incómoda, en el sillón de cuero con orejeras. Le daba miedo relajarse; sería demasiado fácil arrellanarse allí y echar una cabezada. Había tomado un vuelo nocturno desde Guam y Bud la había recogido con la limusina en el aeropuerto. De allí había acudido directamente a la emisora de televisión y en aquel instante sentía cómo le subía la presión mientras esperaba, impaciente, a que Fred Henderson colgara el teléfono. Por último, se incorporó hasta alcanzar el escritorio y le arrebató el auricular de las manos.

—Lo siento, tendrán que seguir más tarde —dijo por el micrófono, y colgó el aparato.

—Maggie, ¿pero qué carajo haces...? Era una llamada importante...

—¿Importante? ¡Vamos, hombre! Hablabas con tu contable, maldita sea. Si quieres hacer dinero, escucha lo que vengo a decirte.

Durante los treinta minutos siguientes puso al corriente de la historia del *Megalodon* al director de programas.

—Maldita sea... Esto es gordo de verdad. ¿Estás absolutamente segura de la información de David Adashek?

—He pagado a Adashek para que siguiera a Jonas durante las últimas semanas. Es de confianza.

Henderson se reclinó hacia atrás en su sillón de cuero.

—¿Y cómo podemos estar seguros de que tu marido sabe realmente adónde se dirige ese monstruo?

—Escucha, Fred, si hay un tema que mi futuro exmarido domina, es el de los jodidos megatiburones. ¡Pero si en los últimos siete años ha dedicado más tiempo a estudiarlos que a estar conmigo! Es el reportaje del siglo, Fred. Todas las agencias de noticias del mundo se dirigen a Guam. Deja que me ocupe de esto y te conseguiré una exclusiva que llevará esta cadena a la cumbre.

Henderson aceptó:

—Está bien, Maggie, voy a llamar a la cadena. Tienes carta blanca. Ahora dime qué necesitas.

Bud leía el periódico cuando Maggie llamó a la ventanilla de atrás de la limusina hora y media más tarde. Cuando quitó el seguro de la puerta, ella la abrió de par en par, se sentó sobre sus muslos y le estampó un gran beso en los labios.

—¡Lo hemos conseguido, Bud! ¡Le encanta! ¡La cadena accede a respaldarme en todo! —Le dio otro beso e introdujo la lengua entre sus labios hasta que necesitó respirar y apoyó la frente en la de él—. Este es el gran golpe, Bud —susurró—, el reportaje que me hará una estrella internacional. Y tú estarás conmigo: Bud Harris, productor ejecutivo. Pero ahora necesito tu ayuda de verdad.

Bud sonrió, encantado con la trama.

—Muy bien, encanto, tú dime qué necesitas.

—Para empezar, necesitaremos el *Magnate*. Y un equipo reducido. Ya he hablado con tres cámaras y un técnico de sonido con experiencia submarina. Todos se presentarán a bordo mañana por la mañana. Fred ha hablado con una compañía de plásticos que puede tener algo para nosotros en un par de días.

—¿Plásticos?

—El auténtico reto es el cebo. Y es ahí donde voy a necesitar que me ayudes, guapo...

Pearl Harbor

El *Kiku* estaba anclado junto al *USS John Hancock*, el destructor de la clase Spruance, de ciento setenta metros de eslora, que había arribado a puerto aquella misma mañana, más temprano. El comandante McGovern había garantizado el amarre a Masao Tanaka y, en aquel momento, los hombres del capitán Barre estaban montando un cañón para arpones en la popa del barco.

En cubierta, Jonas y Mac observaban a DeMarco mientras este comprobaba por segunda vez el complejo de baterías del *Abyss Glider-I*. Este era una versión más pequeña y alargada del sumergible de grandes profundidades que habían utilizado en la fosa de las Marianas. Diseñado para desplazarse a grandes velocidades, el submarino en forma de torpedo monoplaza apenas pesaba doscientos veinte kilos y la mayor parte del peso se localizaba en el panel de instrumentos del morro de lexan.

—Parece un caza en miniatura —comentó Mac.

—Y se maneja igual.

—¿Fue en uno de estos donde la fiera atacó al muchacho?

—No —contestó Jonas—, el *AG-II* era más grande,

el casco era más grueso y mucho más pesado. Este es el prototipo, diseñado para profundidades de hasta solo cuatro mil metros. El casco es de óxido de aluminio puro, extraordinariamente resistente pero con flotabilidad positiva. Este trasto puede avanzar deprisa, dar la vuelta en un palmo de terreno e incluso saltar fuera del agua.

—¿Sí? ¿Más que el monstruo que vimos anoche?

—Para saltar más necesitaría un cohete.

—El *AG-I* lleva uno —señaló DeMarco, que había oído la conversación sin proponérselo. Jonas se acercó al submarino—. Aquí, Jonas, ¿ves esta palanca? Si la giras media vuelta en sentido contrario a las agujas del reloj y tiras hacia ti, se encenderá un pequeño depósito de hidrógeno instalado en la cola. No se ha utilizado nunca para sacar el vehículo del agua pero liberaría el sumergible si te vieras atrapado en el cieno del fondo.

—¿Cuánto tiempo de funcionamiento se le ha calculado?

—No mucho; quince segundos, veinte como mucho. Una vez libre, el submarino flotará hacia arriba de todos modos, aunque te quedes sin energía. —DeMarco agarró una llave—. Pero, por supuesto, ya sabes todo eso...

—Jonas, echa un vistazo...

Mac estaba en la pasarela de babor y señalaba en dirección a dos remolcadores que se ocupaban de mover el *Nautilus*. El negro buque tenía un aspecto siniestro. Una docena de miembros de la tripulación formaba en cubierta, firme y marcial junto a los cabos de amarre. Cuando el primer submarino a propulsión nuclear del mundo se aproximó al *Kiku*, Jonas distinguió claramente el rostro de los dos oficiales que ocupaban la torrecilla.

—¡Cielos, Mac, es Danielson! ¡Qué te parece!

—¿Tu excomandante? Sí; de hecho, ya lo sabía. Un

amigo de la Marina destinado en Guam me dijo que Danielson se ha presentado voluntario cuando ha sabido que estabas involucrado en esto. De hecho, fue él quien sugirió a McGovern que usáramos esa vieja lata que viene hacia nosotros.

Cuando el *Nautilus* pasó ante ellos, el capitán de Marina Richard Danielson distinguió, con sus ojos grises entrecerrados para protegerse del sol, a su antiguo piloto de grandes profundidades a bordo del *Kiku*.

—Condenado Dick... Así te ahorquen —murmuró Mac con una sonrisa forzada en el rostro.

—Seguro que te ha oído.

—¿Y qué? Le pueden dar mucho por donde le quepa. ¿No me dijiste que ese tipo ha hecho carrera a base de destruir tu reputación? ¿Cuánto tiempo tuviste que soportar en la casa de locos hasta que aquí, tu colega Mac, te salvó el pellejo? ¿Dos meses? ¿O fueron tres?

—Tres. Seguramente habría sido más sencillo si hubiera aceptado que lo del *Megalodon* eran imaginaciones mías. Ya sabes, psicosis de las profundidades, demencia temporal provocada por la fatiga...

—Eso habría sido mentir, colega, y ahora que han aparecido estos bichos, parece que vas a quedar rehabilitado.

—¿Tú crees que Danielson ha venido a disculparse? Con *Megalodon* o sin él, el tipo me achaca la culpa de la muerte de dos de sus hombres.

—¡Al carajo! Nadie en este planeta actuaría de otra manera si viera lo que nosotros presenciamos anoche. Así se lo he dicho a Heller.

—Sí, pero ¿qué dijo él?

—Heller es un gilipollas. Si lo hubiera tenido conmigo en Vietnam, creo que habría tenido que fusilarlo. Que se jodan, él y Danielson. —Volvió la vista hacia popa y preguntó cuándo llegaría la red que esperaban.

—Esta tarde. Maldita sea, Mac, anoche debería haberle puesto el transmisor.

—Si necesitas que te refresque la memoria, anoche estabas muy ocupado tratando de agarrarte para no salir despedido del helicóptero. ¿Con qué ibas a disparar?

—No lo entiendes. Nuestras oportunidades se reducen rápidamente. Dentro de unos días, la hembra podría provocar el pánico entre los grupos de ballenas. Y en cuanto se dispersen, el *Megalodon* abandonará la zona Dios sabe con qué rumbo. Mac, una cosa es seguir el rastro en aguas próximas a la costa guiándonos por los cadáveres de ballenas, pero localizar al monstruo cuando se dirija a mar abierto es muy distinto. Eso resultará imposible. Así de claro.

—Un momento... ¿No le dijiste a todo el mundo que la hembra se dirigirá a aguas de California?

—Finalmente. Eso fue lo que dije: con el tiempo. Pero puede tardar semanas... o años. Nadie puede predecir qué hará un depredador como ese. —Jonas hizo una pausa y señaló al horizonte—. Maldita sea..., mira esas nubes, Mac. ¿Qué opinas?

Mac miró al oeste, donde se habían formado unas oscuras nubes de tormenta.

—Bien, parece que tendremos que olvidarnos del helicóptero. Yo diría que esta noche no habrá caza.

—Espero que nuestra fiera piense lo mismo —murmuró Jonas.

Frank Heller, desde el embarcadero, observaba a los dos tripulantes que aseguraban los gruesos cabos blancos y recogían con cuidado el sobrante sobre la cubierta del *Nautilus*. Momentos después, el capitán Richard Danielson emergió de la sección delantera del casco y dirigió una sonrisa a Heller al tiempo que señalaba el 571 pintado en la torrecilla del submarino.

—¿Y bien, Frank? ¿Qué opina de mi nuevo mando?

Heller movió la cabeza de un lado a otro:

—Me asombra que este viejo cascarón todavía siga a flote. ¿Por qué habrá asignado McGovern la caza de ese tiburón a un submarino con cuarenta años de antigüedad?

Danielson terminó de cruzar la pasarela.

—Fue idea mía, Frank. McGovern está en una posición difícil; la publicidad lo está matando. No puede destinar un submarino de la clase *Los Ángeles* para destruir ese pez. Ya tiene a la Sociedad Cousteau, a Greenpeace y a todos los activistas por los derechos de los animales y a sus madres presionando a la Marina. El *Nautilus*, en cambio, es otra cosa. Al público le encanta este vejestorio. Es como un héroe de guerra veterano que desaparece con una última victoria. A McGovern le encantó la idea...

—Pues a mí, no. No tiene idea de con quién está tratando, capitán.

—He leído los informes, doctor. No olvide que he perseguido submarinos Alpha durante cinco años. Esta misión no tiene nada de especial. Un torpedo en el agua y ese tiburón será pasto de los peces, por grande que sea.

Frank se disponía a responder cuando vio a un talludo oficial que salía del submarino con una gran sonrisa en el rostro.

—¿Denny?

—¡Frank! —El maquinista jefe, Dennis Heller, bajó

la rampa a grandes zancadas y abrazó con entusiasmo a su hermano mayor.

—Denny, ¿qué carajo estás haciendo a bordo de esta lata oxidada? —preguntó Frank con una sonrisa.

Dennis respondió con una risilla y miró a Danielson antes de abrir la boca.

—Este año paso a la reserva, ¿sabes? Y resulta que me quedan treinta horas de servicio activo, así que pensé: «¿por qué no las cumples a bordo del *Nautilus*, con tu primer comandante? Además, un permiso en puerto en Honolulú le da cien mil vueltas a una estancia en Bayonne, Nueva Jersey».

—Lamento decepcionarlo, Heller —intervino Danielson—, pero todos los permisos están anulados hasta que hayamos acabado con ese *Megalo*..., con ese pez. Por cierto, Frank, esta tarde he visto a Taylor a bordo de su barco. Con franqueza, yo no trago a ese hombre.

—Déjelo, Danielson. Resulta que Taylor tenía razón. Olvídese del tema y...

—¿De modo que tenía razón? ¿Y qué, maldita sea? Aunque así sea, su actuación causó la muerte de dos de mis tripulantes, no lo olvide. Shaffer y Prestis. Los dos tenían familia y aún sigo escribiendo a sus viudas dos veces al año. El chico de Shaffer solo tenía tres años cuando...

—También fue culpa nuestra... —reconoció Heller en voz baja ante su excomandante en jefe—. No debería haberme dejado convencer para que lo calificara de «médicamente apto» para esa última inmersión.

—Se encontraba bien...

—Taylor estaba agotado. Le guste o no, ese hombre era uno de los mejores pilotos de grandes profundidades que existen; de otro modo, la Marina no habría utilizado a uno de sus hombres para la misión. Si le hubiéramos concedido el tiempo de recuperación adecuado tras las dos primeras misiones quizá habría pensado en reducir la velocidad de ascenso...

—No divague, doctor. —Danielson estaba enrojeciendo de ira por momentos.

—¡Eh! ¡Eh...! Frank, capitán... —Dennis se encontró entre los dos hombres—. Lo hecho, hecho está. Vamos, Frank, te llevaré a tomar un bocado rápido antes de que empiece a llover. Capitán, estaré de vuelta a las cuatro y media.

Danielson guardó silencio mientras los dos hombres se dirigían a la ciudad y las primeras gotas de lluvia repiqueteaban contra el casco de acero del *Nautilus*.

La costa norte

Unas olas de hasta diez metros batían la playa de Sunset Beach, en Oahu, transportando grandes pedazos de grasa y restos de ballena que sembraban la arena ante la aparente indiferencia de los dos centenares de turistas que habían acudido a lo largo del día para ver a los surfistas locales que cabalgaban las olas más peligrosas del mundo, en las que una maniobra en falso podía significar estrellarse en el afilado coral del arrecife que había debajo.

A sus dieciocho años, Zach Richards llevaba cortando olas en la costa norte de Oahu desde que tenía doce. Jim, su hermano menor, apenas empezaba a entrenarse con las olas gigantescas que llegaban cada invierno desde Alaska y Siberia. Las de aquella tarde habían aumentado de dimensiones progresivamente con la marea y a aquella hora, con la cercanía del crepúsculo, alcanzaban alturas superiores a los siete metros. Los pedazos de cadáveres de ballena ensangrentados eran más que una molestia: durante todo el día se habían avistado, esporádicamente, aletas de tiburones. Con todo, los surfistas tenían un público, compuesto principalmente por chicas, y para Zach y Jim esto bastaba para correr el riesgo.

Jim todavía se estaba poniendo el traje isotérmico negro cuando Zach y dos de sus colegas de afición, Scott y Ryan, cogieron las primeras olas. Jim cortó una ola rápida y se volvió hacia Marie McQuire. Cuando la morena agitó la mano, el muchacho estuvo a punto de tropezar con la plancha en su prisa por remontar la ola y unirse al grupo.

Michael Barnes, un surfista veinteañero con un tatuaje en cada músculo, había cogido una de siete metros y, al ver a Jim remando con los brazos sobre la tabla, cortó la ola para interceptarlo. Jim alzó la cabeza en el último minuto y vio la plancha de Barnes que se dirigía hacia él. Rápidamente, saltó de su plancha y se protegió la cabeza entre los brazos, con la barbilla baja. La ola le golpeó en el vientre, lo volteó y lo arrastró diez metros hacia la orilla. Jim salió a la superficie escupiendo agua salada, a tiempo de ver a Barnes saltar la ola, riéndose a carcajadas vuelto hacia él.

—¡Eres un mamón, Barnes! —gritó Jim, pero el surfista ya estaba demasiado lejos para oírlo. Jim no había soltado la cuerda con la que sujetaba la tabla; se encaramó de nuevo a esta y braceó hacia su hermano.

Zach esperaba justo más allá del punto en que rompían las olas, a caballo en su plancha.

—¿Estás bien, Jimmy?

—¿Qué le pasa a ese tío?

—Barnes nació gilipollas y morirá gilipollas —sentenció Scott.

—Sí, y espero que sea pronto.

—Tú procura apartarte de su camino —le advirtió Scott—. No merece la pena tenérselas con él.

—Ven, Jim —dijo Zach a su hermano—. Vamos a tomar unas olas. Recuerda: lánzate sin dudas. Baja la cabeza y rema con los brazos lo más fuerte que puedas. Notarás que la ola te coge; entonces, lánzate hacia el fondo, da un giro y remóntala. Cuando gires, notarás que las piernas te tiemblan, probablemente. Si te caes, cúbrete la cabeza y aléjate del fondo; el coral podría...

—... hacerme pedazos. Ya lo sé, mamá.

—¡Eh, chicas! —dijo Scott, burlón—. Ya basta de hablar. Vamos...

Jim se tumbó sobre la plancha, remó con fuerza y se acercó a la rompiente. Los tres surfistas cogieron una enorme ola de nueve metros que rompía a la derecha.

Jim se incorporó sobre la plancha con agilidad, pero cogió el descenso en un ángulo excesivo y, desequilibrado, se lanzó al agua de cabeza. La fuerza de la ola lo envió dando vueltas como si estuviera en una lavadora gigante.

—¡Ja, mira a ese capullo! ¡Mi abuela lo hace mejor!

Barnes ya estaba en la playa, haciéndose sitio entre Marie y su amiga, Carol-Ann.

—¿Por qué no nos enseñas cómo se hace? —le dijo esta, con la esperanza de que se marchase.

Barnes miró a la chica y luego a Marie.

—De acuerdo —repuso—. Pero no lo haré por ti, Carol-Ann. ¡Esta va por Marie!

Barnes cogió la tabla y se dirigió al océano a la carrera como si fuera un agitado muchacho de doce años.

Momentos después, los cinco surfistas estaban sentados a caballo en sus planchas, a más de medio kilómetro de la costa, en unas aguas de treinta metros de profundidad, esperando la próxima ola.

En apenas setenta y dos horas, la hembra había atacado dieciocho grupos de ballenas diferentes, había matado y devorado en parte a catorce cetáceos y había herido mortalmente a tres más. Las llamadas de alarma de las ballenas jorobadas y de las ballenas grises resonaban a través de kilómetros de océano. Los grupos de mamíferos, casi al unísono, empezaron a cambiar sus rutas migratorias y se desviaron al oeste, lejos de las aguas costeras de Hawái. La mañana del tercer día, no se veía una sola ballena en las islas.

El *Megalodon* percibió la huida de sus presas, pero no las persiguió. Detectaba nuevos estímulos en las aguas que rodeaban el archipiélago. Deslizándose sin esfuerzo por la termoclina, la frontera entre las aguas calentadas por el sol y las profundidades oceánicas, la mortífera hembra nadaba agitando la cabeza en un movimiento continuo, adelante y atrás, a un lado y a otro. Bajo el grueso hocico cónico, el agua circulaba a través de las fosas nasales del animal hasta la cápsula nasal. Las fosas, que se orientaban de forma independiente una de otra, eran capaces de captar olores en el agua con cada mitad del cerebro, lo cual permitía al *Megalodon* determinar la dirección de un olor en concreto. A última hora de la tarde, el depredador había seguido el olor del ser humano hasta Waialu Bay, en las aguas costeras del norte de Oahu.

—¿Dónde coño están las olas? —aulló Barnes. Los cinco surfistas llevaban casi un cuarto de hora sentados en las planchas. El sol se ponía, el aire se había vuelto helado y Barnes se estaba quedando sin público, pues la gente de la playa empezaba a marcharse.

—¡Eh!, acabo de notar que una me pasaba por debajo —dijo Scott.

—Yo también —asintió Zach.

Al unísono, los cinco surfistas se tendieron sobre las tablas y empezaron a remar hacia la orilla frenéticamente. Barnes se puso a la estela de Jim, agarró la cuerda de la plancha de este y tiró con fuerza, propulsándose hacia delante y frenando el impulso de Jim. Los cuatro surfistas cogieron la ola de diez metros en el preciso instante en que rompía, pero Jim se quedó atrás.

—¡Maldita sea, ese tipo es un cabrón! —El muchacho se sentó en la tabla y dio la vuelta para preparar su siguiente aproximación. A sesenta metros de él, una enorme aleta dorsal blanca asomó por un instante en el valle entre las olas y desapareció enseguida bajo la superficie—. ¡Joder! ¡Oh, mierda! —masculló para sí. En silencio, recogió las piernas que colgaban a los lados de la plancha y se quedó inmóvil.

La parte superior del torso del monstruo estalló entre la espuma sin previo aviso y atacó al grupo de surfistas. Zach, Ryan y Scott, cerca del fondo de la ola, no advirtieron en absoluto lo que sucedía detrás de ellos.

Barnes acababa de hacer el giro cuando, sin darle tiempo ni espacio para maniobrar, delante de él emergió de la nada una enorme pared blanca. La punta de la tabla de surf, impulsada por la fuerza de la ola, se estrelló contra las aberturas de las agallas, de metro y medio de longitud, de la hembra de *Megalodon*, al tiempo que la cara y el pecho de Barnes topaban con el formidable obstáculo. El súbito impacto envió a Barnes hacia atrás, y la ola rompiente, con su inmensa fuerza, arrastró al surfista semiinconsciente hacia el arrecife de coral del fondo.

Débil y desorientado, Barnes consiguió sacar la cabeza del agua. Aún tenía la tabla atada al tobillo y se agarró a ella con ambas manos. Se había roto la nariz y sangraba por ambas fosas nasales. El pecho le ardía de dolor. Barnes maldijo para sí y buscó el yate contra el que creía haberse golpeado.

—Mataré a ese cabrón —murmuró.

Intentó encaramar su cuerpo magullado a la plancha pero resbaló de nuevo al agua, paralizado de dolor. También se había roto dos costillas, por lo menos, pero el dolor más agudo procedía del pecho. Al bajar la vista, observó con perplejidad que le faltaba la mayor parte de la piel de la zona y que el tejido subcutáneo quedaba claramente a la vista bajo la luz menguante.

—Qué caraj... —murmuró y, al volverse, vio otra ola inmensa que se acercaba a toda velocidad y que se alzaba hasta cubrir todo el horizonte rojo crepuscular. Sobreponiéndose al dolor, montó en la tabla y apoyó su peso en ella con rodillas y codos.

Segundos antes de que la ola de ocho metros le alcanzara, las fauces de tres metros del *Megalodon* se alzaron del mar oscuro por debajo de Barnes, atraparon al muchacho y a su tabla y los elevaron siete metros en el aire. Cuando la ola se estrelló contra su vientre expuesto, el monstruo cerró la boca sobre surfista y tabla como una trampa de acero para osos, en una demostración extraordinaria de fuerza bruta. El *Megalodon* sacudió la cabeza adelante y atrás por instinto, hizo trizas los restos del cuerpo que aún colgaban de sus mandíbulas y envió una rociada de pedazos de carne rosada y de fibra de vidrio en todas direcciones. Finalmente, desapareció.

La playa se llenó de chillidos de espanto. Casi todos los turistas y observadores habían presenciado el ataque. Decenas de bañistas, desde el borde del agua, se esforzaban por ver algo en la creciente penumbra. Ryan, Scott y Zach habían terminado su cabalgada y caminaban ya entre la espuma hacia la multitud que gritaba.

—¿Qué les pasa a todos? —preguntó Scott, perplejo.

—Deben de querer más —fanfarroneó Ryan con una carcajada.

—No, hombre. Quieren que salgamos del agua. Oye, ¿dónde está Jim?

Todavía hambrienta, la hembra de *Megalodon* nadó en torno a la sangre de la presa enseñando los dientes y escrutando las proximidades en busca de más vibraciones. Bajo su gruesa piel, a lo largo de la línea lateral y desde el hocico hasta la aleta caudal, se extendía un canal cuya mitad superior contenía unas células sensoriales llamadas neuromastos. La mucosa que había en la mitad inferior de los canales trasmitía las vibraciones del agua de mar a los sensibles neuromastos, lo cual dotaba al depredador de una «visión» espectacular del entorno mediante la ecolocalización.

Jim Richards se estremeció de frío y de absoluto pavor. Había presenciado la masacre y en ese momento no podía hacer otra cosa que observar al monstruo que se movía en círculo a menos de treinta metros de él. Tenía náuseas y trató de contenerlas con todas sus fuerzas. El punto para tomar la ola estaba a unos buenos diez metros más adelante, pero Jim no se atrevía a nadar hacia él. En los documentales había visto que la más ligera vibración atraía a los tiburones. Miró a su alrededor en todas direcciones en busca de ayuda, pero no vio aparecer ningún barco ni helicóptero de rescate.

Con cuidado, Jim se desató la cuerda del tobillo. De

algún modo, el enorme tiburón blanco detectó claramente la perturbación. ¡La enorme aleta dorsal blanca se deslizó hacia delante para investigar! Jim se quedó paralizado; se obligó a inmovilizar cada músculo y cada nervio. Sin embargo, al mirar hacia abajo, vio que la plancha temblaba en la superficie del agua.

El *Megalodon* salió a la superficie y los dos metros de aleta dorsal hendieron el agua antes que su cuerpo. El movimiento de la enorme mole de la hembra creó una corriente de fondo que impulsó a la tabla y al surfista varios metros hacia atrás y a un lado. La media luna de la aleta caudal, alzándose del agua por encima de la cabeza de Jim, pasó a unos centímetros del rostro del muchacho.

Jim notó que algo lo levantaba y el corazón le dio un vuelco al pensar en la boca ensangrentada y en las filas de dientes. El animal, sin embargo, seguía alejándose de su posición. La presión la había originado la propia agua. Entonces llegaron más olas. La primera se alzó bajo la plancha del muchacho y la envió hacia delante otro par de metros. El punto de la rompiente quedaba todavía a cinco metros y el monstruo estaba a diez.

«Ahora o nunca», se dijo. Jim se tumbó sobre el vientre con cuidado y se impulsó despacio, con suma cautela. Avanzó tres metros más y no sucedió nada. Miró atrás y creyó que el corazón le estallaba en el pecho.

El *Megalodon* había detectado las nuevas vibraciones y se había vuelto. El hocico blanco asomó en la superficie a cinco metros del muchacho.

Sin vacilar, Jim pegó la mejilla a la tabla, se agarró a los bordes exteriores con los tobillos y hundió los brazos en el agua, impulsándose furiosamente con ambos a la vez.

El muchacho notó los dientes del monstruo en las

plantas de sus pies desnudos en el instante en que la ola lanzaba la tabla hacia delante, lejos de la boca abierta del *Megalodon*, al que también alzó por encima de la cresta arrojándolo a la oscuridad. En el último instante, Jim se incorporó sobre sus agotadas piernas, con los pies separados y, agachado, llevó la mano derecha bajo la tabla mientras esta se desplomaba hacia el fondo de la sima de agua de diez metros, envuelta en una absoluta oscuridad. Para sobrevivir a la caída, Jim se introdujo en el furioso tirabuzón y notó su fuerza, junto a una racha de aire salino a su espalda. Llevó la mano derecha hacia atrás, rozó con ella la pared de agua en movimiento y creó una estela de espuma.

El *Megalodon* estaba a pocos palmos de hacerse con su presa desde abajo cuando detectó las vibraciones originadas por la mano del muchacho y el nuevo estímulo convenció al depredador para que alterase su ángulo de ataque. La fiera se alzó de debajo de la ola e irrumpió en el rizo en el preciso momento en que el surfista viraba contra la corriente.

Jim echó una rápida mirada por encima del hombro derecho y vio unas mandíbulas mayores que un autobús escolar que se cerraban con tremenda fuerza, sin coger otra cosa que agua. Mientras el cuerpo del monstruo se sumergía bajo la ola, con la cabeza por delante, el surfista giró de nuevo en seco a la derecha y aceleró en la oscuridad para pasar como una centella por el último punto en que había visto al tiburón blanco.

Sabía que solo disponía de unos segundos antes de que el animal volviera a localizarlo. Mientras la ola se deshacía, lanzó su cuerpo adelante en una zambullida apresurada y nadó con desesperación. Había unos cien metros largos entre él y las aguas poco profundas.

El fondo marino se elevaba rápidamente y el agua apenas tenía diez metros de profundidad, pero el *Megalodon* despreció el peligro. Siguió al humano que huía y, acelerando hacia la costa, alcanzó a su víctima en cuestión de segundos. El monstruo abrió sus poderosas mandíbulas y las cerró sobre su presa, estrujándola como una huevera en un triturador de basuras gigante. La tabla de fibra de vidrio se astilló en pequeños fragmentos dentro de sus fauces.

Jim Richards aún gritaba cuando los vigilantes de la playa lo recogieron. Había cubierto los últimos cincuenta metros con la cabeza hundida y los ojos cerrados con fuerza. En la playa, iluminada con focos, se había congregado un centenar de personas que desde la orilla entonaba a coro: «Jim, Jim, Jim...».

Zach corrió a abrazarlo, a darle palmaditas en la espalda y a decirle que había estado magnífico. Jim estaba agotado, temblaba de miedo y el estallido de adrenalina casi lo obligó a vomitar. Se recuperó cuando apareció Marie con una enorme sonrisa en el rostro.

—¿Estás bien? —preguntó la chica—. Me has dado un susto de muerte.

Jim carraspeó y tomó aire.

—Sí, estoy bien. Ningún problema. —Acto seguido, viendo su oportunidad, lanzó una sonrisa de complicidad a la chica y añadió—: ¿Haces algo esta noche?

Batalla en el mar

Momentos después de que Jim Richards fuera sacado del agua, se presentó el helicóptero de rescate aéreo del servicio de Guardacostas, que sobrevoló las rompientes a setenta metros de las olas. Tras distinguir el mortecino fulgor blanco del depredador, el aparato siguió a la hembra de *Megalodon* en su ruta hacia mar abierto y comunicó por radio su posición a la base de la Marina en Pearl Harbor. En cuestión de minutos, el *Nautilus* y el *Kiku* habían zarpado y avanzaban a toda máquina hacia el norte, dejando atrás Yokohama Bay. Cuando el *Kiku* llegó a Kaena Point era noche cerrada y la tormenta que se acercaba había adquirido proporciones de temporal.

Jonas y Terry estaban en la cabina de mando del barco cuando la puerta que conducía a cubierta se abrió de par en par acompañada del ulular del viento. Mac se coló en el compartimento seco, cerró la escotilla de un portazo y mojó todo el suelo con el agua que goteaba de su impermeable amarillo.

—El helicóptero está asegurado. La red y el arpón, también. Se nos viene encima una buena, Jonas.

—Tal vez sea nuestra única oportunidad. Los últimos informes indicaban que la mayoría de grupos de ballenas han abandonado las aguas costeras. Si no conseguimos poner por lo menos un transmisor a esa hembra antes de que se dirija a mar abierto, podríamos perderla definitivamente.

Los tres entraron en el CIM, donde Masao estaba de pie junto a un tripulante sentado ante la consola del sonar. Tanaka tenía cara de preocupación.

—El servicio de Guardacostas ha interrumpido la persecución debido a las condiciones meteorológicas. —Masao se volvió hacia el tripulante—. ¿Alguna novedad en el sonar, Pasquale?

El italiano negó con la cabeza sin levantar la vista.

—Solo el *Nautilus* —respondió y se agarró a la consola cuando una ola de siete metros levantó el buque de investigación y lo zarandeó.

El capitán Barre aguantó al timón; sus piernas de marino equilibraron el movimiento del barco.

—Espero que nadie haya cenado mucho. La tormenta será de aúpa.

La vida a bordo del primer submarino propulsado por energía nuclear de la historia era relativamente tranquila cuando el buque entró en la bahía de Waimea, treinta metros por debajo de la furiosa tormenta. El *Nautilus*, en servicio activo desde 1954, poseía un único reactor nuclear que creaba el vapor supercalentado necesario para impulsar sus turbinas gemelas y los dos ejes. Aunque el buque había establecido muchos récords en viajes submarinos, ninguno igualaría su histórica travesía al Polo Norte bajo el hielo, en 1958. Cuando fue dado de baja del servicio activo en 1980, en un principio se había previsto que regresara a Croton, Nueva Inglaterra, donde fue construido, pero el comandante McGovern solicitó a la Marina que lo llevara a Pearl Harbor para utilizarlo como atracción turística.

Cuando se enteró del ataque del *Megalodon* en la fosa de las Marianas, McGovern comprendió que la crisis requería de la intervención naval. Pero también sabía que no podía justificar el uso de un submarino de la clase Los Ángeles para localizar a un tiburón prehistórico. La sugerencia de Danielson de utilizar el *Nautilus* era sensata y, así, el buque volvió al servicio tras diecisiete años de inactividad.

—¿Algo en el sonar, subteniente?

El hombre del sonar escuchaba por los auriculares y fijaba la vista en la pantalla de su consola, diseñada para proporcionar una representación visual de la diferencia entre el sonido de fondo y un eco concreto. Cualquier objeto al alcance aparecería como una línea luminosa sobre el fondo verde.

—Mucha actividad superficial. Es esa tormenta, señor. Nada más.

—Bien, manténgame informado. Oficial de guardia, ¿cuál es la situación de los sistemas de armas?

El primer oficial, Dennis Heller, seis años menor que su hermano Frank pero, aun así, uno de los miembros más viejos de la tripulación del submarino, alzó la vista de su consola.

—Dos torpedos Mark 48 AD-CAP dispuestos para ser disparados a su orden, señor. Torpedos programados para corto alcance, según sus instrucciones. Un poco demasiado corto, si me permite decirlo, señor.

—Tiene que ser así. No tenemos nada a lo que perseguir para afinar el tiro. Cuando el sonar localice a ese monstruo, tendremos que estar lo más cerca posible para asegurar una solución definitiva.

—Capitán Danielson. —El radiotelegrafista retiró la silla de la consola—. Recibo una llamada de socorro de un ballenero japonés. No es fácil de descifrar, pero parece como si lo estuvieran atacando.

—Piloto, rumbo de intercepción. Navegante, diez grados arriba con los planos de buen tiempo. Si es nuestra amiga, quiero matarla y estar de regreso en Pearl Harbor a tiempo de tomar una última copa en Grady's.

El ballenero japonés *Tsunami* se mecía con las olas inmensas y el viento y la lluvia se abatían sin piedad sobre la tripulación. La bodega del barco iba peligrosamente sobrecargada de su captura ilegal: los cuerpos de ocho ballenas grises. Dos cadáveres más viajaban atados con una red de carga al costado de babor del buque.

Agarrados a su precaria atalaya, dos vigías oteaban el mar con esfuerzo entre la oscuridad y el temporal. A ambos les había tocado la azarosa tarea de vigilar que las valiosas ballenas permanecieran aseguradas durante la tormenta. Por desgracia para los pobres hombres agotados, el foco apenas penetraba en la tormenta. Solo los destellos esporádicos de los relámpagos les permitían ver de verdad el estado de su preciada carga.

Destello. El océano desapareció de la vista cuando el barco se escoró a estribor y la red gimió con el peso de su contenido. Los marineros se agarraron mientras el *Tsunami* volvía a inclinarse, esta vez a babor. Destello. El mar amenazó con aspirarlos, y durante un instante la red llegó a desaparecer por completo bajo las olas. Destello. El barco recuperó la vertical y la red reapareció.

Los dos hombres soltaron una exclamación: ¡una enorme cabeza triangular había emergido de las aguas con la carga!

Oscuridad. El *Tsunami* dio un nuevo bandazo y los vigías siguieron a ciegas en la tormenta. Transcurrieron unos segundos en silencio. Entonces, destello, un relámpago como un tridente iluminó el cielo y la espantosa cabeza reapareció con la boca erizada de dientes afilados como cuchillas.

Los marineros gritaron pero la tormenta ahogó sus voces. El veterano indicó por señas a su compañero que iba a buscar al capitán. Destello. Las mandíbulas, inimaginablemente grandes, desgarraban ahora el cuerpo de la ballena y la cabeza del monstruo se apoyaba de costado contra el barco zarandeado por las olas.

El ballenero se escoró a babor una vez más. El marinero veterano empezó a bajar a la cubierta de madera con dificultades, entrecerrando los ojos para protegerse de la tormenta y agarrado con fuerza a la escala de cuerda. Solo pudo descender un peldaño cada vez mientras el barco se escoraba a babor... ¡y seguía inclinándose! Abrió los ojos y notó que se le revolvía el estómago. Destello. El mar seguía acercándose y la cabeza triangular había desaparecido. Pero algo empujaba el *Tsunami* y amenazaba con volcarlo de costado.

—Capitán, el ballenero está a doscientos metros a proa.

—Gracias. Llévenos a profundidad de periscopio, piloto.

—Profundidad de periscopio. Sí, señor.

El submarino ascendió y Danielson pegó el rostro al marco de goma del periscopio y fijó la mirada en la oscuridad. El visor nocturno convertía la negrura de la superficie en matices de gris, pero la tormenta y las olas agitadas reducían la visibilidad en gran medida. Destello. El enfurecido Pacífico se iluminó y, durante un segundo, Danielson vio la silueta del ballenero, volcado de costado. Se retiró del periscopio.

—Llame al servicio de Guardacostas —ordenó—. ¿Dónde tienen la patrullera más próxima?

—Señor —respondió el radiotelegrafista—, el único barco de superficie en treinta kilómetros a la redonda es el *Kiku*.

—Capitán, será mejor que eche un vistazo a esto, señor... —El encargado del sonar se puso en pie. La pantalla fluorescente mostraba la posición del ballenero... y de algo más que se desplazaba alrededor del barco, rodeándolo.

Pasquale apretó con fuerza los auriculares contra los oídos y verificó el mensaje una vez más.

—Capitán, nos llega una llamada de emergencia del *Nautilus*. —En la sala de control, todas las cabezas se volvieron—. Un ballenero japonés ha naufragado a doce millas náuticas al este. Dicen que puede haber supervivientes en el agua, pero no hay más barcos de superficie en la zona. Solicitan colaboración.

Masao miró a Jonas.

—¿El *Meg*?

—Si lo es, no tenemos mucho tiempo —dijo Jonas—. Las ballenas han huido de la zona y nuestra fiera ya ha probado la sangre humana. Estará hambrienta.

—Llévenos allí enseguida, capitán —ordenó Masao.

El *Tsunami* yacía sobre el costado de babor, negándose a hundirse; se alzaba y caía con las olas de siete metros. En las entrañas del barco, once hombres luchaban en completa oscuridad por escapar de una cámara mortuoria en la que no tenían manera de saber dónde era arriba y dónde abajo. El frío océano penetraba con un siseo por todas partes, llenando inexorablemente el buque.

Bajo las olas, el *Megalodon* enloquecido se lanzó contra la embarcación semihundida y desgarró las carnes de la segunda ballena transportada en la red. Era la presencia física del cetáceo, en gran parte, lo que mantenía a flote la nave agonizante.

El vigía veterano había caído al agua con el vuelco del barco pero, sin saber cómo, había conseguido mantenerse asido a la escala de cuerda y en aquel momento luchaba contra las olas tratando de acercarse a la cubierta, ahora vertical, del *Tsunami*. Chapoteando, localizó la puerta abierta de la cabina de mando y se agarró al marco. Entonces oyó los gritos de sus compañeros de a bordo y vio salir despedidos por la abertura a cuatro de ellos. Agitando los brazos, todos ellos consiguieron agarrarse a los aparejos del mástil de madera y resistir en ellos.

—Capitán, capto gritos —dijo el encargado del sonar—. Ahora hay hombres en el agua.

—Maldita sea, ¿dónde está el *Kiku*?

—Seis minutos, por lo menos —informó el primer oficial, Heller.

Danielson intentó pensar qué podía hacer para distraer al *Megalodon* y alejarlo de los supervivientes.

—Heller, empiece a lanzar ecos, lo más potentes que pueda. Sonar, observe al animal y dígame qué sucede.

—Ecos continuos. Sí, señor.

Ping... Ping... Ping... Los gongs metálicos resonaron por el casco del *Nautilus* y se propagaron a través del agua marina como sirenas que cortaran el aire de la noche.

Los primeros ecos llegaron a la línea lateral de la hembra en cuestión de segundos. Las estridentes ondas sonoras sobrecargaron sus sentidos y la llevaron a un paroxismo de rabia instintiva. Una criatura desconocida amenazaba con robarle la caza. La hembra de *Megalodon* pasó por debajo del semihundido *Tsunami*, sacudió un par de veces su cabeza inquieta y, por fin, se dirigió directamente hacia el submarino.

—Capitán, tengo un rumbo. La señal se registra a tres hercios: tiene que ser ese monstruo. ¡Hemos llamado su atención, no hay duda! —dijo el subteniente encargado del sonar—. Doscientos metros y se acerca.

—¿Heller?

—Tengo una solución provisional, señor, pero la explosión mataría a la tripulación del ballenero.

—¡Cien metros, señor!

—Timonel, cambie el curso a cero-dos-cinco; planos, veinte grados abajo. Llévenos a cuatrocientos metros; velocidad, quince nudos. Veamos si nos sigue. Quiero alejar a ese pez del ballenero.

El submarino aceleró en un descenso poco pronunciado y el *Megalodon* lo persiguió. La hembra medía algo menos de la mitad que el *Nautilus*, y este, con sus tres mil toneladas, también la superaba en peso, pero el pez nadaba y cambiaba de curso más deprisa que su adversario; además, ningún *Megalodon* adulto ignoraría un desafío a su superioridad. Se acercó desde arriba y aceleró contra el casco de acero del submarino como una enloquecida locomotora de veinte metros.

—¡Preparados para el impacto! —aulló el encargado del sonar al tiempo que se arrancaba los auriculares.

¡Buum! El *Nautilus* dio un bandazo y la tripulación salió despedida de sus puestos. La energía falló bruscamente y las planchas de acero chirriaron. Momentos después, se encendieron las luces de emergencia. Todos los motores se detuvieron y el submarino flotó a la deriva, inclinado en un ángulo de cuarenta y cinco grados.

La hembra de *Megalodon* rodeó a su rival con cautela. La colisión le había causado una dolorosa contusión en el hocico y sacudió la cabeza. Había perdido varios dientes con el impacto, pero estos serían reemplazados casi de inmediato por los que guardaba en reserva debajo de los primeros.

El capitán Danielson notó que un líquido caliente le goteaba en el párpado.

—¡Todas las dependencias, informen! —gritó mientras se enjugaba la sangre de la frente.

Heller fue el primero en responder.

—La sala de máquinas informa que se han inundado tres compartimentos, señor. El reactor está desconectado.

—¿Radiación?

—No se registran emisiones.

—¿Baterías?

—Al parecer, funcionan y están conectadas, capitán, pero los planos de popa no responden. El impacto ha sido justo encima de la quilla.

—¡Condenada...! —Danielson echaba chispas; ¿cómo había podido permitir que un pez le averiase el submarino?—. ¿Dónde está ese bicho?

—Nada en círculos a nuestro alrededor, señor. Muy cerca.

—Capitán —dijo Heller—. Control de daños dice que una hélice está fuera de servicio y la otra estará reparada en diez minutos. Solo hay baterías de emergencia, señor.

—¿Los torpedos?

—Siguen preparados, señor.

—Inunden los tubos de torpedos uno y dos. Sonar, quiero saber cuándo tenemos una posición de disparo.

Las planchas del casco chirriaron otra vez. De pronto, el agua salada empezó a penetrar por varias rendijas en la sala de control.

—¿Sonar...?

—¿Señor? —El subteniente estaba pálido—. ¡Creo que el *Megalodon* intenta aplastar el casco a mordiscos!

El *Kiku* llegó a la última posición conocida del ballenero pero, sin el sostén del *Meg*, el barco japonés se había ido a pique sin resistirse.

Jonas y Frank Heller, enfundados en chalecos salvavidas y asegurados al barco con cabos atados alrededor de la cintura, se hallaban en la proa. Heller apuntaba el foco y Jonas empuñaba el rifle cargado con el dardo trasmisor en una mano y un salvavidas en la otra. El *Kiku* cabeceaba furiosamente y las olas estallaban sobre su proa, amenazando con enviar a ambos hombres al mar.

—¡Allí! —Jonas señaló a estribor.

Dos hombres se aferraban a lo que quedaba del mástil del *Tsunami*. Heller enfocó la luz y llamó a Barre por el intercomunicador. La proa dio un fuerte bandazo a estribor.

Jonas pasó el rifle a Heller, se agarró del pasamanos y arrojó el salvavidas a los náufragos. Entre los montes y valles del océano embravecido y el cabeceo del barco, que se alzaba y caía debajo de Jonas como un verdadero potro salvaje, no estuvo seguro de que los hombres hubieran visto siguiera el aro flotador.

—¡Olvídalo, Taylor! —le gritó Heller—. ¡No los alcanzarás de ninguna manera!

Jonas siguió escrutando las aguas mientras la proa descendía diez metros y otra ola se levantaba quince metros más allá. La proa se alzó de nuevo y Jonas vio a los hombres a la luz del foco. Uno de ellos agitaba la mano.

—¡Que algunos hombres aseguren mi cuerda! —exclamó Jonas.

—¿Qué?

La proa descendió y Jonas puso un pie en la borda. Cuando el barco se elevó, saltó con todas sus fuerzas. Propulsado por la cubierta que se alzaba, salió despedido y voló al mar, por encima de la ola que llegaba y mucho más allá. El contacto con el agua helada le impactó y lo dejó sin fuerzas. Se levantó con la siguiente ola, incapaz de ver nada, y nadó como pudo en la dirección que esperaba que fuese la correcta.

Sin previo aviso, Jonas se encontró volando por los aires otra vez y, a continuación, volvió a caer al mar. Sus intentos por nadar eran vanos: las montañas de agua lo zarandeaban arriba y abajo a su voluntad. Entonces, un objeto duro golpeó su cabeza y le nubló la visión.

La hembra de *Megalodon* no estaba segura de si aquella criatura estaba viva o no. Los estridentes impulsos sonoros habían cesado. Aquel pez parecía demasiado grande como para atraparlo con la boca y los sentidos le decían que no era comestible. Dio una vuelta más en torno al objeto y aún trató varias veces de abarcarlo entre sus mandíbulas hiperextendidas. El extraño ser resultaba, sencillamente, demasiado grande para ella. Entonces captó unas vibraciones familiares en la superficie.

—¡Está alejándose, capitán! —El hombre del radar indicó la pantalla.

El técnico del sonar confirmó el dato.

—Así es, señor. Se dirige de nuevo a la superficie.

—Los motores tienen potencia otra vez, capitán —informó el oficial Heller. Casi como en respuesta a sus palabras, el *Nautilus* se equilibró.

—Así me gusta. Timonel, llévenos a rumbo cero-cinco-cero; planos, diez grados arriba. Profundidad, trescientos metros. Heller, quiero tener la oportunidad de disparar a ese monstruo. Cuando dé la orden, empiece a emitir ecos otra vez. ¡Cuando descienda para atacar, quiero darle con los dos torpedos!

Heller lo miró, preocupado.

—Señor, control de daños dice que el submarino no podrá soportar otra colisión. Sugiero con insistencia que regresemos a Pearl...

—No, señor Heller. Pondremos fin a esto ahora.

Una mano agarró a Jonas por el cuello de la camisa y se aferró a él. El vigía veterano dijo algo en japonés, visiblemente agradecido. Jonas miró a su alrededor, pero el segundo marinero había desaparecido.

Notó un fuerte tirón en la cintura. Heller y sus hombres tiraban de él para devolverlo a bordo.

—¡Aguanta! —Cogió al japonés por detrás y los dos fueron arrastrados de espaldas hacia el *Kiku*.

El *Megalodon* se concentró en las vibraciones y ascendió rápidamente hacia su presa. Apenas a treinta metros de su siguiente comida, oyó de nuevo el irritante sonido de su rival. Percibió el olor a sangre caliente, pero el desafío agresivo de la llamada subacuática venció a su voracidad. El animal viró en redondo en un movimiento fácil y se convirtió en una sombra blanca que apuntaba directamente hacia su retador.

—Dos mil metros y acercándose rápidamente, capitán —exclamó el encargado del sonar.

—¿Tenemos ángulo de tiro, Heller?

—¡Sí, señor!

—Cuando dé la orden...

—Setecientos metros...

—Calma, señores.

—¡Trescientos metros, señor!

—Que se acerque un poco más...

—¡Señor, ha cambiado el rumbo! —Dennis Heller levantó la cabeza, frenético—. ¡La he perdido!

Danielson se acercó a la consola rápidamente. El sudor y la sangre casi coagulada le bañaban el rostro.

—¿Qué ha sucedido?

El subteniente, inclinado hacia delante con las manos en los auriculares, trataba de oír algo.

—Se ha sumergido muy abajo, señor, apenas la capto... ¡Espere...! Mil quinientos metros... ¡Oh, mierda...! ¡Está debajo de nosotros!

—¡Avante a toda máquina! —ordenó Danielson.

El avejentado submarino, con cuarenta años en sus cuadernas, se lanzó hacia delante en su empeño por alcanzar una velocidad superior a los diez nudos. El *Megalodon* se alzó desde abajo y se dirigió a lo que para el animal era la cola de su adversario. El hocico impactó en las planchas de acero a una velocidad superior a los treinta y cinco nudos abriendo una brecha en el casco ya resentido. Entre las planchas de acero, un boquete de tres metros dejó toda la sala de máquinas expuesta al mar.

La colisión también rompió los depósitos de lastre de popa. La quilla del *Nautilus* se llenó de agua y el habitáculo de la tripulación adquirió una inclinación de cuarenta y cinco grados. La sala de máquinas resultó la más afectada. El segundo maquinista, David Freyman, retrocedió trastabillando a oscuras en la sala, se golpeó en la cabeza con un panel de control y quedó inconsciente. El teniente Artie Krawitz se encontró atrapado bajo un mamparo caído, con el tobillo astillado. Mientras la sala de máquinas se llenaba de agua, Krawitz consiguió liberarse y arrastrarse hacia arriba, al siguiente compartimento, y cerró la compuerta de seguridad momentos antes de que el agua penetrara.

—¡Informe de daños! —ordenó Danielson.

—La sala de máquinas está inundada —dijo el primer oficial Heller—. No puedo...

Un potente ulular de sirenas y unos destellos rojos interrumpieron a Heller.

—¡Hay filtraciones en el núcleo! —exclamó—. ¡Alguien tiene que bajar a apagarlo!

—Timonel, inyecte aire a presión en los tanques de lastre. Llévenos arriba. Heller, baje a la sala del reactor...

—¡Allá voy!

El *Nautilus* se dirigió a la superficie, inclinado todavía a estribor y con un ángulo de ascenso de cuarenta y cinco grados. Heller avanzó por un laberinto en completo caos. En todos los compartimentos, los tripulantes atendían a los heridos e intentaban cortar el flujo de agua que penetraba por mil grietas.

La mitad, al menos, de los cuadros eléctricos había dejado de funcionar.

Cuando Heller entró en la sala, encontró al teniente Krawitz pulsando interruptores frenéticamente para apagar el reactor nuclear. El primer oficial le ayudó con los tres últimos y desconectó la alarma.

—Informe, teniente.

—Aquí hemos tenido cuatro muertos. Toda una sección de tubo se aplastó con el impacto. Todos y todo lo que queda a popa de la sala de máquinas está bajo el agua.

—¿Radiación?

El oficial miró a su superior.

—Señor, este barco tiene más de cuarenta años. Hemos perdido la estanqueidad del casco y las planchas de acero se desmoronan como un montón de guijarros. Antes de que nos mate la radiación, nos habremos ahogado.

Jonas fue izado a cubierta y llevado al puente de mando. Momentos después, Frank Heller y sus hombres sacaron también al marinero japonés.

—¿Te has vuelto loco, Taylor? —aulló Heller.

—Silencio, Frank —intervino DeMarco—. Acabamos de recibir una llamada de auxilio del *Nautilus*.

Heller entró en el centro de mando.

—¿Y bien?

Bob Pasquale se llevó las manos a los oídos e intentó captar algo.

—¡Emergen a la superficie sin energía y necesitan nuestra ayuda inmediatamente!

El capitán Barre dio las órdenes para cambiar de rumbo. El *Kiku* viró, en dura pugna con las incansables olas.

David Freyman había recuperado la conciencia y apretaba la mejilla con fuerza contra la puerta estanca, donde quedaba una pequeña bolsa de aire. La sala estaba bañada en una luz roja. La sangre manaba de su frente.

Cuando el *Nautilus* emergió, el Pacífico empezó a llenarse de restos que salían por el boquete del casco. El *Megalodon* ascendió con el submarino lanzando dentelladas a todo lo que se movía.

El depredador olió la sangre y embistió con la cabeza contra la abertura, separando las planchas de metal ya sueltas y ampliando el boquete considerablemente. Su mortecino fulgor blanco iluminó de repente, desde abajo, todo el compartimento donde se hallaba Freyman.

El marinero introdujo la cabeza en el agua, miró abajo... ¡y lanzó un grito! Las fauces de tres metros de ancho del monstruo llenaban el compartimento entero, con la mandíbula superior echada hacia delante como un monstruo salido de una película de terror en tres dimensiones. Sus dientes triangulares estaban a menos de metro y medio del marinero. Freyman notó que su cuerpo era aspirado al vórtice letal y se agarró a la puerta.

El mar ahogó sus gritos. Incapaz de detener el descenso, agachó la cabeza y aspiró el agua salada intentando darse muerte antes de que lo alcanzaran aquellas dagas de un palmo.

La hembra aspiró el cuerpo al interior de su boca, lo aplastó y lo tragó de un solo bocado. La sangre caliente la hizo entrar en un renovado frenesí. A continuación agitó la cabeza, se separó de la abertura del casco y, de nuevo, nadó en círculos en torno al *Nautilus*, que a duras penas flotaba en la superficie.

—¡Abandonen la nave! ¡Toda la tripulación, abandonen la nave!

El capitán Danielson dio la orden a gritos mientras el submarino, a merced del oleaje, daba un poderoso bandazo a estribor.

El agua entraba en el casco a borbotones cuando estallaron tres compuertas exteriores y otras tantas bengalas fosforescentes rosa taladraron la oscuridad. Tres balsas amarillas, cada una de tres metros de diámetro, se desplegaron como si estuvieran vivas. Minutos más tarde, los supervivientes estaban a bordo y trataban de mantener el equilibrio en el mar embravecido. El *Kiku* se acercaba y sus luces les servían de guía.

Los relámpagos iluminaban el mar y Danielson, que se encontraba en la última balsa, se volvió a contemplar el submarino. En cuestión de segundos, las olas se tragaron al *Nautilus*, que se hundió boca abajo en su última inmersión hacia el lugar donde reposaría finalmente, bajo el Pacífico.

Destello. La primera balsa había alcanzado el *Kiku*, y quince hombres escalaban la red de carga por el costado de estribor. Una ola golpeó el barco, lo levantó diez metros y lo dejó caer. Destello. La fuerza de la ola había devuelto al mar a algunos tripulantes del submarino.

Jonas apuntó el foco y localizó a un marinero. Era Dennis Heller. Frank vio a su hermano menor debatiéndose por mantenerse a flote a menos de cinco metros del *Kiku* y le arrojó un salvavidas mientras se acercaba la segunda balsa.

Dennis se agarró del salvavidas y resistió mientras su hermano tiraba de él hacia el barco. Los ocupantes de la segunda balsa habían subido ya y el último grupo estaba a menos de tres metros del *Kiku*. Dennis había alcanzado la red y empezaba a escalarla. Estaba a media altura cuando se le unieron sus camaradas de la tercera balsa.

Una ola monstruosa levantó el barco, que se encabritó. Los hombres colgados de la borda se agarraron con todas sus fuerzas. Frank Heller se tumbó boca abajo en cubierta, bajo el pasamanos, agarrado con una mano a la barra de metal; la otra, la tenía extendida hacia su hermano, del cual le separaba apenas un metro.

—¡Dame esa mano, Denny!

Por un instante, llegaron a tocarse. La torre blanca se alzó de la ola en vertical y agarró a Dennis Heller entre sus mandíbulas. Frank se quedó paralizado, incapaz de reaccionar mientras la punta del hocico pasaba a menos de un palmo de su rostro. El *Megalodon* dio la impresión de quedarse colgado en el aire, suspendido en el tiempo. Luego, el monstruo desapareció de nuevo bajo el mar, arrastrando consigo a Dennis.

—¡No! ¡Nooo...! —clamó Frank, impotente, y se quedó mirando el mar como si esperase que la fiera volviese con su hermano.

Danielson y los demás habían presenciado la escena

y subieron el resto de la red escalando con frenética temeridad, pues les iba la vida en ello.

El *Megalodon* se alzó de nuevo con los restos sanguinolentos de Dennis Heller hechos trizas todavía entre sus filas de dientes. Danielson se volvió y lanzó un grito al tiempo que se aplastaba contra el casco.

Jonas asió el foco y lo dirigió hacia el monstruo con la mano zurda mientras, con la diestra, apuntaba el fusil. Estaba cerca, a solo diez metros. Tiró del gatillo casi sin apuntar. El dardo salió del cañón del arma e impactó en la gruesa piel anclándose firmemente detrás de la aleta pectoral derecha de la hembra.

El potente haz de luz pasó sobre el ojo derecho del depredador nocturno y laceró el sensibilísimo tejido ocular como si fuera un láser. El tremendo dolor hizo que el monstruo retrocediera y se internara en el mar, renunciando a su ataque apenas a unos palmos de la espalda de Danielson. El *Meg* se retiró con el ojo herido y desapareció bajo las olas.

Danielson y sus hombres se derrumbaron en la cubierta y fueron conducidos, uno a uno, al abrigo del puente de mando. Jonas agarró a Frank, tirando de él hacia atrás, pero Heller se negaba a soltarse del pasamanos.

—¡Estás muerto, bicho! ¿Me oyes? —gritó Heller a la noche, pero el viento amortiguó sus palabras—. ¡Esto no ha terminado! ¡Date por muerto, maldita sea!

La inauguración

A las doce del mediodía en punto, ante un público de casi seiscientos invitados de excepción, entre los que estaba el gobernador de California, varios miembros del equipo de fútbol americano de los Forty-niners, una banda musical universitaria y equipos de cuatro cadenas de televisión, las enormes compuertas del acuario D.J. Tanaka Memorial Lagoon se abrieron al mar y millones de litros de agua del océano llenaron el hueco de la piscina más grande del mundo.

Jonas estaba con Terry Tanaka en el mirador, desde el cual admiraban aquel nuevo ejemplo extraordinario de ingenio humano. Con diseño y tecnología desarrollados durante la construcción de las grandes presas, el equipo de Tanaka había abierto un lago artificial conectado al océano Pacífico por un canal de acceso cuya anchura bastaba para que un grupo de ballenas entrara y saliera sin sentirse cohibido. Una vez en el interior, los mamíferos podían ser observados a través de las cristaleras de metacrilato de siete metros de altura que rodeaban el estanque y desde pequeños miradores construidos bajo el fondo de la instalación. Habían pasado casi dos semanas desde el desastre marítimo. Veintinueve miembros de la tripulación del *Nautilus* y otros catorce del *Tsunami* habían muerto. Se había celebrado un funeral en su honor en Pearl Harbor, y dos días después, el capitán Richard Danielson se retiró de la Marina.

El comandante McGovern estaba en la cuerda floja. ¿Quién había autorizado a la Marina de los Estados Unidos para dar caza al *Megalodon*? ¿Por qué McGovern había escogido el *Nautilus* para llevar a cabo la misión, cuando sabía que el submarino, con sus cuarenta años, no estaba en condiciones de combate? Las familias de los fallecidos estaban furiosas y el Pentágono había ordenado abrir una investigación interna. Muchos opinaban que el comandante sería el siguiente oficial de la Marina en presentar la dimisión.

Frank Heller, por su parte, estaba loco de rabia. Su hermano Dennis era su única familia desde hacía tres años. El odio que Heller sentía hacia el *Megalodon* amenazaba convertirse en una obsesión y desequilibrarlo psíquicamente. Informó llanamente a Masao de que se negaba a participar en más locos intentos de capturar al monstruo y declaró que tenía sus propios planes para el «demonio blanco». Después del funeral celebrado en Oahu, Heller tomó un avión y regresó a su casa de California.

Gracias a David Adashek, los planes del Instituto Tanaka para capturar al *Megalodon* aparecieron en la portada del *New York Times* y del *Washington Post* a las veinticuatro horas del desastre del *Nautilus*. A partir de aquel momento, los medios de comunicación convirtieron la caza del monstruo en un circo. El JAMSTEC estaba secretamente encantado con la publicidad mientras esperaba llevarse su parte de los beneficios por la exhibición del *Megalodon* cautivo. Las brigadas de obreros de la construcción habían trabajado veinticuatro horas al día para acabar el estanque. Ahora, todo el mundo quería saber cuándo aparecería el invitado de honor.

«Doce días y ni rastro de la hembra», pensó Jonas para sí. Durante seis noches consecutivas, tras el ataque al *Nautilus*, Mac y él habían sobrevolado las aguas costeras de Hawái en busca del *Megalodon*. El aparato de detección había funcionado y permitió al helicóptero seguir al depredador en su viaje al oeste, con el *Kiku* pegado a su estela en todo momento. La hembra se negaba a subir a la superficie y permanecía a considerable profundidad. Entonces, al séptimo día, la señal desapareció de improviso.

Durante dos días, el *Kiku* y su helicóptero barrieron la zona sin volver a captar la señal. Frustrado, Jonas le comentó a Masao que el barco debería volver a Monterrey, ya que el *Megalodon* se dirigía probablemente a la costa de California, en pos del éxodo de la población de ballenas desde las aguas de Hawái.

Transcurrida una semana más, seguía sin noticias de la hembra. ¿Dónde se habría metido?

La garganta submarina

A menos de doscientos metros de la costa, frente al muro oeste del acuario Tanaka, se extiende el cañón de la bahía de Monterrey. Creado por la subducción de la placa norteamericana a lo largo de millones de años, el desfiladero submarino atraviesa más de cien kilómetros de fondo marino y cae a pico más de un kilómetro y medio bajo la superficie del océano. Allí, la garganta encuentra el fondo oceánico y desciende, finalmente, otros cuatro mil metros.

El cañón de la bahía de Monterrey está en el corazón de la Reserva Marina Nacional de la bahía, el mayor santuario de la vida marina del país. Esta zona de aguas protegidas por las autoridades federales, parecida a un parque nacional, abarca casi la misma superficie que el estado de Connecticut. La reserva marina se extiende desde las islas Farallon, al oeste de San Francisco, hacia el sur, a lo largo de casi quinientos kilómetros, y termina frente a Cambria, California. El santuario acoge a veintisiete especies de mamíferos marinos, trescientas cuarenta y cinco clases de peces, cuatrocientas cincuenta clases de algas y veintidós especies en peligro; además, el santuario también es un territorio invernal de cría para veinte mil ballenas.

Desplazándose hacia el norte a lo largo del profundo desfiladero a una velocidad de apenas cinco nudos, nadaba el mayor animal que ha habitado jamás el planeta. Con treinta y dos metros de longitud y un peso de casi cuarenta y cinco toneladas, la hembra adulta de ballena azul se deslizaba a doscientos metros de profundidad y, en su avance, capturaba entre sus barbas las pequeñas partículas de plancton que constituían su alimento. Por encima de ella, el ballenato de apenas seis meses nadaba hacia la superficie en busca de aire para respirar. La ballena adulta solo realizaba de tres a cinco inspiraciones cada hora, pero su cría tenía que dirigirse a la superficie cada cuatro o cinco minutos. Esto significaba que madre e hijo debían separarse cada pocos minutos mientras se alimentaban.

A ocho kilómetros al sur, en la absoluta oscuridad, una luz difusa blanca y florescente se deslizaba por el cañón rocoso, cerca del fondo marino.

Tras abandonar las aguas costeras de las islas Hawái en busca de cetáceos, la hembra de *Megalodon* había encontrado una corriente submarina cálida que fluía hacia el sureste a lo largo del ecuador y, aprovechando el impulso del enorme río oceánico igual que un Boeing 747 aprovecha las corrientes en chorro de la atmósfera, había atravesado el océano Pacífico hasta llegar a las aguas tropicales frente a las islas Galápagos. Desde allí, se había desplazado hacia el norte a lo largo de la costa de Centromérica, donde se dedicaba a la caza de ballenas grises y de sus ballenatos recién nacidos.

Al aproximarse a las aguas de Baja California, sus sentidos habían quedado saturados con el latir de decenas de miles de corazones pulsantes y de músculos en movimiento. La fiera entró en un frenesí y sus instintos depredadores la impulsaron a seguir hacia el norte hasta el cañón de la bahía de Monterrey.

Las fuentes hidrotermales del fondo del desfiladero le resultaron familiares. La turbidez, las corrientes y la temperatura de las aguas en la garganta eran parecidas a las de la fosa de las Marianas. La hembra, como animal territorial por naturaleza, estableció aquella zona como su residencia y reclamó para sí, por su mera presencia, una extensión de océano, como depredador supremo. Sus sentidos le indicaban que no había en la zona otros *Megalodon* adultos que desafiaran su dominio. Así pues, la hembra estableció un territorio que defender.

El depredador llevaba tres horas acechando a la ballena azul y a su cría. Las vibraciones que detectaba la línea lateral del *Megalodon* indicaban que la criatura más pequeña sería vulnerable a un ataque. Con todo, la fiera, completamente ciega del ojo derecho, optó por mantenerse a distancia y esperar; no se arriesgaría a acercarse a la superficie mientras quedara un asomo de luz.

Así continuó tras su presa, esperando con impaciencia la caída de la noche para salir a alimentarse de nuevo.

El Triángulo Rojo

Anclado al fondo marino, a unos doscientos metros de la quilla, el *Magnate* cabeceó suavemente mientras los últimos destellos de luz solar se reflejaban en el mar. Desde la cubierta principal del yate, el fatigado equipo de filmación observó los miles de focas de California y de leones marinos que ocupaban la orilla de la masa de tierra rocosa y deshabitada.

Cuando Maggie supo que Jonas había predicho que el *Megalodon* terminaría en aguas californianas, no perdió un segundo y empezó a organizar una expedición a las islas Farallon. Estas ocupaban el centro de una zona de océano conocida como el Triángulo Rojo. De todos los ataques de grandes tiburones blancos registrados en el mundo, la mitad se había producido en dicha zona. Maggie calculó que, si la predicción de Jonas resultaba acertada, el *Megalodon* no tardaría en aparecer en el centro del Triángulo Rojo para cazar leones marinos, la presa favorita del gran tiburón blanco.

Durante cinco días seguidos, el equipo de filmación había esperado con impaciencia a que apareciese la fiera. La cubierta del barco estaba sembrada de cámaras de vídeo submarinas, equipos de sonido y focos especiales para trabajar bajo el agua, además de colillas de cigarrillo y envoltorios de caramelo. A lo largo de la cubierta superior se había tendido una cuerda para colgar la colada comunitaria de la que pendían trajes de baño, ropa interior y pantalones de trabajo.

Las largas horas de tedio, el calor constante y las esporádicas náuseas asociadas con el mareo habían hecho mella, finalmente, en el equipo de periodistas. Kilómetros de tripas de animales, esparcidos por el mar como cebo, habían atraído a algún esporádico tiburón, lo cual había impedido a los pasajeros del *Magnate* poder refrescarse con un chapuzón. Sin embargo, todo ello resultaba tolerable comparado con el hedor abrumador que impregnaba el aire húmedo de noviembre.

Detrás del yate, arrastrado por un cable de acero de diez metros de longitud, colgaba el cadáver semiputrefacto de una ballena jorobada macho. El intenso hedor parecía cernerse sobre el barco como para indicar que se había cometido un crimen, pues, en efecto, matar una ballena en la reserva marina de Monterrey era un acto delictivo. Sin embargo, con su influencia financiera, Bud había cerrado un trato con dos pescadores de la zona para que, sin hacer preguntas, localizaran y arrastraran el cuerpo de una ballena al lugar donde los aguardaría el *Magnate*. No obstante, en aquellos momentos, después de soportar casi treinta y ocho horas de pestilencia maldita, la tripulación del barco estaba al borde del motín.

—Maggie, Maggie, escúchame... —le suplicó su director, Rodney Miller—. Tienes que darnos un respiro. Veinticuatro horas de estancia en tierra; es lo único que pido. Pueden pasar semanas, meses incluso, hasta que el *Megalodon* se aventure en estas aguas. Todos necesitamos descansar. Hasta una ducha con agua dulce sería el paraíso. Solo te pido que nos dejes abandonar un rato este barco pestilente.

—Escúchame tú, Rod. Este es el reportaje de la década y no estoy dispuesta a echarlo a perder porque tú y tus colegas necesitéis emborracharos en la barra de algún hotel.

—¡Oh, Maggie, vamos...!

—No, Rod. ¿Tienes idea de lo difícil que ha sido organizar todo esto? Las cámaras, el tubo para tiburones... Por no hablar de ese montón de grasa de ballena que flota detrás de nosotros.

—Sí, no menciones eso —asintió él en tono sarcástico—. ¿Qué ha sido de tu campaña para la protección de las ballenas? Cielos, habría jurado que era a ti a quien vi en el estrado, aceptando un Águila de Oro en nombre de la fundación Salvemos a las Ballenas.

—Vamos, Rod, madura ya, ¿quieres? Yo no maté a la jodida ballena; solo utilizo el cadáver como cebo. Mira a tu alrededor: por si no te has enterado, esas condenadas moles de grasa emigran a millares hacia la reserva. ¿Es que no ves que este puede ser el reportaje de la década?

Cuando Maggie movió la cabeza, los cabellos rubios se quedaron pegados a sus hombros desnudos.

—Maggie —Rod bajó la voz—, te agarras a un clavo ardiendo. Sé realista: ¿qué probabilidades hay de que el *Megalodon* aparezca en el Triángulo Rojo? No ha habido informes de avistamientos de esa fiera desde hace dos semanas.

—Escucha, Rod, si algún tema domina el inútil de mi marido es el de esos animales. El *Megalodon* aparecerá, créeme, y seremos nosotros quienes conseguiremos las imágenes exclusivas.

—¿En qué? ¿En este cascarón de plástico? ¡Por todos los santos, Maggie, debes de querer suicidarte...!

—Este cascarón de plástico es una plancha de plexiglás de ocho centímetros de espesor cuyo diámetro es demasiado grande para que incluso el *Meg* pueda abarcarlo con su boca. Probablemente, yo estaré más segura ahí dentro que vosotros en el *Magnate* —añadió con una breve risilla.

—Un pensamiento reconfortante...

Maggie pasó sus dedos por el torso sudoroso del director. Sabía que Bud seguía en cama, durmiendo otra resaca.

—Rod, tú y yo hemos trabajado juntos muy a fondo en este tipo de proyectos. Fíjate lo útil que resultó nuestro documental de las ballenas para mejorar la situación de esos animales.

—Eso cuéntaselo a tu corcovada muerta —le replicó Rod con una sonrisa cargada de intención.

—Olvídate de eso ya, maldita sea. —Posó sus manos en los hombros aceitados del hombre—. ¿No te das cuenta, Rod? ¡Este es el gordo! ¡Es la historia que nos dispara a los dos a la cumbre! A los dos. ¿Qué tal te suena «productor ejecutivo»?

Miller se lo pensó un momento y luego sonrió.

—Suena bien.

—El puesto es para ti. Y ahora, ¿podemos olvidarnos un momento de esa ballena muerta?

—Supongo que sí. Pero escucha, como tu productor ejecutivo, te recomiendo encarecidamente que hagamos algo para crear alguna pequeña diversión porque tu equipo de filmación está perdiendo la paciencia.

—Estoy de acuerdo y tengo una idea. Quería hacer una prueba con el tubo para tiburones. ¿Qué te parece si lo metemos en el agua y filmo unas tomas esta tarde?

—¡Hum! No es mala idea —respondió con una sonrisa—. Eso me permitirá afinar la colocación de las luces submarinas. Quizá puedas sacar unas buenas secuencias de un gran tiburón blanco. Solo con eso, ya habría merecido la pena el viaje.

Maggie movió la cabeza en gesto de negativa.

—¿Ves?, ese es tu problema, Rodney querido. Por eso es mejor que te quedes conmigo si quieres llegar a alguna parte en este oficio. —Le dio un cachete en la mejilla con aire maternal y añadió—: No sabes pensar a lo grande.

Se agachó para coger su traje isotermo y ofreció a Miller una breve visión de su espalda bronceada, con las marcas del traje de baño.

—Otra cosa, Rod. Hazme un favor: no le comentes a Bud que eres mi productor ejecutivo. —Le dedicó una dulce sonrisa—. Se pondría celoso.

Vida y muerte

Mientras los miles de corazones pulsantes y de aletas batientes seguían saturando el aparato sensorial de la hembra de *Megalodon*, la criatura albina ascendía relajadamente a la superficie. Por fin, había caído la noche.

La cazadora acortó rápidamente la distancia entre ella y el ballenato. La madre dejó de alimentarse al detectar el peligro que se aproximaba por detrás a toda velocidad. Emergió a la superficie y azuzó enérgicamente a su cría para que permaneciera pegada a ella. Madre y retoño propulsaron sus cuerpos más deprisa; poco más de un kilómetro los separaba de las mandíbulas de su perseguidor.

Minutos después, el depredador se había acercado a suficiente distancia para lanzar un ataque. Con las mandíbulas abiertas de par en par, el *Meg* se concentró en el cetáceo más pequeño, con cuidado de no aventurarse demasiado cerca de la cola del mayor. Y justo entonces, cuando se disponía a atacar, sucedió algo.

El *Megalodon* se estremeció y arqueó el lomo en un espasmo incontrolable. Abandonó la persecución de su presa y descendió rápidamente al fondo del desfiladero submarino. Su cuerpo musculoso empezó a temblar mientras se ponía a nadar en círculos cada vez más cerrados, apretados entre tremendos retortijones de sus órganos internos. En un abrir y cerrar de ojos, con un poderoso estremecimiento que sacudió todo su cuerpo, la hembra expulsó de su oviducto izquierdo una cría de *Megalodon* completamente desarrollada.

Era un macho, de un blanco puro y casi tres metros de longitud, que ya pesaba casi doscientos cincuenta kilos. Sus dientes eran menores pero más afilados que los de su madre. Con los sentidos plenamente desarrollados, el recién nacido era capaz de cazar y de sobrevivir por sí mismo, sin ninguna ayuda. Durante unos instantes flotó entre dos aguas; luego, sus ojos azul hielo enfocaron al adulto y el instinto advirtió a la cría de que estaba en inminente peligro. Con un estallido de velocidad inesperado, nadó hacia el sur a lo largo del cañón, cerca del fondo.

Presa de las convulsiones todavía, la hembra se estremeció de nuevo y expulsó de su seno, con la cola por delante, una segunda cría. En esta ocasión era una hembra, un metro mayor que su gemelo. La cría pasó ante su madre a toda velocidad y evitó por poco un mordisco mortal, instintivo, de las mandíbulas de su despreocupada progenitora.

Con una última convulsión, la madre parió su última cría envuelta en una nube de sangre y de fluido embrionario. El último de la camada, un macho de dos metros y medio, cayó hacia el fondo dando tumbos, se equilibró y sacudió la cabeza para aclarar la visión.

Con un latigazo de la aleta caudal, la madre se abatió sobre su cría y con un chasquido de las mandíbulas le arrancó completa la aleta caudal y los genitales. Entre furiosas convulsiones y un reguero de sangre, el cachorro agonizante se escurrió hacia el fondo, fuera de control.

La hembra le dio caza de inmediato y de un bocado acabó con su retoño.

Después, se quedó nadando cerca del fondo, agotada por el esfuerzo del parto. Abrió la boca y dejó que la corriente submarina circulara por su boca y sobre su cuerpo, ayudándola a respirar por las agallas. Volvió la cabeza a un lado y a otro, despacio, y las fosas nasales canalizaron el agua hacia las terminaciones nerviosas. Desde allí, el depredador podía captar las vibraciones de la reserva natural a través de su sentido del olfato.

Una vez más, la hembra detectó las vibraciones enloquecedoras de las ballenas migratorias... y algo más: ¡sangre! Agitó la aleta caudal adelante y atrás, cobró impulso y ascendió de nuevo.

Cuando retomó su rumbo en dirección al norte, pasó a diez metros de la entrada del canal de cemento que conectaba el estanque del Instituto Tanaka con el océano Pacífico.

Visitantes

Llegaron sin previo aviso y cogieron completamente por sorpresa a la descontenta tripulación del *Magnate*. El capitán Talbott distinguió primero la aleta dorsal de color gris plomizo que cortaba las aguas oscuras del Pacífico a menos de diez metros del costado de estribor del yate. Al cabo de varios minutos aparecieron dos aletas más que surcaban la estela de tripas ensangrentadas en una y otra dirección. Rod Miller fue en busca de Maggie, que ya se estaba poniendo el traje isotermo blanco luminiscente para iniciar la inmersión nocturna.

—Muy bien, Maggie, ¿no querías un poco de acción? A ver qué te parece una inmersión de prueba con tres tiburones blancos.

—Tranquilo, Rodney. —Maggie sonrió—. ¿Todo el mundo está preparado?

—Las dos cámaras dirigidas por control remoto están en el agua, las luces subacuáticas están conectadas y el tubo de plástico está a punto para ti. ¡Ah, sí! Y Bud sigue durmiendo.

—Excelente. Ahora, recuerda que quiero que parezca que estoy sola en el agua. ¿Cuánto mide el cable que sujeta el tubo?

—Calculo que alcanza veinte o veinticinco metros —respondió Rod tras pensárselo—, pero te mantendremos a menos de quince para que puedas aprovechar las luces.

—Bien, estoy preparada. Toma la cámara, Rod, quiero estar en el agua antes de que Bud despierte.

Los dos apresuraron la marcha hacia el costado de estribor, donde aguardaba el cilindro de plástico a prueba de tiburones. Con tres metros de longitud y cuatro de anchura, la burbuja había sido realizada por encargo para Maggie a partir de un proyecto desarrollado en un principio en Australia. A diferencia de la jaula contra tiburones de barras de acero, el tubo no podía ser mordido ni abollado. Además, mantenía una flotabilidad positiva a doce metros y permitía al fotógrafo una visión sin obstáculos.

Atado a la escotilla superior del artefacto, un cable de acero conducía a un cabrestante fijado a bordo del *Magnate*. Sujetas al casco del yate había dos cámaras subacuáticas dirigidas por control remoto que se accionarían desde la cubierta. Mientras Maggie filmaba al *Megalodon*, el equipo filmaría a Maggie. Si la iluminación funcionaba como estaba previsto, el tubo resultaría invisible en el agua y proporcionaría la aterradora impresión de que Maggie estaba sola en el agua con los tiburones.

Maggie se colocó las gafas y comprobó el regulador para asegurarse de que recibía el aporte de aire necesario. Ya tenía diez años de práctica como buceadora, aunque rara vez se había sumergido de noche. El entrenamiento le sería útil.

El tubo ya estaba colgado de la borda y sus respiraderos permitieron el paso del agua hasta que el artefacto quedó sumergido. Maggie colocó la aleta del pie derecho encima del tubo, agarró el cable de acero con la diestra para sostenerse y echó una rápida mirada para cerciorarse de la situación de los animales que iba a estudiar. Cuando comprobó que no estaban a punto de atacarla, pasó la otra pierna por encima de la borda y, en cuclillas sobre el borde del tubo, alargó la mano para coger la cámara de veinte kilos de manos de Rod. Primero dejó caer por la abertura la abultada filmadora con su cubierta estanca; después, Maggie se deslizó al agua, cerró la escotilla y se situó en el centro del tubo de plástico.

La corriente era contraria al avance del yate. Miller y otro tripulante soltaron el cable y observaron cómo el tubo se deslizaba bajo el agua y se apartaba.

—Páralo a doce metros, Joseph —ordenó Miller—. Peter, ¿qué tal funcionan las cámaras remotas?

Peter Arnold levantó la vista de sus monitores.

—La unidad A remolonea un poco, pero lo arreglaremos. La B está perfecta. Puedo sacar un primer plano de ella... Lástima que no lleve solo el biquini.

Maggie se estremeció bajo el efecto de la potente combinación de adrenalina y agua a quince grados. Su mundo lo formaban ahora tonos de grises y negros; la visibilidad era mala. Miró a su espalda, localizó las dos cámaras dirigidas por control remoto y los juegos de focos respectivos y, mientras los miraba, las cámaras se activaron e iluminaron su refugio de plástico y las aguas en torno a ella, cinco o diez metros en todas direcciones. Momentos después, el primer depredador entró en escena.

Era un macho de seis metros de hocico a cola y un peso de una tonelada. Se deslizó nadando alrededor del tubo de plástico, cauto, y Maggie fue girando con él para no perderlo de vista. Sus ojos detectaron un movimiento que procedía de abajo y una hembra de cinco metros se alzó de entre las sombras, tomando a Maggie completamente desprevenida. En aquel instante, Maggie olvidó que estaba en el tubo protector, se dejó llevar por el pánico y batió las aletas en un esfuerzo frenético por alejarse. El hocico del tiburón golpeó contra el fondo del tubo en el preciso instante en que Maggie se golpeaba la cabeza contra la escotilla cerrada. De inmediato, sonrió de alivio y de vergüenza ante su propia estupidez.

Peter Arnold también sonreía. La filmación era increíble, y tremendamente espeluznante. Maggie aparecía completamente sola en el agua con los tres asesinos, y la luz artificial, en combinación con el traje de buceo blanco, producía un efecto magnífico. El espectador sería incapaz de detectar el plástico protector.

—Rod, esto es material de primera —afirmó—. Nuestros espectadores se retorcerán de angustia en sus asientos. Tengo que reconocer que Maggie tiene ángel para este trabajo.

Rod observó la escena mientras los tiburones blancos empezaban a arrancar bocados del cadáver de la jorobada.

—Fílmalo todo, Peter. Quizá logremos convencerla de que renuncie antes de que aparezca de verdad ese *Megalodon*.

Pero Miller tenía muchas dudas de poder conseguirlo.

Jonas sostuvo los prismáticos con ambas manos e intentó mantenerlas firmes a pesar de los movimientos algo bruscos del helicóptero. Mac y él sobrevolaban la costa hacia el sur, a una altitud de trescientos metros.

—No recuerdo haber visto nunca tantas ballenas en un mismo lugar, Mac —comentó Jonas a gritos.

—¿Qué importa eso, doctor? —Mac miró a Jonas con aire entristecido—. Estamos perdiendo el tiempo. Las baterías del transmisor se agotaron hace días y el *Meg* podría estar a un millón de kilómetros de aquí.

Jonas volvió a concentrarse en el océano. Sabía que Mac estaba proponiendo darse por vencidos y que ya lo habría hecho de no ser por su amistad. No podía recriminárselo: si la hembra estuviese alimentándose en aquellas aguas, habrían encontrado restos de ballenas que les sirvieran de pista. Pero no habían visto nada, y Jonas ya empezaba a dudar de sí mismo. Sin el transmisor, localizar al *Megalodon* era como buscar una aguja en un pajar.

Mac tenía razón, reconoció Jonas para sí, y por primera vez en años, se sintió solo de verdad. ¿Cuántos años de su vida había malgastado en la persecución de aquel monstruo? ¿Y qué le había costado? Un matrimonio que se desmoronaba desde hacía años, una lucha por poder vivir de sus ingresos.

—¡Eh! —Había dejado de prestar atención aunque no había apartado la vista ni un segundo.

—¿Qué es eso, doctor? ¿El *Megalodon*?

—No..., quizá. Mira abajo. Los grupos de ballenas, Mac. ¿Notas algo distinto?

Mac miró hacia abajo.

—Las veo exactamente igual que hace cinco minutos... ¡No, espera...! Están cambiando de curso.

—Todas se dirigían al sur, pero, de repente, los grupos de ahí abajo se están desviando al oeste, ¿lo ves? —Jonas lo indicó con una sonrisa en el rostro.

—Y tú crees que cambian de dirección para evitar algo... —Mac movió la cabeza a un lado y a otro—. Vuelves a agarrarte a un clavo ardiendo, doctor.

—Tal vez, pero sígueme la corriente una vez más, Mac. La última.

Mac miró de nuevo a las ballenas por el visor térmico. Si la hembra de *Megalodon* se dirigía al norte a lo largo de la costa, sería lógico que los grupos de cetáceos la evitaran.

—Claro, doctor. Una vez más.

El helicóptero viró para tomar el nuevo rumbo.

Maggie comprobó la cámara y observó que le quedaba mucha película y veinte minutos de aire. El tubo antitiburones estaba suspendido justamente debajo del cuerpo de la ballena corcovada, lo cual permitía una visión espectacular, pero Maggie sabía que las filmaciones de grandes tiburones blancos alimentándose eran ya algo habitual. Ella iba tras mucho más.

«Estoy malgastando película», pensó para sí. Se volvió para indicar al *Magnate* que la izaran y en ese momento advirtió algo muy preocupante.

Los tres tiburones blancos habían desaparecido.

Bud Harris apartó la sábana de seda de su cuerpo desnudo y alargó la mano hacia la botella de Jack Daniels. Estaba vacía.

—¡Maldita sea! —Se incorporó en la litera del yate. La cabeza le latía; llevaba así dos días y no conseguía librarse del dolor de cabeza—. Es esa maldita ballena —exclamó en voz alta—. Ese olor me está matando.

Bud se acercó al baño, cogió el frasco de aspirinas y

se esforzó por abrir como era debido el envase a prueba de niños.

—¡A la mierda! —mascullló, y arrojó el frasco por el retrete. Después, se miró al espejo—. Eres un desgraciado, Bud Harris —dijo a su imagen reflejada—. Se supone que los millonarios no son desgraciados. Háblame, tío, dime por qué me siento de esta manera. —El dolor de cabeza empeoró y sintió náuseas—. ¿Por qué dejo siempre que esa mujer me convenza y me meta en estos líos? ¡Ya basta!

Cogió un traje de baño y el albornoz y se encaminó a cubierta.

—¿Dónde está Maggie? —preguntó.

Abby Schwartz, sentado en cubierta, seguía la señal de audio.

—En el tubo, Bud. ¡Eh, capto un gran...!

—Nos marchamos. ¡Rodney!

Rod Miller levantó la cabeza.

—¿De veras? Es la mejor noticia que he oído en toda la semana. ¿Cuándo?

—Ahora. Saca a Maggie y deshazte de esa maldita ballena antes de que el servicio de Guardacostas nos detenga.

—¡Esperad! —Peter Arnold levantó la mano—. Ahí fuera sucede algo. Mirad mi monitor, se está poniendo más brillante.

Primero, Maggie vio el resplandor mortecino que iluminaba los restos del cuerpo de la jorobada. Después apareció la cabeza, grande como la casa móvil de su madre y completamente blanca. Incapaz de asimilar el tamaño de la criatura que se acercaba al cebo despreocupadamente, notó que el corazón le latía en los oídos. El hocico del monstruo rozó primero la carnaza, para probarla. Después, abrió las fauces. El primer mordisco arrancó del cadáver un pedazo de grasa y carne de dos metros; el segundo devoró el bocado entero y el movimiento de sus poderosas mandíbulas produjo un temblor en las aberturas de las agallas e hizo vibrar la carne del vientre del enorme animal.

Maggie se sintió arrastrada al fondo del tubo antitiburones. Era incapaz de moverse. Estaba absolutamente paralizada de asombro y de temor ante el *Megalodon*, ante su poder, su nobleza y su gracia. Levantó la cámara lentamente, temerosa de alertar a la criatura, que continuó alimentándose.

—¡Cielos!, traedla a bordo —ordenó Bud.

—Bud, hemos venido por ella —respondió Rodney excitado—. ¡Vaya monstruo! ¡Es realmente asombroso!

Bud parecía mucho más que irritado. Había visto el tamaño del *Megalodon* en el monitor. Maggie corría peligro.

—Se pondrá furiosa —comentó Peter Arnold.

—Escuchadme los dos —les increpó Bud—. El yate es mío y yo lo pago todo. ¡Sacadla ahora mismo!

Rod puso en marcha el cabrestante y el cable de acero se tensó y empezó a recuperar del agua el cilindro antitiburones.

La hembra de *Megalodon* dejó de alimentarse; sus sentidos la habían alertado del súbito movimiento. Al ser plástico, el tubo no había producido vibraciones eléctricas y, gracias a ello, el depredador no le había prestado atención. Entonces, abandonó la ballena y avanzó para examinar el nuevo estímulo.

Maggie vio acercarse al monstruo. Este frotó el hocico a lo largo de la curvatura del plástico, desconcertado. De pronto, se volvió y enfocó el objeto con su ojo izquierdo. La mujer se dio cuenta de que la veía.

El tubo continuó ascendiendo hacia el *Magnate*.

«Esos idiotas van a conseguir que esa bestia me mate», pensó Maggie, apoyada con las piernas contra el interior del tubo. Sin un saliente al que agarrarse, el *Megalodon* no conseguía atrapar el tubo, que se le escapaba de entre los dientes.

«Demasiado grande para ti», Maggie sonrió. Recuperó el dominio, cambió el ángulo de la cámara y filmó las fauces cavernosas apenas a unos palmos de ellas. Allí tenía su premio de la Academia, pensó para sí.

El tubo estaba apenas a cinco metros del yate cuando el *Megalodon* se volvió. Maggie recibió un azote de su aleta caudal antes de que el monstruo desapareciese en la bruma gris. Entonces respiró, toda sonrisas.

—Se aleja —anunció Peter Arnold.

—Gracias a Dios —musitó Bud—. Sacadla antes de que vuelva.

—¡Oh, mierda...! —exclamó Arnold, y se apartó rápidamente de la pasarela.

El *Meg* había dado la vuelta y aceleraba en avance hacia el tubo. Maggie quiso chillar y mordió el regulador de aire mientras el monstruo de veinte mil kilos se abatía sobre el cilindro con sus mandíbulas hiperextendidas. El cuerpo de Maggie golpeó el interior del habitáculo y la cabeza le dio vueltas a consecuencia de la onda de choque, que le habría reventado el cráneo de no haber estado bajo el agua. El cilindro, propulsado por detrás por el *Megalodon,* fue a dar contra el yate. Incluso hiperextendidas, las mandíbulas de la fiera eran incapaces de abarcar a su presa. Pero las puntas de algunos dientes consiguieron encajarse en los respiraderos de drenaje del cilindro. El animal había conseguido agarrarse, aunque, por mucho que se esforzara, era incapaz de aplicar la fuerza necesaria para estrujar el tubo entre las mandíbulas.

En un frenesí furioso, la bestia salió a la superficie con el cilindro de plástico encajado todavía entre sus dientes. Después, viró en rumbo contrario al del *Magnate* y se lanzó adelante con la boca abierta y el tubo de plástico a modo de arado, con el que creaba un surco de tres metros de ancho. Cuando llegó al extremo, el cable de acero se soltó. El *Megalodon* se levantó del mar en vertical y, en una demostración inconcebible de fuerza bruta, alzó el tubo antitiburones por encima de las olas y, como a cámara lenta, lo sacudió adelante y atrás en el aire. El agua del interior escapaba por los respiraderos como de una regadera.

Maggie entrecerró los párpados mientras se deslizaba hacia abajo hasta que las bombonas de aire chocaron con el fondo del cilindro. Un momento después, rodaba en dirección contraria y cada colisión la llevaba más cerca de la inconsciencia.

El esfuerzo de sostener el tubo y a su pasajera fatigó rápidamente a la hembra de *Megalodon*, que redujo su presión letal y se puso a nadar en círculos alrededor del extraño objeto, que se hundía rápidamente.

El gato y el ratón

—Mac, distingo restos de grasa —gritó Jonas. A través de las gafas de visión nocturna vio aparecer una bruma grisácea sobre el fondo, más oscuro, que representaba el océano.

Su compañero echó un vistazo al monitor de imágenes termográficas.

—Yo también los veo.

—¿Dónde estamos, Mac?

—A cuarenta kilómetros al oeste de San Francisco. Ya deberías avistar las islas Farallon.

Mac distinguió un nuevo punto caliente en el monitor y constató la presencia de un bimotor con motores gemelos.

—¡Eh!, ¿qué hace ahí ese yate?

—¿Podemos bajar un poco?

El helicóptero descendió a ciento cincuenta metros. Jonas miró a través de los prismáticos de visión nocturna y enfocó la cubierta del barco.

—¡Espera un momento...! ¡Yo conozco ese yate! ¡Es el *Magnate*, el barco de Bud Harris!

—¿El tipo con el que me dijiste que está liada tu mujer? —Mac sobrevoló en círculos la embarcación—. ¿Qué te parece si probamos a bombardearle la cubierta con mi caja de herramientas desde esta altura? ¿Y qué hace por aquí ese ricacho, soltando cebo desde su yate de veinte millones de dólares?

Jonas apartó los prismáticos del rostro.

—Maggie —se limitó a responder.

La tripulación del *Magnate* era presa del pánico. El capitán Talbott puso en marcha los motores, pero los detuvo enseguida por temor a que el ruido atrajera al monstruo. Rod, muy nervioso, gritaba a todo el mundo que debían seguir filmando, pero Bud se encontraba conmocionado, en estado de shock, arrodillado en cubierta con la cabeza entre las manos. Al aparecer el helicóptero, había creído que el aparato pertenecía al servicio de Guardacostas y se había dejado llevar por el pánico, temiendo que las autoridades se hubieran presentado para detenerlo por el asunto de la ballena muerta que arrastraban.

—¡Bud! —lo llamó Abby—, un tipo de ese helicóptero quiere hablar contigo. Dice que se llama Jonas.

—¿Jonas, dices?

Bud se incorporó de un brinco y corrió a la sala de control.

—Jonas, no es culpa mía. Ya conoces a Maggie, ¡siempre hace lo que quiere!

—Calma, Bud —le respondió Jonas—. ¿De qué me hablas?

—Del *Megalodon*. Se la ha llevado. Está atrapada en ese maldito cilindro de observar tiburones. ¡No ha sido culpa mía!

Mac localizó a la hembra, señalándola en el monitor.

La fiera trazaba círculos de veinte metros de diámetro, a trescientos metros de la proa del *Magnate*.

—No tengo señal térmica de Maggie. Debe de llevar un traje isotérmico.

Jonas enfocó los prismáticos.

—Me parece que la veo —dijo, apenas distinguiendo su traje de goma blanco fluorescente. Empuñó el micrófono de la radio—: Bud, ¿cuánto oxígeno le queda?

Rod Miller se apropió de la radio.

—Jonas, aquí Rodney. Calculo que no más de cinco minutos. Si consiguiéramos distraer al *Megalodon*, podríamos sacarla de ahí.

Jonas intentó pensar algo. ¿Cómo podría llamar la atención del monstruo? ¿Con el helicóptero? Entonces reparó en la Zodiac.

—Bud, esa Zodiac... ¿Funciona?

—¿La Zodiac? Sí, funciona perfectamente.

—Prepárala para botarla al agua —le ordenó Jonas—. Voy a bajar a bordo.

Maggie luchaba por mantener la lucidez. Todo el cuerpo le dolía, y eso era precisamente lo que la mantenía consciente.

Los cristales de las gafas tenían una resquebrajadura fina como un cabello por la que se filtraba el agua, notaba un pitido en los oídos y le dolía el pecho al respirar. El *Megalodon* continuaba dando vueltas en sentido contrario a las agujas del reloj, observándola con su ojo izquierdo. El fulgor tenue de su piel emitía una luz espectral que iluminaba el traje isotérmico.

Maggie comprobó el suministro de oxígeno. Le quedaban tres minutos de aire. «Tengo que jugármela», se dijo. Agarró la cámara de vídeo y la apretó con fuerza contra su pecho, negándose a abandonarla.

Jonas se aferró al cable para descolgarse del helicóptero. Llevaba el rifle de dardos cruzado a la espalda y los auriculares de comunicación en torno al cuello.

—Recuerda, Mac —gritó—, espera mi señal antes de iluminarla con el foco.

Mac miró hacia el foco situado a su izquierda.

—No te preocupes por mí, doctor. Y tú, cuida de que no se te coma...

Jonas hizo una señal con el pulgar hacia arriba y Mac lo bajó a la cubierta del *Magnate*.

Bud y Rodney lo agarraron por la cintura y Jonas se desembarazó del arnés.

—¿Todo dispuesto?

Bud miró hacia el costado de estribor.

—La Zodiac ya está en el agua. ¿Qué quieres que hagamos?

—Voy a distraer al monstruo. Cuando me siga, acerca el yate hasta Maggie y sácala de ahí enseguida.

Bud lo ayudó a saltar la borda. Jonas se situó en el centro de la lancha hinchable amarilla, puso en marcha el motor Johnson de sesenta y cinco caballos y levantó la vista hacia Bud.

—No vayas a rescatar a Maggie hasta que Mac te indique que el *Megalodon* se ha alejado lo suficiente. ¿De acuerdo?

Bud asintió y contempló cómo Jonas se alejaba. La lancha de goma casi planeaba sobre la superficie del agua y su motor emitía un gemido agudo.

—¿Mac? ¿Me recibes?

El helicóptero sobrevolaba la lancha a setenta metros de altura.

—Apenas, doctor. Cincuenta metros... ¡No! ¡Demasiado cerca! ¡Jonas, estás demasiado cerca! ¡Viene hacia ti!

Jonas hizo un viraje cerrado a la derecha y la aleta dorsal cortó la superficie cinco metros delante de él.

La lancha se dirigió a toda velocidad hacia aguas más abiertas.

—¿Qué tal?

—¡A la izquierda, ahora! —gritó Mac.

La Zodiac viró en el instante oportuno y las mandíbulas del *Megalodon* no encontraron otra cosa que aire.

—¡Doctor, déjate de charlas y sigue zigzagueando sin parar! ¿No puedes ir más deprisa? ¡Tienes a la fiera detrás!

Sentado en el fondo de la lancha, Jonas exigió velocidad al motor mientras cortaba las olas violentamente.

No veía al monstruo, pero sabía que estaba cerca.

—¡Mac, dile a Bud que se ponga en marcha!

El *Magnate* cobró vida y sus motores expulsaron un humo azul cuando el yate se lanzó hacia delante. Maggie ya estaba fuera del cilindro, donde había dejado todo su equipo menos la cámara subacuática, que pugnaba por llevar consigo a la superficie impulsándose con enérgicas patadas de sus aletas.

—Jonas —gritó Mac por los auriculares—, la fiera ha desaparecido.

—¿Qué? Dilo otra vez.

Mac miró hacia abajo. La hembra de *Megalodon* había abandonado la persecución.

Maggie se debatía en la oscuridad. El latir del corazón le martilleaba en los oídos y, de pronto, su cabeza emergió en la superficie a tres metros del *Magnate*. Cuando oyó los vítores de su equipo de producción, respiró profundamente.

—Bravo, campeona —aulló Peter.

—¡Maggie, sube al barco, maldita sea! —gritó Bud.

Agotada, Maggie batió las aletas hasta situarse junto a la borda del yate.

—Bud, coge la cámara —dijo. Intentó levantarla, pero los veinte kilos del aparato eran demasiado peso para sus fuerzas y no consiguió alzarla del agua.

Bud se había inclinado sobre la borda y alargaba la mano hacia ella. En aquella parte del barco no había ninguna escalerilla.

—Maldita sea, Maggie. No alcanzo...

La mujer notó un vahído.

—¡Coge la cámara, Bud, maldita sea! —gritó con sus últimas energías.

A Bud no le quedó otro remedio. Se colgó sobre el pasamanos, se agarró de él con la zurda y alargó la diestra, con la que cogió la cámara. La sostuvo en alto, se volvió con ella para entregársela a Rodney y este la cogió... y dio un grito.

En aquel momento, sostenida desde abajo por la mandíbula abierta del monstruo, Maggie se alzaba del agua como si levitara. La testuz del *Megalodon* continuó alzándose, levantando a Maggie, que había caído en un estado de obnubilación y creía estar mirando hacia abajo desde la cubierta superior del yate.

Abbott estaba junto a la borda con las manos en la boca y una expresión de horror en el rostro. «Aquí no hace frío», pensó Maggie para sí; notaba la temperatura ligeramente más alta de la boca de la fiera, pero aún era incapaz de darse cuenta de dónde estaba o de qué sucedía.

La bestia blanca cayó de nuevo al agua y sus mandíbulas se cerraron despacio y exprimieron el aire de los pulmones de Maggie. Cuando las dagas triangulares penetraron en su caja torácica, el dolor la devolvió a la realidad y lanzó un agudo chillido que cesó cuando su cabeza quedó sumergida.

Bud, nervioso hasta el paroxismo, era incapaz de controlar sus extremidades. Las luces submarinas del casco seguían conectadas e iluminaban la cabeza del monstruo. Incapaz de moverse, contempló la cara de aquel demonio, que le devolvía la mirada tres metros por debajo de la superficie. La fiera parecía sonreír y Maggie aún seguía viva e intentaba gritar mientras se ahogaba en su cepo. Daba la impresión de que el *Megalodon* jugaba con ella, cuyo torso colgaba de sus fauces, y Bud vio que la mujer sangraba por la boca mientras intentaba liberarse por última vez.

El depredador volvió la mirada hacia Bud y, en ese instante, abrió las mandíbulas otra vez y creó un vacío que aspiró a Maggie al fondo negro de su garganta, por donde desapareció. Bud lanzó un grito. Una burbuja de agua y sangre se alzó hasta la superficie y estalló.

Estupefacto e incapaz de moverse, Bud cerró los ojos y esperó la muerte. Como en respuesta a ello, el monstruo se alzó del mar con las mandíbulas abiertas para dar cuenta de su siguiente bocado.

En ese instante, el destello de luz cortó la oscuridad como si lo guiara la mano de Dios, enfocó sobre el único ojo sano de la hembra de *Megalodon* y cegó al animal de forma permanente, al tiempo que enviaba al lóbulo óptico una onda dolorosa como un hierro al rojo vivo. El monstruo se volvió entre convulsiones y Jonas Taylor, en la Zodiac, se levantó y apuntó a corta distancia al vientre expuesto de la criatura.

El *Megalodon* cambió de dirección y retrocedió hacia mar abierto. Su estela arrojó a Jonas fuera de la lancha. Cuando reapareció, este subió rápidamente a la Zodiac y, de ella, al yate salvando la borda.

Por dentro estaba temblando. El mundo daba vueltas sin control. Se dejó caer sobre la cubierta y, a gatas, empezó a vomitar.

El duelo

No había luna ni estrellas. Ni un rizo en el agua. Bud se apoyó en el pasamanos y esperó. Las luces submarinas del *Magnate* iluminaron el casco y la zona circundante. En aquel instante llegaron los cuchicheos, con un hormigueo en el oído.

«Bud... ¿dónde estás?»

—¿Maggie? ¿Maggie, dónde estás tú? —Bud se inclinó sobre la borda y buscó en el negro mar. «Estoy perdiendo el juicio», pensó.

«Bud, amor mío, por favor, ayúdame.»

—¡Oh, Dios! ¿Maggie, dónde...? —Unas gruesas lágrimas se deslizaron por sus mejillas y vio caer una gota al océano.

Bud esperó. Notó ascender el aura del animal. Luego vio el fulgor mortecino, seguido del hocico, que todavía acechaba bajo la superficie. Las mandíbulas se abrieron y las palabras se clavaron en el corazón de Bud...

«Bud, por favor, no quiero...»

—¡Maggie!

El auxiliar sanitario de a bordo llegó enseguida y lo agarró del brazo.

—¡Maggie! ¡Maggie, no...!

El monstruo se volvió y desapareció en la negrura. Bud lanzó un aullido capaz de helar la sangre de cualquier ser humano. El sanitario le clavó la hipodérmica, que liberó su suero en el brazo de Bud.

—Ya está, señor Harris —dijo el hombre, tranquilizador—. Ya está.

El auxiliar lo tumbó en la cubierta y lo ató por las muñecas y por los tobillos. Bud se quedó allí tendido y contempló el cielo, impotente, mientras se aproximaba la bruma gris del amanecer.

Jonas se durmió cuando salía el sol y los pájaros, con sus trinos, le dieron permiso para sumirse en el sueño.

El mar estaba gris y las olas mecían el *AG-I* arriba y abajo entre la espuma. Vio al nadador de cabellos negros y ojos almendrados. Era D.J.

El sumergible estaba del revés, sin energía. Jonas colgaba boca abajo a la espera de que D.J. lo sacara del apuro. Miró hacia la bruma...

Aparecieron el resplandor apagado, la boca, los dientes... Se alzaba despacio y Jonas no podía moverse, paralizado por el miedo. Y vio a... a Terry. No era D.J.: D.J. estaba muerto.

—¡Terry, márchate! —gritó.

Ella sonrió. El monstruo abrió la boca.

—¡Terry! ¡Nooo...!

La llamada a la puerta lo hizo incorporarse como impulsado por un resorte.

—¿Terry?

Tres golpes más.

Jonas se levantó del sofá y derramó la copa de Jack Daniels en la alfombra. Tambaleándose, abrió la puerta. La brillante luz del día lo cegó momentáneamente.

—Masao... —dijo por fin.

—Jonas, tienes un aspecto horrible. Déjame entrar. —Jonas se hizo a un lado. Masao se dirigió a la cocina—. ¿Tienes café?

—¿Eh? Sí, supongo. En uno de los estantes de arriba, creo.

Masao preparó café y le puso una taza delante a Jonas.

—Toma, bébete esto, amigo mío. Son las tres de la madrugada. El duelo ha terminado.

Jonas movió la cabeza en gesto de negativa desde su silla, tras la mesa de la cocina.

—No puedo. Lo siento, Masao, ya no puedo.

—¿No puedes? —Masao Tanaka acercó el rostro al de su amigo y lo miró a los ojos—. ¿Qué es lo que no puedes?

Jonas bajó la vista.

—Ha habido demasiados muertos. Ya no puedo seguir con esto.

—Tenemos una responsabilidad. Yo me doy cuenta de ello y sé que tú también.

—He perdido las ganas de seguir persiguiendo a ese monstruo. —Jonas alzó de nuevo la mirada.

—Hum... —Masao guardó silencio unos instantes—. ¿Jonas?

—Sí, Masao.

—¿Has oído hablar de Sun Tzu?

—No.

—Sun Tzu escribió *El arte de la guerra* hace más de dos mil quinientos años. Decía que si no conoces ni al enemigo ni a ti mismo, sucumbirás en cada batalla. Si te conoces a ti mismo pero no al enemigo, por cada victoria conseguida sufrirás también una derrota. Pero si conoces al enemigo y te conoces a ti mismo, no debes temer por el resultado de cien batallas. ¿Lo comprendes?

—No sé, Masao. Ahora mismo soy incapaz de pensar con claridad.

Masao puso la mano en el hombro de Jonas.

—¿Y quién conoce a ese animal mejor que tú?

—Esto es distinto.

Masao negó con la cabeza.

—El enemigo es el enemigo. Pero si tú no te enfrentas al nuestro —se puso en pie—, lo hará mi hija.

Jonas se levantó de un salto.

—No, Masao. ¡Terry no!

—Terry sabe pilotar el *AG-I*. Mi hija conoce su responsabilidad. Y no tiene miedo.

—Olvídalo. ¡Iré yo!

—No, amigo mío. Como tú has dicho, esto es distinto. La muerte de D.J. no puede quedar como un suceso absurdo. El clan Tanaka pondrá fin a este asunto por sí solo.

—Dame cinco minutos para vestirme.

Jonas corrió al dormitorio. La televisión todavía conectada, emitía las imágenes de un noticiario de Canal 9 Acción, concretamente la filmación submarina, la que había tomado Maggie desde el cilindro.

> (...) filmación asombrosa, tomada momentos antes de morir ella misma en las fauces de ese animal. Maggie Taylor entregó su vida a su profesión y ha dejado estas escenas increíbles como legado perdurable. Ayer se celebró un servicio fúnebre público y el Canal 9 presentará esta no-

che, a las ocho, un especial de dos horas en honor a la señora Taylor.

En una noticia relacionada con la anterior, un juez federal ha sentenciado hoy que el *Megalodon* debe ser considerado oficialmente como una especie protegida de la reserva de la bahía de Monterrey. Conectamos en directo con la escalinata del edificio del Tribunal Federal.

Jonas se sentó en el borde de la cama y subió el volumen.

(...) esperamos hablar con él. Aquí viene...

Señor Dupont, ¿le ha sorprendido la rapidez con la que el juez ha dictado sentencia en favor de la protección del *Megalodon*, sobre todo en vista de los recientes ataques?

André Dupont, de la Sociedad Cousteau, aparecía junto a sus abogados, con varios micrófonos delante de la cara.

—No, no nos ha sorprendido. La reserva de Monterrey es un parque marino bajo protección federal y está concebida para proteger a todas las especies, desde la nutria más pequeña a la ballena de mayor tamaño. En la reserva hay otros depredadores, orcas y grandes tiburones blancos. Cada año se producen ataques aislados de grandes tiburones blancos a submarinistas o a surfistas, pero solo son eso, ataques aislados. Los estudios han demostrado que, a veces, el gran tiburón blanco confunde a un surfista con una foca. Los humanos no son la base de la dieta del tiburón y, desde luego, no son la comida predilecta de un *Megalodon* de veinte metros. Ahora, nuestros esfuerzos principales se dirigirán a incorporar inmediatamente al *Carcharodon megalodon* en la lista de especies en peligro de extinción para que quede protegido, también, en aguas internacionales.

—Señor Dupont, ¿qué opina la Sociedad Cousteau del plan del Instituto Tanaka de capturar al *Megalodon*?

—La sociedad Cousteau considera que todas las criaturas tienen derecho a sobrevivir en su hábitat natural. Sin embargo, en este caso tratamos con una especie que, en principio, no debería haber interactuado nunca con el hombre. Desde luego, el Acuario Tanaka tiene el tamaño suficiente como para dar cabida a un animal de esas medidas, de modo que estamos de acuerdo en que su captura sería lo mejor para todas las partes.

El conductor del programa del Canal 9 apareció de nuevo en pantalla.

Hemos enviado a nuestro reportero, David Adashek, a realizar una encuesta improvisada en la calle para conocer la opinión del público. ¿David?

—¿Adashek? —Jonas se puso en pie y notó que palidecía—. ¿Ese tipo trabaja para la cadena de Maggie? ¡Oh, Maggie...!

(...) opiniones parecen favorables a la captura del monstruo que ha acabado con la vida de tantas personas valiosas, incluida mi buena amiga Maggie Taylor. Personalmente, creo que la criatura es una amenaza y he hablado con varios biólogos que opinan que el monstruo ha desarrollado una predilección por los seres humanos, lo cual significa que podemos esperar más muertes espantosas, sobre todo después de la sentencia de hoy del Tribunal Federal. Aquí, David Adashek, para las noticias del Canal 9.

Jonas pulsó el botón de apagado del mando a distancia y la imagen desapareció. Se quedó sentado en el borde de la cama, inmóvil, mientras intentaba encajar todo lo que acababa de oír.

«Dios mío, ¿qué he hecho para que te sientas tan furioso y tan airado?», pensó para sí. Pero, en lo más hondo de su ser, él ya lo sabía: las largas horas, los viajes, las muchas noches a solas en el estudio, enfrascado en escribir sus libros... Unas lágrimas rodaron por sus mejillas. «Lo siento, Maggie, lo siento de veras.» En aquel instante, Jonas sentía por su esposa más amor del que le había inspirado en los dos últimos años.

El sonido del claxon lo obligó a ponerse en movimiento. Se enjugó las lágrimas, cogió el macuto y metió en él mudas de ropa para varios días. También sacó la bolsa del equipo, en la que llevaba el traje isotérmico. Rebuscó en el interior para asegurarse de que su amuleto de la suerte estaba allí. Dedicó un instante a examinar el fósil ennegrecido, largo y ancho como la palma de su mano y de forma triangular. Cuando pasó los dedos por el diente, notó en sus yemas el borde aserrado.

«Quince millones de años y todavía está afilado como un cuchillo», reflexionó. Lo guardó de nuevo en la bolsa de cuero y esta en la bolsa del equipo y cargó al hombro los dos bultos. Finalmente, se miró en el espejo. «Bien, doctor Taylor, el duelo ha concluido. Es hora de continuar tu vida.»

Cuando abrió la puerta principal, Masao Tanaka le esperaba.

Observadores de ballenas

Durante dos largos días con sus respectivas noches, el *Kiku*, el helicóptero y los tres barcos del servicio de Guardacostas rastrearon la reserva marina de la bahía de Monterrey tratando de localizar la señal del transmisor. El aparato implantado en la piel del *Megalodon* poseía un alcance de cinco kilómetros y la señal aumentaba de potencia con la proximidad del receptor. Sin embargo, después de peinar quinientos kilómetros de costa oceánica, no pudieron detectar ninguna señal. Cientos de ballenas continuaron pasando por la reserva marina en su migración hacia el sur sin mostrar cambios de dirección perceptibles entre los grupos. Al tercer día, el servicio de Guardacostas abandonó la búsqueda bajo la suposición de que, o bien la hembra de *Megalodon* había abandonado la costa de California o el transmisor se había estropeado.

Al cabo de dos días más, incluso el equipo del *Kiku* empezó a perder la esperanza.

Rick y Naomi Morton celebraban su décimo aniversario de boda en San Francisco, contentos de haber escapado momentáneamente del frío de Pittsburgh y de sus tres hijos. Ninguno de los dos había visto nunca una ballena y la idea de pasar el día observando cetáceos les parecía emocionante. Enfundado en un impermeable amarillo y cargado con la cámara de vídeo, los prismáticos y su fiel 35 milímetros, Rick subió tras su esposa a bordo del Oteador de Ballenas del Capitán Jack, el barco de recreo de catorce metros amarrado en el muelle del puerto deportivo Monterrey Bay. La pareja encontró un lugar vacío en la popa y esperó con impaciencia a que los restantes veintisiete pasajeros ocuparan sus asientos en los bancos de madera.

Al principio, la presencia del *Megalodon* perjudicó el negocio de las travesías turísticas para la observación de ballenas de Monterrey, pero poco a poco los turistas empezaban a volver, sobre todo porque el depredador no había sido visto desde hacía casi una semana y porque solo salía a la superficie de noche. Por su parte, los propietarios de las embarcaciones de turismo habían decidido por unanimidad cancelar todas las excursiones a la puesta de sol para no correr el riesgo de tener una confrontación con el monstruo.

—Damas y caballeros —anunció una bella pelirroja ataviada con un traje blanco de marinero—, bienvenidos a bordo del Oteador de Ballenas del Capitán Jack. Hoy vivirán ustedes una experiencia única. Durante toda la mañana, las jorobadas nos han dedicado un gran espectáculo, de modo que vayan preparando las cámaras...

La embarcación emprendió la marcha y una nube de humo azulado sofocó a los pasajeros sentados a popa.

Por el sistema de altavoces de la embarcación resonó una voz varonil.

—¡Amigos, esto es emocionante de verdad! A nuestra izquierda, un grupo de orcas. —Todo el mundo se dirigió a babor con las cámaras preparadas—. Las orcas, también conocidas como ballenas asesinas, son cazadores sumamente inteligentes, capaces de matar ballenas que las superan varias veces en tamaño. Parece que hoy encontramos a un grupo de ellas en plena caza.

Rick enfocó con los prismáticos el grupo de aletas dorsales negras que se movían en paralelo a la embarcación, a no menos de doscientos metros de distancia. Había treinta orcas, por lo menos, diez de las cuales convergían hacia un animal más pequeño mientras el resto nadaba alrededor, formando un círculo a la espera de su turno para atacar la presa. Rick quedó fascinado con la táctica de la batalla. Entonces vio a la presa, totalmente blanca, con la aleta dorsal de un metro y medio arrancada a mordiscos por la jauría que procedía a despellejarla.

El joven *Megalodon* macho nadaba por la superficie, pues los atacantes que lo acosaban por debajo le impedían sumergirse. Un grupo de seis orcas había rastreado inicialmente al macho mientras este cazaba a lo largo de la costa de las islas Farallon. Desde entonces, dos grupos más numerosos se habían unido a la caza. La motivación de los mamíferos era muy simple: no podían permitir que la cría de *Megalodon* sobreviviera.

Con una velocidad y una energía escalofriantes, las orcas macho se lanzaron sobre el cachorro y los afilados dientes de los atacantes arrancaron bocados de carne del pequeño monstruo. Este respondió con sus mandíbulas, alcanzó a una de las orcas en la aleta pectoral y la desgarró por la mitad, pero la batalla terminó enseguida, cuando una docena de orcas macho, de más de ocho metros cada una, hizo trizas el cuerpo del *Megalodon* y puso fin así, prematuramente, al reinado del futuro señor de los mares.

Bud Harris reunió sus pertenencias y las introdujo en una bolsa de papel marrón que le proporcionó el encargado. Sin afeitar y necesitado de una buena ducha, el orgulloso empresario que fue había quedado reducido a una triste y débil figura. Sumido en una profunda depresión después de haber presenciado la muerte de su amante, sufría de agotamiento provocado por la falta de sueño REM. Los recuerdos de la espantosa experiencia se manifestaban ahora en su subconsciente en forma de terrores nocturnos. Estos, más terribles que la peor pesadilla, eran violentos sueños de muerte. Bud se había pasado las últimas cinco noches lanzando gritos que helaban la sangre y estremecían a todos los pacientes del ala oeste de la cuarta planta del hospital. Incluso después de que las frenéticas enfermeras consiguieran despertarlo, seguía lanzando gritos y blandiendo los puños en el aire. Tras el segundo episodio, los auxiliares habían tenido que atarle las muñecas y los tobillos a la cama mientras dormía.

A Bud Harris ya no le importaba si vivía o moría. Se sentía solo y lleno de dolor, mostraba desinterés por la comida y tenía miedo de dormir. Los médicos, muy preocupados, habían llamado a un psiquiatra, quien apuntó que al paciente le convendría un cambio de ambiente. Y así se decidió que Bud fuera trasladado.

La enfermera se presentó a recoger al paciente para conducirlo en silla de ruedas hasta la puerta del hospital.

—Señor Harris, ¿lo espera alguien abajo? —preguntó la muchacha.

—No.

—Verá, señor, no puedo darle el alta a menos que haya alguien esperándolo...

—Hemos venido a recoger al señor Harris. —Un hombre, ya mayor, entró en la sala seguido de un joven acompañante—: Señor Harris, es un privilegio saludarle, señor. Soy el doctor Frank Heller y este es mi socio, el capitán de la Marina retirado Richard Danielson.

Heller tendió la mano pero Bud no respondió al gesto y miró a la enfermera.

—No sé quiénes son esos tipos y, a decir verdad, no me importa un carajo. Sáqueme de aquí.

La enfermera empezó a retroceder, llevándose la silla de ruedas, y Danielson y Heller fueron tras ella.

—Espere, señor Harris. Hemos venido a tratar un asunto importante... —Heller se adelantó a la silla de ruedas y le cortó el paso—. Espere un momento, señor Harris. Tengo entendido que a su amiga Maggie Taylor la mató el *Megalodon*. Mi hermano Dennis también fue destrozado por ese monstruo.

Bud alzó la vista.

—Lamento su pérdida, pero en estos momentos estoy un poco fastidiado, así que si me disculpa...

—¡Eh! —dijo Danielson, detrás de él—, ese bicho ha matado a mucha gente y necesitamos su ayuda para acabar con él. Teníamos la impresión de que le gustaría participar en una pequeña represalia... —Danielson miró a Heller—. Pero quizá nos equivocábamos.

La idea de matar al *Megalodon* disparó en Bud una especie de chispa. Concentró la mirada en Danielson por primera vez.

—Escuche, amigo, ese monstruo ha arruinado mi vida. Mató a la única persona que me ha importado, la torturó ante mis ojos. Si habla en serio, cuente conmigo.

—Bien —dijo Heller—. Mire, Harris, vamos a necesitar su barco.

Bud movió la cabeza a un lado y a otro:

—Así fue como me vi metido en este lío.

El macho de ballena jorobada saltó fuera del agua, dobló su torso de cuarenta toneladas en el aire y cayó de lomo sobre la superficie azul del Pacífico con un estrépito ensordecedor. A doscientos metros de él, los observadores de ballenas aplaudieron con entusiasmo.

—¡Vaya! Rick, ¿has filmado eso? —le preguntó Naomi.

—Lo tengo.

—Haz unas cuantas fotos más, ¿vale?

—Naomi, ya tengo dos carretes enteros. Déjame respirar.

Durante varios minutos, no aparecieron más ballenas. El mar empezó a agitarse y las olas batieron la embarcación, meciéndola arriba y abajo.

—¡Algo está subiendo! —anunció el guía de la excursión—. ¡Preparen las cámaras! —Veinte grabadoras de vídeo se alzaron al unísono.

El cetáceo salió a la superficie, flotó con el lomo al aire y permaneció inmóvil durante largo rato. Se hizo el silencio. Nada se movía y la ballena seguía flotando. Entonces, el torso de la ballena dio media vuelta y dejó a la vista una hendidura de tres metros en la pared del vientre.

Los observadores de ballenas lanzaron una exclamación a coro.

—¿Está muerta?

—¿Qué la ha matado?

—¿Eso es la marca de un mordisco?

En aquel instante algo se alzó por debajo de la ballena. El cuerpo de la jorobada se elevó varios palmos en el aire y, a continuación, las cuarenta toneladas completas del cetáceo fueron arrastradas bajo el agua.

Los observadores de ballenas esta vez gritaron espantados.

Cuando el cuerpo reapareció, la sangre manaba de una herida del tamaño de un cráter, abierta en el costado dorsal de la ballena muerta. El mar se volvió de un color rojo carmesí.

El capitán de la embarcación turística se dejó llevar por el pánico. Puso los motores a la máxima potencia y viró en redondo bruscamente; la mitad de los pasajeros salió despedida de sus asientos con el bandazo. Los turistas empezaron a chillar, sin saber qué sucedía.

Veinte metros más abajo, el depredador captó las repentinas vibraciones.

El *Kiku* estaba anclado a doce kilómetros al este del Instituto Tanaka. La mayoría de los tripulantes dormía después de la última noche de patrulla. Terry Tanaka, vestida únicamente con un biquini blanco, tomaba el sol tendida en una tumbona en la cubierta superior. El aceite bronceador brillaba en su morena piel asiática. Jonas, sentado a la sombra, intentaba leer el periódico, pero su mirada volvía constantemente a la mujer.

—¿No tienes frío, Terry?

—Aquí, al sol, hace calor —respondió ella con una sonrisa—. Deberías probarlo: el bronceado te sienta bien.

—Cuando esto termine, a lo mejor me tomo unas vacaciones y me largo a alguna parte. A una isla tropical, tal vez... —Jonas se rio de tal idea—. ¿Querrás venir?

Terry se incorporó en la tumbona.

—Sí, de acuerdo.

Jonas se dio cuenta de que la chica hablaba en serio. Su tono cambió.

—¿Querrías venir?

Terry se sentó muy erguida, se quitó las gafas de sol y miró a Jonas directamente a los ojos.

—Pruébame, Jonas. No te decepcionaré.

«Jonas Taylor, preséntese en el CIM inmediatamente.» La llamada, con su voz metálica, resonó por todo el barco.

Jonas se puso en pie sin saber qué decir a Terry.

—Eh, espérame —dijo ella, mientras se ponía una sudadera sobre el biquini. Se dirigieron abajo por la escalerilla y Jonas oyó que Terry, detrás de él, le preguntaba—: Y bien, ¿dónde nos alojaremos en Hawái?

DeMarco lo esperaba en la cabina de mando.

—Jonas —dijo—, acabamos de captar una llamada de socorro de una embarcación de observación de ballenas, bastante cerca de aquí. ¡Parece que el *Megalodon* ha vuelto!

—¿A plena luz del día? ¿Cómo? —La respuesta surgió en la cabeza del paleontólogo casi con la misma rapidez con que hacía la pregunta—. ¡Espera un momento...! ¡Nuestra fiera está ciega! La luz ya no importa. ¡Maldita sea, cómo he podido ser tan estúpido!

—¿Que el monstruo está ciego, dices? —intervino Terry.

—Sí y no. Puede que su capacidad de visión... —empezó a explicar Jonas.

—Escucha —lo interrumpió DeMarco—, Masao te necesita en el CIM ahora mismo.

Jonas y Terry siguieron al ingeniero a la sala en penumbra donde estaba el centro de información del *Kiku* mientras el barco levaba anclas y sus hélices empezaban a batir el agua.

Masao estaba junto al técnico del sonar, inclinado sobre la consola y observando con atención la pantalla verde fluorescente.

—¿Dónde está? —preguntó Masao a Pasquale por cuarta vez en los últimos quince minutos.

—Lo siento, señor, pero todavía no estamos en el radio de alcance del transmisor.

—¿Cuánto falta?

El hombre del sonar se pellizcó el puente de la nariz y se tranquilizó.

—Nos hallamos a unos veinte kilómetros al sudoeste del punto de la llamada de socorro. Ya le he explicado, señor, que la señal solo tiene un alcance de cinco kilómetros; de todos modos, he aumentado la profundidad de nuestros sondeos de sonar hasta los mil ochocientos metros.

—¡Jonas! —A Masao se le notaba el cansancio acumulado de las últimas jornadas—. ¿Qué sucede aquí, Jonas? ¡Dijiste que el monstruo solo salía a la superficie de noche!

—Tienes razón, Masao, es culpa mía. No he tenido en cuenta que el *Megalodon* puede haberse quedado completamente ciego. Sabía que el foco de Mac le había dañado un ojo, pero no me había dado cuenta de que debió de haber perdido la visión del otro ojo durante la noche de la tormenta.

—¡De modo que el monstruo está ciego! Eso es bueno —comentó Masao con una sonrisa—. ¿Verdad?

—En realidad, no —respondió Jonas—. Si es verdad que ha salido a la superficie de día, eso significa no solo que la hembra está ciega, sino también que ha superado el miedo a la luz ultravioleta. Pero que un *Megalodon* pierda la vista es muy diferente de que nos quedemos ciegos tú o yo. Debes tener en cuenta que ese animal posee otros siete órganos sensoriales de extraordinaria eficacia. Puede oír frecuencias bajas, sobre todo sonidos de chapoteos, a una distancia de varios kilómetros, por lo menos. También es capaz de oler una gota de sangre, sudor u orina en el agua a ochenta kilómetros de distancia del emisor. Sus ventanas nasales son direccionales, lo cual significa que puede encaminarse en la dirección en que el hocico recibe la señal olfativa más intensa. Su línea lateral y sus ampollas de Lorenzini detectan las vibraciones y los impulsos eléctricos y es capaz de concentrarse en una señal mejor que nuestros torpedos más avanzados. Además, puede tocar los objetos y percibir su sabor. Por otra parte, si tenemos en cuenta que esta hembra ha pasado la mayor parte de su vida en una completa oscuridad, la vista es probablemente su sentido menos importante y haberla perdido le resulta, como mucho, un inconveniente menor.

—En otras palabras —concluyó Masao—, seguimos enfrentados al depredador más formidable que la naturaleza ha diseñado jamás... y ahora ya no está limitado a salir a la superficie de noche.

—Exacto. Yo diría que la situación no ha hecho sino empeorar.

Luchar o huir

—Señor, capto una señal en el sonar —anunció Pasquale, nervioso. Jonas, DeMarco y Masao se acercaron al encargado de la pantalla—. Esta línea de aquí, muy débil. Espere... Ahora puedo oírlo. También es muy débil. —Con una mano, apretó el auricular contra la oreja—. Sí, ahora se oye mejor... Ahí está, en la otra consola.

Señaló otra pantalla de ordenador. El punto intermitente en rojo aparecía cada vez que, en la pantalla, la banda que marcaba el frente de onda verde fluorescente daba la vuelta en sentido contrario a las agujas del reloj.

—¿Adónde ha ido nuestra fiera, Pasquale? —El capitán Barre también se había acercado a la pantalla.

—Parece que se aleja de nosotros; a unos tres kilómetros rumbo este —respondió el hombre del sonar.

—Buen trabajo. Siga con ella. —Barre le dio una palmadita en la espalda—. Timonel, cambie el rumbo cinco grados a estribor y reduzca la velocidad a diez nudos. ¿Dónde está nuestro piloto, doctor Taylor?

—Estoy aquí. —Mac apareció con paso inseguro, todavía medio dormido.

—Mac, hemos localizado el *Megalodon*. ¿Estás preparado para salir?

Mac se frotó los ojos y miró a Jonas.

—Por supuesto, doctor. Dame solo treinta segundos para tomarme un café.

—Jonas, Alphonse, a vuestros puestos —ordenó Masao—. Mac...

—Ya voy. —Mac abandonó la cabina de mando. Momentos después, el helicóptero se alzaba de la cubierta del *Kiku*.

Los observadores de ballenas ya alcanzaban a distinguir con claridad la costa, todavía a unos tres kilómetros de distancia. La azafata de la excursión estaba en su asiento, desmadejada, con su melena pelirroja empapada de agua de mar como consecuencia de la manera de pilotar del capitán.

—¿Por qué volvemos, señorita? —preguntó Naomi—. ¿Nos devolverán el importe de la excursión?

—Señora, no estoy segura de qué...

¡Buuump! La colisión expelió de su asiento elevado a la pelirroja, que cayó a cubierta dándose un fuerte golpe. Los pasajeros gritaron. Naomi agarró a Rick por el brazo con ambas manos y hundió las uñas en su carne.

La hembra de *Megalodon* había probado el sabor de su presa estrellando con fuerza el hocico contra el casco de la embarcación en movimiento. Percibió que aquello no era comida y se alejó hacia aguas abiertas para, de nuevo, nadar en círculos cerca de los restos de su anterior cacería. La otra criatura no representaba ninguna amenaza para ella.

El capitán sabía que su embarcación era objeto de un

ataque. Agarró la rueda del timón y empezó a zigzaguear dando violentos bandazos. La proa encabritada batía las olas de un metro.

El *Megalodon* redujo la marcha. Aquellas nuevas vibraciones eran diferentes. La criatura estaba herida. Llevada por el instinto, la hembra cambió de dirección bruscamente y ascendió hacia la superficie al tiempo que se concentraba en la embarcación una vez más.

—¿Jonas? ¿Me recibes?

—Adelante, Mac —respondió Jonas por el transmisor. DeMarco y él se encontraban en la popa, donde preparaban el cañón de arponear montado en la cubierta.

—Estoy a unos setenta metros por encima de la embarcación y la visibilidad es mala por los reflejos en la superficie. Un momento, estoy cambiando de posición... —Mac desplazó el helicóptero hacia el sur y se detuvo en el aire a la derecha de la barca. El visor térmico era inútil durante el día—. ¡Oh, mierda, ahí está!

—¿Dónde, Mac?

—Justo detrás de la popa de la barca turística. ¡Dios, si debe medir el doble que ese cascarón!

El *Kiku* iba tras la estela de la embarcación y ya le estaba dando alcance.

—DeMarco —gritó Jonas para hacerse oír a través del viento—, que Barre nos coloque a su costado. No puedo arriesgarme a disparar con este ángulo. Podría fallar y darle a un pasajero.

DeMarco trasmitió sus palabras por el teléfono interno que conectaba directamente con el puesto de mando del barco. Este efectuó un cerrado viraje a estribor y empezó a adelantar a la barca de los turistas.

Jonas movió el cañón de arponeo sobre su base giratoria en sentido contrario a las agujas del reloj y apuntó por la mirilla. El calado del *Kiku* era ocho metros superior, por lo menos, al del barco más pequeño. Quitó el seguro en el preciso instante en que la embarcación de los oteadores de ballenas empezaba a avanzar en zigzag.

—¿Dónde está nuestra fiera, Mac?—aulló por la radio.

—Se acerca desde abajo, muy deprisa. Prepárate.

El *Kiku* avanzó al costado de la barca turística, a menos de diez metros de su borda.

Rick Morton vio aproximarse la antigua fragata de la Marina desde su asiento en la popa de la embarcación de recreo. Comparada con el *Kiku*, cuya proa blanca se alzaba a gran altura y cortaba el agua levantando una ola de metro y medio que golpeaba el costado de la Capitán Jack, la barca turística resultaba aún más pequeña.

—Naomi, suéltame el brazo. Quiero sacar una imagen de ese barco.

La mujer lo soltó y se agarró a la cintura de su marido mientras la embarcación daba un nuevo bandazo.

Cuando el hombre levantó la cámara, lo que apareció en el objetivo fue otra cosa muy distinta. A primera vista, Rick pensó que había enfocado la alta proa de la fragata, blanca y triangular. Al momento, el foco automático se ajustó y el hombre dejó caer la cámara.

Naomi soltó un grito. Otros pasajeros se volvieron y se unieron a su exclamación. Alzándose cinco metros por encima de la Capitán Jack, la cabeza y el cuello del *Megalodon* se abatieron sobre la popa. Los ejes de las hélices se quebraron como ramitas y el yugo de popa de fibra de vidrio se rompió en mil fragmentos.

Rick y su mujer cayeron al Pacífico por la borda, en dirección contraria a la del *Kiku*. Las aguas frías paralizaron sus músculos al tiempo que la estela se alzaba sobre sus cabezas sumergidas. El hombre arrastró a su esposa hacia arriba hasta que ambos emergieron. La embarcación turística, sin propulsión, había ralentizado la marcha hasta casi detenerse y la pareja observó con horror cómo el monstruo dejaba de atender a la barca y volvía el hocico hacia ellos.

Naomi soltó un alarido. Rick la abrazó con fuerza y cerró los ojos.

Jonas disparó. El arpón salió del cañón con un estampido y dejó tras él un trazo de humo y de cable de acero. El proyectil dio en el blanco y se hundió un metro y medio en el cuerpo del *Megalodon*, a pocos centímetros de la aleta dorsal. El monstruo reaccionó con un espasmo, arqueó el lomo y lanzó la testuz de costado contra la borda del *Kiku*. El barco dio un bandazo a estribor. DeMarco se encontró volando por los aires sobre la barandilla del barco. Jonas se lanzó tras él y lo agarró con ambas manos por el tobillo derecho un segundo antes de que DeMarco desapareciera por la borda. Consiguió retenerlo, pero notó que sus pies resbalaban sobre la cubierta.

La barandilla interrumpió bruscamente su lento deslizarse. Tiró de DeMarco hacia arriba, dándole la vuelta de modo que pudiera sujetarse al pasamanos con la parte posterior de las rodillas. Una de las manos de DeMarco asomó por la borda, se agarró de la barandilla y tiró del cuerpo. Tenía el rostro congestionado y los ojos desorbitados.

—¡Dios santo! —exclamó con un carraspeo—. ¡Buena pesca!

¡Paaam! El *Megalodon* embistió el casco del *Kiku* por el costado de babor y dobló las planchas de acero. Jonas y DeMarco cayeron a cubierta.

—Todo a estribor —ordenó el capitán Barre cuando se recuperó de su caída en la sala de control—. Masao, ¿cuándo va a quedarse dormido el jodido tiburón?

—No lo sé, Leon. Pero llévanos lejos de ese barco de turistas.

—Ya lo habéis oído —gritó Barre—. ¡Vámonos a mar abierto!

Rick nadó con enérgicas patadas y arrastró a su esposa hacia el barco de recreo medio destrozado. Un pasajero lo asió por la muñeca y Naomi y él fueron izados a bordo. Por fin, la pareja se abrazó, acurrucada bajo unas mantas.

A cien metros sobre la superficie del Pacífico, Mac observó cómo el *Kiku* se dirigía a toda máquina hacia mar abierto. La hembra de *Megalodon* lo seguía, sumergida, con el cable de acero flotando todavía en la superficie, momentáneamente, antes de ser arrastrado hacia abajo. La cabeza triangular se alzó una vez más para golpear la popa de la fragata.

—Jonas, ¿estáis bien por ahí?

—Sí, Mac, pero nos está dando una paliza.

—He llamado al servicio de Guardacostas para recoger a esos turistas. Te sugiero que sigas llevándote al *Megalodon* hacia mar abierto.

—Bien. ¿Puedes verlo todavía? —preguntó Jonas.

Silencio.

—¿Sigues ahí, Mac?

—Jonas... ¡Ha desaparecido!

Jonas corrió a la sala de control y DeMarco se quedó con el cabrestante.

—Pasquale, ¿adónde ha ido?

El oficial del sonar intentaba captar la señal en sus auriculares.

—Me temo que se ha dirigido al fondo.

Jonas echó un vistazo al monitor cardíaco que recibía datos directamente del transmisor, implantado todavía en el vientre del *Megalodon*.

—Maldita sea, doscientos doce latidos por minuto. Creo que está sufriendo una mala reacción al anestésico. —Cogió el teléfono interno y preguntó a DeMarco cuánto cable había soltado.

—Unos ciento treinta metros. ¿Quieres que empiece a...?

—¡Ahí viene otra vez! —exclamó el hombre del sonar—. ¡Sujétense!

Transcurrieron unos segundos en silencio.

¡Buum! El *Kiku* recibió el impacto por debajo, se levantó del agua, saltó vertiginosamente y volvió a caer.

—Creo que está un poco enfadada —murmuró Jonas.

—¡Va a hacer añicos mi barco! —exclamó Barre. Se llevó el teléfono a los labios y gritó—: ¡Sala de máquinas...!

—Capitán, tenemos problemas —informó el maquinista jefe—. ¿Puede bajar?

—Voy para allá.

Barre indicó a uno de los tripulantes que se encargara del timón e hizo un alto para dedicar una desagradable mirada a Jonas antes de desaparecer escalerilla abajo. Mientras bajaba se cruzó con Terry, que asomó la cabeza en la cabina instantes después.

—Oye, Jonas —dijo la muchacha—, ¿cuándo harán efecto esos fármacos?

Jonas estaba pendiente del monitor.

—Creo que acaban de hacerlo.

La hembra de *Megalodon* se hallaba en estado febril, le bullía la sangre y el corazón le latía sin control. El sistema sensorial del depredador estaba sobrecargado por la gran dosis de pentobarbital que la había llevado al paroxismo. La hembra solo podía seguir su instinto más primario: atacar al enemigo.

El *Megalodon* se sumergió a una profundidad de quinientos metros, dio media vuelta y se dirigió a la superficie a toda velocidad. La cola batía el agua y convertía al monstruo en una mancha blanca que ascendía como una centella. Guiándose por las vibraciones de la proa del *Kiku* al cortar las olas, la fiera ajustó su dirección de ataque y embistió al enemigo. El casco del barco recibió el impacto en el compartimento delantero.

De haber chocado directamente con la quilla, el *Kiku* se habría hundido en cuestión de minutos, sin duda. Sin embargo, el ataque se produjo cerca de la popa y la fuerza del impacto se dispersó hacia fuera. El golpe dejó aturdido al depredador gigante y le ralentizó el pulso lo suficiente como para que surtieran efecto el pentobarbital y la ketamina, que adormecieron el sistema nervioso central de la criatura.

—El ritmo cardíaco acaba de bajar a ochenta y tres pulsaciones por minuto —informó Jonas—. No puedo asegurar que sea normal, pero es evidente que los fármacos surten efecto. —Se puso en pie—. No tenemos mucho tiempo.

Levantó el auricular del teléfono interno.

—¿Qué hay que hacer, Jonas? —preguntó DeMarco.

—Recoger la pesca enseguida. Nuestra fiera está perdiendo la conciencia rápidamente y el *Kiku* tiene que empezar a arrastrarla antes de que se hunda y se ahogue. Terry, suelta la red por popa; yo cogeré el *AG-I* y la aseguraré por debajo del *Meg*.

Terry estaba preocupada.

—Jonas, ¿cómo puedes estar seguro de...?

—Terry, no tenemos mucho tiempo. —Él la tomó por los hombros y la miró directamente a los ojos—. No me pasará nada. ¡Ahora, vamos!

Terry lo siguió a la cubierta.

La hembra perdía sensibilidad en la cola. Aminoró la marcha hasta que apenas se movió, flotando a cuatrocientos metros por debajo del *Kiku*.

DeMarco y su ayudante, Steve Tabor, se encontraban en la popa, atentos a la maniobra mientras el cabrestante del barco empezaba a recoger el cable de acero. DeMarco daba las instrucciones:

—Al llegar a trescientos cincuenta metros, ve un poco más despacio, Tabor. Cuando encontremos resistencia, asegura el cable y empezaremos a arrastrar a ese diablo.

DeMarco miró a su derecha. El *AG-I* todavía estaba anclado a su plataforma y Jonas, con el traje isotérmico puesto, estaba a punto de introducirse en él.

—Jonas... —Terry se acercó, lo atrajo hacia ella y le susurró al oído—: No te olvides de nuestras vacaciones, ¿eh?

Jonas le sonrió, se coló a gatas en el sumergible y se tumbó boca abajo en la cámara monoplaza. Avanzó hasta que su cabeza asomó en el interior del morro transparente de lexan. Se colocó el arnés de piloto y comenzó a notar cómo el submarino se levantaba de la cubierta, se balanceaba sobre la borda y descendía al Pacífico. Se ajustó las cinchas pensando en Terry y su biquini.

«¡Olvídate ya de esas cosas, estúpido!», gruñó para sí.

Cuando el *AG-I* se separó de los cables que lo sostenían, Jonas movió la palanca hacia delante y hacia abajo. El sumergible respondió y aceleró la marcha en el vasto mundo azul.

—¿Me oyes bien, Jonas? —La voz de Masao interrumpió sus pensamientos.

—Sí, Masao. Te recibo alto y claro. Estoy a doscientos metros. La visibilidad es mala.

—¿Puedes ver al *Megalodon*?

Jonas aguzó la vista. Debajo había algo; distinguía un leve resplandor mortecino, pero mucho más pequeño de lo que esperaba.

—No. Nada todavía.

Aceleró la marcha y el sumergible bajó en un ángulo de cuarenta y cinco grados. Notó que la temperatura interior descendía y comprobó otra vez el lector de profundidad. Trescientos metros.

Entonces vio a la fiera.

La hembra estaba suspendida en el agua, boca arriba, inmóvil, con la cola caída en un escorzo extraño y la aleta caudal fuera de la vista.

—Masao, el bicho está frito. Si no hacemos que circule agua por su boca, se ahogará. Tienes que empezar a arrastrarla cuanto antes. ¿Me recibes?

—Sí, Jonas. Cambio.

El *Kiku* puso los motores en marcha y alrededor de Jonas resonó un chirrido metálico. El cable se tensó y el *Megalodon* saltó hacia delante.

Jonas se alarmó durante unos momentos, pues había cometido la tontería de colocar el *AG* encima de la criatura inconsciente. La rodeó rápidamente y la observó mientras se equilibraba. El sumergible avanzó en paralelo a las agallas del *Megalodon* y Jonas concentró su atención en las cinco rendijas verticales. Estaban cerradas e inmóviles. Entonces, lentamente, conforme el cuerpo enorme se desplazaba y adquiría velocidad, empezaron a vibrar, a abrirse y cerrarse suavemente. El agua circulaba por la boca y las agallas del monstruo; el *Megalodon* volvía a respirar.

—Buen trabajo, Masao. La bestia respira. Voy a asegurar el arnés, pero está a demasiada profundidad. Dile a DeMarco que recoja doscientos metros de cable más, muy despacio. Debemos tener cuidado de no extraer el arpón.

—Recibido, Jonas.

Transcurrieron unos momentos y el *Megalodon* empezó a ascender lentamente, izado por el cabrestante. Mientras seguía subiendo, Jonas admiró el tamaño de la criatura, su belleza y su gracia salvaje. El paleontólogo se sorprendió a sí mismo admirando a la hembra de *Megalodon* como lo que era, un producto de la evolución perfeccionado por la naturaleza a lo largo de millones de años. Su especie era la auténtica dueña de los océanos y Jonas se alegró de contribuir a salvarla, y no a destruirla.

El *Meg* dejó de ascender al llegar a los ochenta metros. Jonas continuó hasta la superficie y localizó, flotando junto a la quilla del *Kiku*, la red que serviría de arnés a la criatura. Extendió el brazo retráctil del sumergible y cogió el borde de la red con la pinza. Lentamente para no enredar el cable, se sumergió y tiró de él, por debajo del vehículo. La red se desplegó detrás de este.

El arnés consistía en una simple red de pesca diseñada para hundirse de manera uniforme, con el fin de atrapar atunes. Jonas había ordenado que se ataran boyas de flotación en todo el contorno. Estos artefactos estaban diseñados para ser hinchados o deshinchados a voluntad desde el *Kiku*. De este modo, el *Megalodon* podría ser liberado sin peligro una vez recluido en el estanque: la red, sencillamente, caería al fondo una vez desinfladas las boyas.

Jonas situó el *AG-I* a doscientos cincuenta metros y pasó muy por debajo del monstruo dormido. Satisfecho, aceleró hacia delante y se situó detrás de la aleta caudal del gigante.

—Masao, estoy en posición. Hincha el aparejo.

—Vamos allá, Jonas.

La red se tensó y se elevó hasta amoldarse a los contornos del *Megalodon*. El monstruo de veinte mil kilos se alzó y liberó la mayor parte de la tensión del arpón.

—Bien, bien, ya es suficiente —gritó Jonas—. Excelente, Masao. Ahí está bien. No la queremos demasiado cerca de la superficie. Ahora volveré a bordo.

—Espera, Jonas... El capitán Barre me pide que antes de emerger compruebes los daños en el casco del barco.

—No hay problema. Corto.

Jonas soltó la red de la pinza mecánica y aceleró en

una cerrada maniobra por debajo y alrededor de la hembra cautiva. Se sentía eufórico, sumamente satisfecho de sus planes e impaciente por estar de nuevo a bordo y poder comentárselos a Terry.

Entonces fue cuando vio el casco.

De madrugada

—Tiene casi tres metros de ancho —explicó Jonas al describir el boquete que había ocasionado la colisión del *Megalodon* con el *Kiku*. El barco había cargado una cantidad de agua tremenda y ya estaba escorado quince grados a estribor.

—Esto es solo el comienzo, Masao —le anunció Leon Barre—. Hemos sellado el compartimento delantero pero la jodida hélice de babor está doblada y deformada.

—¿Vamos a hundirnos? —preguntó Masao.

Barre meditó la respuesta.

—No; los compartimentos estancos mantendrán aislada la zona dañada, de momento, pero no conviene forzar el barco. Sin embargo, arrastrar a ese monstruo de ahí fuera es mucha carga, demasiado esfuerzo para una sola hélice. Tendremos que navegar a paso de tortuga.

—¿Cuánto calculas que tardaremos en llegar al acuario, Leon? —preguntó DeMarco directamente.

—Hum..., veamos. Acaban de dar las siete... yo diría que mañana por la mañana, justo antes del amanecer.

DeMarco miró a Barre y, de nuevo, a Jonas.

—¡Dios santo, Jonas! ¿Nuestra fiera seguirá inconsciente tanto tiempo?

—Con franqueza, no lo sé. No hay modo de saberlo. Le he administrado una dosis que me ha parecido suficiente para tenerla dormida doce o dieciséis horas.

—¿Podemos inyectarle otra? —le preguntó Masao—. Tal vez podríamos esperar a que lleve diez horas anestesiada y dispararle entonces otra dosis.

—Eso la mataría —sentenció Jonas con rotundidad—. No se puede mantener dormido a un animal de ese tamaño durante tanto tiempo sin causarle lesiones permanentes en el sistema nervioso. Tiene que despertar y respirar o no volverá a recuperar la conciencia.

Masao se rascó la cabeza, dubitativo.

—No quedan demasiadas alternativas. Capitán, ¿cuántos tripulantes necesita para manejar el barco? Tal vez podríamos evacuar a algunos hombres y...

—Olvídelo, Masao. Con la hélice dañada y el mar llamando a la puerta, necesito a todos los hombres que tengo y no me irían mal algunos más. Cuando abandonemos el barco, lo haremos todos juntos.

—Permíteme una sugerencia, Masao —apuntó Jonas—. El monitor cardíaco debería advertirnos de si el *Meg* recupera la conciencia, pero, por si acaso, déjame bajar otra vez en el *AG-I* y vigilar a nuestra amiga. Si parece despertar, soltamos el cable y nos largamos de aquí. Para entonces, si no estamos ya en el estanque nos faltará muy poco para llegar. Sin el peso adicional del monstruo, estaríamos allí bastante pronto.

—¿Y qué sucederá cuando el *Megalodon* despierte? —preguntó Masao.

—Tendrá una resaca terrible y estará furiosa. No me sorprendería que nos siguiera al interior del estanque.

—Que nos persiguiera, querrás decir —apuntó DeMarco.

—¿Y qué hay de ti? —preguntó Terry.

—En el *AG-I* —respondió Jonas con una sonrisa— es probable que esté más seguro que vosotros en el barco.

—Está bien, Jonas —aceptó Masao después de pensárselo—. Por la mañana temprano, cogerás el *Abyss Glider* y bajarás a observar a nuestro pez. DeMarco, tú ocúpate de la primera guardia ante el monitor cardíaco. Si hay algún cambio, avisa a Jonas inmediatamente. —Hizo una pausa y escuchó el trueno que retumbaba a lo lejos—. ¿Eso es una tormenta que se acerca?

Mac entró en el CIM. Su helicóptero acababa de posarse en cubierta.

—No, Masao. Es el sonido de unos helicópteros. Son unidades móviles de noticiarios; cinco de ellas, para ser exactos, y llegarán más. Yo diría que esto va a estar bastante concurrido cuando amanezca.

Frank Heller hizo un alto en su trabajo y dirigió la mirada al televisor por cuarta vez en la última hora para seguir el último boletín de noticias:

> (...) a setenta metros por debajo de nuestra posición, en estado comatoso, se encuentra el *Megalodon* prehistórico de veinte metros, un monstruo responsable de, al menos, dos docenas de muertes espantosas a lo largo de los últimos treinta días. Desde nuestra posición se distingue claramente la piel blanca como la nieve del animal, una piel que brilla bajo el reflejo de la luna llena en las olas.
>
> A su velocidad actual, se espera la entrada del *Kiku* en el Acuario Tanaka en torno al amanecer. Las noticias del Ca-

nal 9 contará con una edición especial durante toda la noche, que les mantendrá informados de esta historia apasionante. Tori Hess, de Acción 9 Noticias, en directo desde el...

—Desconecta ya, Frank —dijo Danielson. Estaban a bordo del *Magnate*, dedicados a armar una carga de profundidad casera en la sala de ejercicio del yate. Danielson estaba concentrado en instalar el detonante en la caja de acero de algo más de un metro de longitud por medio de anchura—. Llevas toda la noche viendo la misma historia.

—Me pediste que descubriera a qué profundidad está el *Meg* —replicó Heller a la defensiva—. ¿Esperabas que me sumergiera con una cinta métrica?

—Sí, dímelo. —Danielson levantó la vista de lo que tenía entre manos—. ¿A qué profundidad está ese maldito bicho?

—A juzgar por el ángulo de la cámara, calculo que a unos cincuenta o sesenta metros. ¿Qué alcance tiene esa carga de profundidad tuya?

—Mucho, y el detonante no debería tener problemas para durar hasta esa profundidad. En cuanto a la carga en sí, he añadido una generosa cantidad de amatol, que es bastante primitivo pero muy explosivo. Créeme, Frank, aquí hay potencia suficiente para freír a ese pez. Lo difícil será llegar lo bastante cerca como para lanzar la carga sobre el monstruo con precisión. Para eso tendremos que confiar en Harris. Por cierto, ¿dónde está?

—Arriba, en cubierta —respondió Heller—. ¿Te has fijado en que ese tipo no pega ojo por la noche?

—Sí, lo he notado. Te diré una cosa, Frank —reconoció Danielson—. Yo tampoco he dormido demasiado...

Bud Harris, apoyado en la borda de estribor, contemplaba el reflejo de la luna, absolutamente quieto sobre el negro mar. El *Magnate* estaba anclado a trescientos metros al sur del Acuario Tanaka. Bud alcanzaba a distinguir ligeramente el muro de cemento de la enorme entrada del canal.

—Maggie... —susurró en voz alta entre sorbos de ginebra, mientras contemplaba las pequeñas olas que acariciaban el casco—. Mira en lo que me has metido, Maggie. Aquí me tienes, merodeando con un puñado de chiflados expulsados de la Marina y jugando a la guerra contra un jodido monstruo. ¿Te puedes creer toda esta mierda?

Tomó otro sorbo de ginebra y apuró el vaso.

—¡Oooh, Maggie! —Unas sentidas lágrimas rodaron por sus mejillas—. ¿Por qué no dejaste la maldita cámara? —Arrojó el vaso vacío al océano y las ondas disolvieron la imagen de la luna—. ¡A la mierda! ¡Mañana voy a matar a ese monstruo y pienso arrancarle los ojos!

Se volvió y bajó tambaleándose la escalerilla circular hasta la habitación de invitados. Ya no podía dormir en la suite principal. Aún conservaba el perfume de Maggie y su presencia era demasiado vívida. Se derrumbó sobre la cama doble y perdió la conciencia.

Treinta segundos después de que abandonara la borda. Una aleta dorsal blanca fluorescente de un metro cortó la superficie y nadó en círculos alrededor del vaso mientras este se hundía en las negras aguas de la reserva marina.

Jonas abrió los ojos; su despertador interno se había disparado unos segundos antes que el reloj. Todavía estaba en el sofá y tenía a Terry acurrucada contra su pecho bajo la manta de lana, dándole calor. Con gesto tierno, acarició los suaves cabellos de la muchacha con las yemas encallecidas de sus dedos. Ella se movió.

—Sigue durmiendo, Jonas —murmuró, con los ojos cerrados.

—No puedo. Es la hora.

Terry abrió los ojos y se volvió para mirarlo. Se desperezó y alargó el brazo en torno al cuello de Jonas, abrazándolo.

—Estoy tan perezosa que no soy capaz de moverme, Jonas. Sigamos durmiendo cinco minutos más.

—Ojalá pudiera quedarme toda la noche aquí, Terry, pero los dos sabemos que no puede ser.

—Estoy celosa. Pasas más tiempo con otra hembra, ¿eh?

—Vamos. Levántate, Terry —la obligó a hacerlo—. Tengo que ponerme el traje. DeMarco ya debe de estar preguntándose dónde me he metido. —Echó un vistazo al reloj. Las 4.33.

—Bien, pasaré por la cocina a tomar un bocado. Y tú también deberías comer algo.

—No, creo que seguiré en ayunas. Tengo el estómago un poco revuelto. Dile a DeMarco que se reúna conmigo en el sumergible.

DeMarco consultó el reloj una vez más. ¿Dónde demonios estaba el tipo? La lectura digital del monitor cardíaco seguía en ochenta y cinco. El cielo empezaba a clarear con un tono grisáceo y los helicópteros de los medios de comunicación seguían zumbando sobre sus cabezas.

—Maldita prensa —murmuró.

—Buenos días, Al —lo saludó Terry, sonriente.

—¿Dónde carajo está Jonas?

—Ya está en el *AG-I*, esperándote para que lo bajes al agua.

—¿Que me espera? ¡Por todos los...! ¡Pero si llevo sentado aquí las últimas nueve horas, esperando!

DeMarco abandonó el CIM, atravesó la cabina de mando y salió a cubierta en dirección al sumergible.

Jonas ya estaba dentro, tumbado en su posición. DeMarco golpeó dos veces el morro de plástico y el piloto le hizo una señal con el pulgar hacia arriba. Montó en la grúa y tomó asiento.

—¿Eh? ¿Qué coño...? —Cogió el objeto del asiento y lo examinó—. ¿Un diente?

Medía al menos dieciocho centímetros de longitud y, aunque estaba ennegrecido por la edad, seguía extraordinariamente afilado. DeMarco abrió de nuevo la última escotilla y asomó la cabeza:

—¡Eh, Jonas! ¿No has perdido nada?

—¿Qué? ¡Oh, mierda, el diente del *Meg*! Lo siento, Al, ¿puedes dármelo, por favor?

—¿Por qué llevas eso, precisamente? —preguntó DeMarco al tiempo que se lo entregaba.

Jonas se encogió de hombros.

—Empecé a llevarlo hace unos diez años. Era un amuleto de buena suerte para cuando pilotaba un sumergible. Debo de ser un poco supersticioso, supongo.

—Sí, pues a mí me ha molestado un poco. Acabo de sentarme encima del maldito diente —vociferó DeMarco—. En adelante, hazme un favor. Guarda eso lejos de mi grúa. No soy el maldito ratoncito Pérez.

—Lo siento.

DeMarco cerró la escotilla con gesto furioso, volvió a la grúa y bajó el *AG-I* al Pacífico.

Jonas encendió la luz exterior mientras descendía junto al casco del *Kiku.* Bajo el agua, el barco tenía aún peor aspecto, y se notaba una pronunciada inclinación a un costado. Aceleró y descendió a cien metros de profundidad, acercándose por la izquierda.

El apagado fulgor del *Megalodon* iluminó el negro mar en una circunferencia de cincuenta metros. Bancos de peces iban y venían como flechas sobre su piel. La red estaba sembrada de medusas prendidas en ella. Jonas desconectó la luz exterior y condujo el *AG-I* junto a la cabeza de la criatura de otro tiempo, cuyo cráneo medía casi tres veces la longitud del sumergible.

La enorme hembra tenía la boca entreabierta, permitiendo el paso del agua. Jonas se aproximó al ojo derecho del *Megalodon*, cuyo globo se retiró al interior de la cabeza del monstruo. Jonas sabía que se trataba de una respuesta natural: el cerebro del animal encogía automáticamente el órgano ahora inutilizado, en un reflejo protector.

—¡Jonas!

Dentro del sumergible, Jonas dio un respingo y el arnés lo retuvo con fuerza por los hombros.

—Maldita sea, Terry, me has dado un susto de muerte.

Las risas de la muchacha llegaron hasta él por la radio.

—Lo siento —murmuró por fin, poniéndose seria—. Seguimos estabilizados a ochenta y cinco pulsaciones por minuto. ¿Qué aspecto tiene nuestro pez?

—Muy bueno. —Jonas maniobró el sumergible y se colocó junto a las aberturas de las agallas del costado derecho del *Megalodon*—. Terry, ¿a qué distancia estamos del estanque?

—A menos de seis kilómetros. Barre dice que tardaremos otras dos horas en llegar. Oye, vas a perderte un amanecer magnífico.

—Parece un buen principio para un gran día. —Jonas sonrió.

Al amanecer

Llevaban toda la noche esperando, anclados cerca de la orilla. Era una congregación de seguidores reunida como si la hubiese convocado la propia criatura. Algunos eran científicos; la mayoría, turistas y buscadores de emociones, aprensivos pero dispuestos a afrontar los riesgos con tal de formar parte de la historia. Sus medios de transporte eran muy diversos, desde meras lanchas a yates, desde pequeños fuera borda hasta grandes palangreros. Estaban representadas todas las empresas de observación de ballenas en un radio de ochenta kilómetros y sus tarifas habían sido debidamente revisadas al alza para la ocasión. Más de trescientas grabadoras de vídeo, con las pilas cargadas y las cintas preparadas, se hallaban a punto.

André Dupont se apoyó en el pasamanos del pesquero de cuarenta y ocho toneladas y observó por los prismáticos la bruma gris del cielo invernal que seguía clareando en el horizonte. Apenas podía distinguir la proa del *Kiku*, todavía a casi dos kilómetros al noroeste de la boca del canal. Por fin, regresó a la cabina de mando.

—Ya está cerca, Etienne —susurró a su ayudante—. ¿Hasta dónde nos aproximará el capitán?

Etienne movió la cabeza en señal de negación:

—Lo siento, André. Con ese monstruo tan cerca, se niega a abandonar las aguas poco profundas. No pondrá en riesgo el barco. Un asunto bastante familiar, *n'est pas?*

—*Oui.* No se lo echo en cara. —Dupont miró en todas direcciones; la luz matutina reveló la presencia de varios cientos de embarcaciones y el francés movió la cabeza con preocupación—: Me temo que nuestros otros amigos no sean tan cautos...

Frank Heller contempló el lentísimo paso del *Kiku* en su penoso avance hacia el estanque. No compartía en absoluto el regocijo de André Dupont. Heller, con el estómago en un puño, notaba cómo iba creciendo la rabia en su interior. Empezaban a temblarle las manos. Notó que se le tensaba un lado del cuello, palpitando con la cólera.

—Es hora, señor Harris —dijo sin apartar la vista del horizonte.

Bud pulsó el contacto; el bimotor cobró vida y el *Magnate* avanzó rápidamente en curso de intercepción.

Las primeras luces del amanecer se filtraron en el mar. Jonas observó cómo se hacía visible todo el torso de la fiera, como un dirigible letal conducido hacia su nuevo hangar. Acercó el morro transparente del *AG-I* a dos metros del ojo derecho de la hembra. La pupila azul grisáceo aún estaba retraída en la cabeza y la luz solo dejaba a la vista una membrana blanca inyectada en sangre.

—Jonas —la voz de Terry chisporroteó en el intercomunicador—, creo que algo le sucede al *Megalodon*.

Una carga de adrenalina alertó a Jonas.

—Dime, Terry, ¿qué sucede?

—El pulso de la hembra se está acelerando lentamente. Está en ochenta y siete, ahora en noventa...

—Jonas, soy DeMarco. He dirigido el cañón de arponear a popa siguiendo las instrucciones de Masao. Si el monstruo se despierta antes de que entremos en el estanque dispararé, aunque pueda matar al pez. Considéralo como una advertencia.

Jonas estuvo a punto de discutir con él, pero abandonó la idea.

DeMarco tenía razón. Si el *Megalodon* recobraba la conciencia antes de que el *Kiku* pudiera llegar a salir al estanque, el barco y toda su tripulación estarían en peligro. Él clavó la vista en la mandíbula abierta de la criatura. A través de su ADN corrían millones de años de instinto. El depredador no tenía la capacidad de pensar ni de elegir, solo de reaccionar, cada célula en armonía con su entorno, cada respuesta condicionada. La naturaleza, por sí misma, había decidido que las especies dominarían los océanos, disponiéndolas perpetuamente para la caza como único modo de sobrevivir. Jonas dijo en un susurro:

—Debimos dejarte en paz.

—¡Jonas! —La voz de Terry atravesó sus pensamientos—. ¿No me oyes?

—Lo siento, yo...

—¡El *Magnate* viene directo hacia nosotros! —La voz

de Terry subió de tono—. ¡Quinientos metros y se acerca rápidamente!

—¿El *Magnate*?

Jonas se preguntó qué estaría haciendo Bud.

DeMarco enfocó el yate con los prismáticos y no tardó en concentrarse en la actividad que se desarrollaba a popa. Dos hombres, que transportaban entre ambos un tambor de acero, se esforzaban por colocar su carga en el yugo.

—¿Qué carajo...? —masculló el maquinista.

Trescientos metros. Doscientos... y entonces DeMarco reconoció un rostro. ¡Heller! Observó con atención el tambor de acero y comprendió lo que sucedía.

—¡Jonas! ¡Jonas! —DeMarco arrancó el micrófono de las manos a Terry—. ¡Cargas de profundidad! ¡Sumérgete más!

Jonas maniobró enérgicamente, se desvió a la derecha y colocó el sumergible debajo del torso superior del *Megalodon*.

Mac tiró de la palanca de mando hacia arriba y el helicóptero se alzó de la cubierta de la antigua fragata. Ya a cierta altura, desvió el aparato hacia la izquierda en un brusco giro y se lanzó hacia el cercano *Magnate* como si dirigiera un asalto aéreo contra una lancha patrullera de los vietnamitas del norte.

Bud levantó la vista. El helicóptero apareció de la nada y se lanzó en picado hacia el yate en un curso de colisión directo. El millonario soltó un grito y viró el timón hacia babor segundos antes de que la plataforma que sostenía el visor térmico del helicóptero se estrellara contra la antena de radar del yate y la arrancara de su car de aluminio.

En la cubierta hubo una explosión de desechos. Danielson y Heller reaccionaron como si hubiera estallado una granada sobre sus cabezas: buscaron refugio y abandonaron la carga de profundidad. Terminaron tumbados en cubierta, con las manos cubriéndose la cabeza en un intento de evitar la metralla que les llovía. La maniobra dejó la carga de profundidad de doscientos kilos en precario equilibrio en el yugo de popa. Cuando el yate viró, el tambor de acero rodó por las planchas del buque y se precipitó al océano. El agua de mar penetró por los seis agujeros de la cápsula, llenó la cámara interior e hizo que la bomba se hundiera.

Los fragmentos de aluminio de la antena de radar cayeron como lluvia sobre la espalda de Danielson y de Heller mientras el yate se alejaba del *Kiku.* Heller se incorporó, sentado en cubierta, y vio que el helicóptero ganaba altura, se inclinaba pronunciadamente, apuntaba con el morro hacia el océano y, por fin, se lanzaba de nuevo hacia abajo. Esta vez, efectuaría la pasada desde la popa.

—¡Ese cabrón está loco! —aulló Heller.

—¡Agacha la cabeza! —gritó Danielson.

Mac empujó la palanca de dirección hacia delante y gritó al viento «¡Mac ataca!» con una sonrisa en el rostro.

¡Bumm!

La explosión cogió desprevenido al piloto, que tiró desesperadamente de la palanca mientras la cola del helicóptero hacía un extraño. Con un crujido, los esquíes golpearon la cubierta superior del *Magnate* y desgarraron el techo del lujoso salón, reventando al mismo tiempo los bajos del aparato. Este giró sin control y las palas fueron incapaces de recobrar impulso. A Mac no le dio tiempo de reaccionar y el helicóptero se estrelló de costado en el océano.

A ciento cuatro metros de profundidad, el muelle del detonador se liberó y empujó el detonador de percusión contra el fulminante. La tosca arma implosionó y, a continuación, explotó con un destello y un estallido subsónico.

Aunque el efecto letal de la bomba solo alcanzaba ocho metros a la redonda, la onda de choque resultante fue devastadora.

La fuerza invisible de la corriente golpeó al *AG-I* de costado y envió al sumergible a considerable distancia, dando vueltas sobre sí mismo. Jonas se estrelló de cabeza contra el morro de lexan, se golpeó contra la dura superficie de plástico y casi perdió el sentido.

A bordo del *Kiku*, las bombillas se hicieron añicos, los tripulantes se vieron levantados en el aire y los tornillos que fijaban el mobiliario de a bordo se aflojaron con la explosión.

El capitán Barre gritó a su tripulación que sellara la sala de máquinas, pero el estrépito de los helicópteros de los periodistas ahogó su voz.

El primer pensamiento de Terry Tanaka, arrodillada en cubierta, fue para Jonas. Encontró el transmisor y lo llamó.

—Jonas. Jonas, contesta, por favor. —Silencio. Interferencias—. Al, no recibo señal...

—Terry... —Masao ascendió a duras penas la escalerilla y se derrumbó en el último peldaño.

Terry corrió hasta él.

—¡Llamad al doctor! —gritó, con las manos empapadas en la sangre de su padre.

DeMarco cogió el micrófono de los altavoces del *Kiku* y llamó al médico de a bordo. Ocupado en ello, no se fijó en el monitor cardíaco del *Megalodon*; la pantalla digital marcaba ahora más de cien pulsaciones.

El gélido Pacífico devolvió a Mac a la conciencia. Abrió los ojos, sorprendido de encontrarse sumergido bajo el agua en un ángulo de cuarenta y cinco grados, y luchó desesperadamente por liberarse del cinturón del asiento mientras el destrozado helicóptero se hundía de costado bajo las olas.

Jonas esperó hasta que hubieron remitido los efectos posteriores de la onda de choque. Después, intentó colocar el sumergible en posición correcta. No tenía energía. Se maldijo a sí mismo y empezó a rodar vigorosamente, al tiempo que se golpeaba contra el interior a medida que el sumergible iba ganando impulso y giraba en sentido contrario a las agujas del reloj. Al completar la maniobra, pudo comprobar por sí mismo la flotabilidad natural del vehículo. El *AG-I* empezó a ascender gradualmente.

—Terry, responde.

La radio, como todo lo demás a bordo, no funcionaba.

Un resplandor mortecino, procedente de la derecha de Taylor, iluminaba el interior del vehículo. Jonas se volvió y se encontró flotando a un metro del ojo de la hembra de *Megalodon*, del tamaño de una pelota de baloncesto.

El ojo azul grisáceo estaba abierto. Ciego, miraba directamente a Jonas.

Caos

Bud Harris se incorporó del suelo. No estaba seguro de qué había sucedido: el *Magnate* navegaba a la deriva, de costado y con los dos motores inactivos; cuando miró a un lado, todavía pudo ver las palas del helicóptero sumergiéndose bajo las olas.

—¡Que se joda! —murmuró y pulsó el botón de arranque intentando poner en funcionamiento otra vez los motores.

Nada.

—¡Mierda! ¡Danielson, Heller! ¿Dónde carajo os habéis metido?

Salió a cubierta y encontró a los dos hombres de pie junto al yugo de popa.

—¿Y bien? ¿Está muerto el monstruo?

Danielson y Heller se miraron.

—Tiene que estarlo —dijo el primero sin mucha firmeza.

—No parece que estés muy seguro —apuntó Bud.

—Por desgracia —apuntó Danielson— hemos tenido que soltar la carga demasiado pronto, cuando nos ha atacado ese chiflado.

—Tenemos que largarnos de aquí —apuntó Heller.

—Sí, bueno, veréis... Hay un pequeño problema. Los motores no funcionan. Al parecer, vuestra jodida explosión ha aflojado alguna conexión... y no soy ningún manitas, precisamente.

—¡Joder! ¿Estás diciendo que no podemos movernos de aquí... con ese monstruo tan cerca? —Heller movió de un lado a otro la cabeza y encajó las mandíbulas con fuerza.

—Frank, el bicho está muerto, confía en mí —insistió Danielson—. En cualquier momento lo veremos aparecer flotando, con el vientre al aire.

Heller miró a su antiguo comandante en jefe.

—Dick, ese jodido bicho es un tiburón. No flotará; si de veras está muerto, se hundirá en el mar.

En aquel momento, oyeron un chapoteo a su izquierda y el yate se meció un poco. A continuación apareció una mano en la escalerilla y Mac se arrastró a bordo del *Magnate*.

—Bonita mañana, ¿verdad? —murmuró, y se derrumbó en cubierta.

Jonas yacía sobre su estómago y la claustrofobia le hacía respirar aceleradamente. La aleta central izquierda del inanimado *Abyss Glider* se había enganchado en la red y mantenía al sumergible al nivel del ojo del *Megalodon*. El ojo azul grisáceo de la hembra continuaba enfocado involuntariamente en el pequeño vehículo mientras Jonas lo contemplaba con horror y fascinación.

«Está ciega, pero sabe que estoy aquí», pensó Jonas. La fiera detectaba su presencia.

La aleta caudal empezaba a agitarse en movimientos pesados, a un lado y a otro, propulsando al depredador hacia delante, despacio. Las rendijas de las agallas se alzaron a la vista y pasaron ante Jonas a toda velocidad. A continuación, el hocico prominente se agitó de pronto hacia delante y hacia atrás, liberando al *AG-I* de la red, y el animal más temible del planeta despertó.

El sumergible continuó su ascenso. Jonas miró hacia abajo y observó al *Megalodon* lanzarse hacia delante, pero la red atrapó al momento sus aletas pectorales. Enfurecida, la hembra giró sobre sí misma una y otra vez, y con cada frenética maniobra se enredaba aún más en la trampa.

El *AG-I* salió despedido hacia atrás en la estela del *Megalodon*. Sin posibilidad de controlarlo, Jonas perdió de vista al monstruo. Momentos después, cuando el sumergible se enderezó, vio por un instante al furioso animal, completamente atrapado en la red desde las rendijas de las agallas hasta la aleta de la pelvis.

—Se ahogará —musitó para sí.

La multitud de embarcaciones que esperaba anclada a la entrada del Acuario Tanaka había presenciado cómo el superyate se había separado del grupo para ir al encuentro del invitado de honor que llegaba. Habían visto cómo el helicóptero lo interceptaba y cómo se estrellaba en el mar al hacer explosión la carga de profundidad. En aquel instante, los espectadores estaban inquietos y se preguntaban si la detonación habría matado al animal que tanto dinero habían pagado por ver. Casi al unísono, varias docenas de embarcaciones de pesca de gran tamaño empezaron a aproximarse gradualmente hacia el apático *Kiku*, con la intención de filmar al monstruo, vivo o muerto.

Nueve helicópteros de los medios de comunicación sobrevolaban el *Kiku*, cambiando permanentemente de posiciones en su intento de conseguir mejores tomas. La explosión submarina proporcionaba un nuevo enfoque a la historia. Las cadenas pedían a sus equipos móviles que comprobaran si el *Megalodon* había sobrevivido.

David Adashek viajaba en la parte de atrás del helicóptero del noticiario *Acción 9*, desde donde se esforzaba por ver algo por encima del hombro del cámara del equipo. Alcanzaba a distinguir el apagado resplandor blanquecino del animal, pero no había modo de determinar si estaba vivo o muerto. El piloto agitó el brazo para indicar a Adashek que mirase por el otro lado del helicóptero.

Una flotilla de barcos de recreo se dirigía hacia el *Megalodon* a toda velocidad.

Desde la punta del hocico hasta el extremo de la aleta caudal, toda la piel del depredador estaba salpicada de numerosas púas parecidas a dientes, las dentículas dérmicas. Afiladas y ásperas como papel de lija, tales dentículas constituían otra de las armas naturales del depredador. Mientras la hembra se agitaba, loca de rabia, las dentículas dérmicas iban segando la red y la hacían jirones poco a poco.

Entretanto, Jonas comprobaba con desesperación los fusibles del vehículo, y vio cómo la hembra se liberaba de la trampa a sacudidas. Por último, la fiera se volvió hacia él con las mandíbulas entreabiertas y los dientes triangulares asomando de ellas. Jonas, frenético, pulsó una vez más el botón de encendido del motor, pero no respondió.

El monstruo se lanzó hacia arriba.

Bud y Mac habían bajado a la sala de máquinas y dejaron a Danielson y a Heller en cubierta. Frank estaba asomado sobre el yugo de popa, contemplando las aguas verdes en las que se materializó la masa blanca.

—¡Hijo de...!

¡Bam! La popa estalló y las astillas de fibra de vidrio volaron en todas direcciones. Danielson y Heller cayeron sobre la cubierta, inclinada, y rodaron hacia el agua.

DeMarco asió entre sus manos el cañón de arponear y apuntó. Cuando el *Megalodon* apareció en la superficie, quitó el seguro y contempló cómo la hembra nadaba en aquel momento boca arriba. Un río se agua pasaba por su boca mientras exponía al mundo su vientre blanco brillante. DeMarco disparó.

Clic.

—¡Maldita sea! —La explosión había atascado la cámara interna del cañón.

Toda la tripulación estaba ya en cubierta y, apresuradamente, procedía a ponerse los chalecos salvavidas anaranjados. En la cabina de mando, el médico de a bordo atendía a Masao, consciente en aquel momento. Terry y Pasquale esperaban junto a ellos.

—Se ha fracturado el cráneo, Terry —dijo el doctor—. Tenemos que llevarlo a un hospital lo antes posible.

La muchacha captó el zumbido de los helicópteros que sobrevolaban el barco.

—Pasquale, coge la radio e intenta conseguir que uno de esos helicópteros de noticias se pose en el *Kiku*. Diles que tenemos un herido grave. Doctor, quédese con mi padre. Estaré a popa.

A continuación, salió a toda prisa de la cabina y se encaminó a la cubierta del cabrestante.

David Adashek fue el primero en verla, agitando los brazos con aire frenético en el helipuerto del barco.

—Conozco a esa chica —comentó—. Es la hija de Tanaka. Capitán, ¿puede posar este pájaro en el *Kiku*?

—No hay problema.

—Un momento —intervino el cámara—. Mi productor está gritándome por los auriculares que consiga primeros planos del *Meg*. Se me comerá vivo si aterriza ahí.

—Miren —apuntó David—, el animal ataca al *Kiku*...

—Razón de más para que no nos posemos.

—¡Eh! —intervino el piloto—, tengo una llamada de socorro del *Kiku*. Piden que traslademos a un herido hasta la costa. El hombre de la radio dice que el herido es Masao Tanaka y que parece grave.

—Posa el helicóptero —ordenó Adashek.

El cámara lo miró y torció el gesto.

—¡Que te jodan!

Adashek arrancó la cámara de las manos del hombre y la sostuvo en el vacío por la puerta abierta del piloto.

—Aterriza ahí o le echo esto al *Meg* para que se lo coma.

Momentos después el helicóptero hacía contacto con el helipuerto del *Kiku*.

El *Megalodon* daba vueltas en círculo como un loco debajo del *Kiku*. El casco metálico expuesto de la nave, medio sumergido en el agua, generaba corrientes galvánicas, impulsos eléctricos que estimulaban las ampollas de Lorenzini de la hembra como el chirriar de uñas en un encerado. La incitaban a atacar.

Bañado en sudor, Jonas notó cómo aumentaba su sensación de claustrofobia mientras intentaba alcanzar las conexiones de la batería en la parte trasera del sumergible. A ciegas, palpó los terminales en el interior de los paneles, buscando en vano algún cable desconectado.

Una inesperada corriente zarandeó el *AG-I* y lo envió hacia arriba, lo cual proporcionó a Jonas una visión diáfana de una escena que sobrecogió de miedo su corazón. En aquel instante, el *Megalodon* hundía su hocico en el casco del *Kiku*.

La colisión hizo que toda la tripulación cayera al suelo de cuatro manos. El metal crujió y de abajo emanó un gemido grave.

—¡Hija de puta! —exclamó el capitán—. ¡Ese monstruo del demonio está comiéndose mi barco! ¡Preparad las lanchas! Piloto, llévese a Masao de este barco. Es mejor asegurarse de que no cae una sola gota de sangre al agua.

El piloto del helicóptero miró a Adashek y al cámara.

—Uno de los dos tendrá que quedarse si nos llevamos al herido.

El cámara se volvió hacia Adashek con una sonrisa torva:

—Espero que sepas nadar, amigo.

David notó un nudo en el estómago cuando abandonó la seguridad del helicóptero para dejar sitio a bordo a Masao, a quien el doctor y Terry colocaron en el asiento. El periodista se quedó en la escorada cubierta y observó cómo el helicóptero despegaba hacia tierra firme.

—¿En qué carajo te has metido ahora, David? —se preguntó en voz alta.

Estrujado contra la borda de babor, Dick Danielson se incorporó dolorido, agarró a Heller por los sobacos y lo ayudó a ponerse en pie.

—¡Nos hundimos!

—¡No me jodas! —Heller miró a su alrededor—. ¿Dónde están Harris y Mac?

—Muertos, probablemente. Si es así, han tenido mucha suerte.

—La Zodiac. —Heller señaló la lancha hinchable—. ¡Vamos!

El *Magnate* estaba cargando agua rápidamente. Empezó a virar en círculo y la escora se hizo más pronunciada, lo cual dificultó el empeño de los dos hombres por izar la lancha motorizada por encima de la borda y bajarla al agua. Cuando tocó la superficie con un chapoteo, Danielson miró a Heller.

—Adelante.

Heller se descolgó de la borda seguido de su antiguo capitán. Danielson puso en marcha el motor fuera borda de sesenta y cinco caballos; con un carraspeo, el aparato cobró vida y Danielson dio gas. La proa liviana se alzó sobre el agua y la Zodiac avanzó dando saltos sobre las olas, acelerando hacia tierra, en dirección a la masa de embarcaciones que se acercaba.

—¡Dick, cuidado con esa gente! —aulló Heller. El viento azotaba sus oídos.

Danielson tenía poco espacio para maniobrar; el frente que ocupaban las embarcaciones era demasiado ancho como para rodearlo. Aminoró la velocidad y zigzagueó entre la primera oleada de cascos.

La hembra de *Megalodon* ascendió de las profundidades del Pacífico, pero su boca abierta no alcanzó la Zodiac; su ancho lomo, en cambio, golpeó la lancha de goma y envió la embarcación a cinco metros de altura. Heller y Danielson salieron despedidos como muñecos de trapo y cayeron al océano, cada uno a un lado del monstruo.

El ataque de la hembra provocó una reacción en cadena. Dos de los barcos de pesca que se acercaban se desviaron bruscamente hacia las embarcaciones situadas a su costado y crearon con ello dos frentes separados. Entre las demás embarcaciones se impuso el caos. Olvidaron las normas de navegación en aras del sentido de autoconservación.

Los gritos rasgaron el aire mientras los pilotos intentaban virar y poner proa a tierra frenéticamente, sin señalar la maniobra, pero con ello solo conseguían abordar a las embarcaciones que tenían detrás.

Los ocho helicópteros de periodistas que quedaban descendieron a veinte metros de la flotilla y su presencia contribuyó a la confusión.

Danielson emergió en la superficie, escupió agua de mar entre toses y echó a nadar hacia el barco de recreo más cercano, una motora de diez metros sobrecargada con diecisiete pasajeros y un perro perdiguero de pelaje dorado. Incapaz de alcanzar con la mano un punto de agarre desde el cual encaramarse a bordo, se apoyó en el casco. Los pasajeros no lo veían y el estruendo de los helicópteros les impedía oír sus gritos de socorro. Entonces vio la escalerilla y nadó hacia ella impulsándose con las piernas.

Las fauces cavernosas aparecieron desde abajo sin previo aviso y arrastraron a Danielson bajo el agua. El hombre tuvo tiempo de asirse a la escalerilla en un último gesto y se aferró al aluminio, negándose a soltarse. Sus piernas, segadas a la altura de las rodillas, escaparon de la boca del monstruo mientras de las heridas abiertas manaba la sangre, que las hélices del bote esparcían en todas direcciones.

Los sentidos del *Megalodon* perdieron el rastro de la presa. Confundida por la nube de sangre, la hembra se sumergió para volver a situarse.

Danielson soltó un alarido, agarrado todavía a la escalera. Por fin, los pasajeros lo oyeron, corrieron a ayudarlo y lo izaron por las muñecas hasta dejarlo tendido sobre el yugo de popa.

El *Megalodon* alzó la cabeza del agua en vertical, alargó las mandíbulas abiertas por encima de la popa de la embarcación y sus dientes atraparon delicadamente a Danielson arrojando su cuerpo herido al aire, por encima de su boca abierta. Como un perro que cogiera una galleta, el tiburón de veinte metros atrapó a su presa en el aire, cerró las mandíbulas con fuerza sobre Danielson y engulló sus restos. Luego desapareció de nuevo bajo las olas antes de que los testigos, petrificados, tuvieran ocasión de iniciar los primeros gritos de protesta.

Los pilotos de los ocho helicópteros de los equipos móviles que sobrevolaban el lugar del encuentro en formación cerrada, trazando círculos a unos quince metros de las olas, dieron muestras de pánico al apreciar por primera vez las enormes dimensiones del *Megalodon.* Su reacción inmediata fue situarse a una altitud más segura.

Ocho palancas de mando fueron accionadas a la vez y ocho juegos de palas ascendieron hacia el mismo espacio.

Tanto miedo les producía el monstruo de abajo que no prestaron la menor atención al peligro que llegaba de arriba.

Dos helicópteros se elevaron en direcciones que se cruzaban y las palas de sus rotores tropezaron e iniciaron una reacción cataclísmica. La metralla volante salió despedida hacia las palas de los otros aparatos, violando su espacio aéreo. En cuestión de segundos, los ocho helicópteros chocaron entre ellos o recibieron el impacto de fragmentos de los otros, que les destrozaron los rotores. Como bolas de fuego, los aparatos estallaron de dos en dos y esparcieron una lluvia de metal, gasolina y pedazos de cuerpos humanos sobre el concurrido mar.

A quince metros bajo la carnicería, el depredador daba vueltas en círculos, lentamente, y lanzaba bocados a los restos que se hundían, tratando de distinguir la comida con sus poderosos sentidos.

El hambre estimulaba a la fiera y la volvía voraz.

Frenesí voraz

La en un tiempo poderosa fragata de la Marina de Estados Unidos se inclinó de costado y, finalmente, el casco inundado desapareció bajo las olas. Los veintitrés tripulantes, apiñados en dos botes salvavidas, remaron con desesperación para escapar de los remolinos y corrientes que producía el barco al hundirse y que parecían querer atraerlos desde abajo. Los náufragos habían decidido no utilizar los motores fuera borda para no atraer al monstruo.

Leon Barre, con lágrimas en los ojos, observó cómo la proa de su nave se deslizaba en silencio al fondo del Pacífico.

Terry Tanaka escrutó las olas en busca de algún rastro de Jonas y del *Abyss Glider*. David Adashek estaba visiblemente asustado, como la mayoría de los tripulantes. Junto a él, preparado en cuclillas, DeMarco esperaba a que reapareciera el monstruo.

Leon Barre se levantó por encima de los remeros y observó el lío de embarcaciones y restos de helicópteros diseminados a un kilómetro de su posición.

—¡Hija de puta! —masculló para sí—. ¿Ponemos

en marcha los motores o esperamos? —Estudió las miradas de los tripulantes y vio miedo en ellos—. ¿DeMarco?

—No lo sé. Tengo que creer que esas embarcaciones han atraído la atención de la fiera. ¿Qué velocidad alcanzan estas lanchas?

—Con lo sobrecargados que vamos, quizá nos lleve diez o quince minutos llegar a tierra.

Los hombres alzaron la vista hacia él y asintieron con la cabeza.

—Espera... —indicó Terry a Barre. Después, miró a los demás—. Jonas dijo que el animal capta las vibraciones del motor. Debemos esperar hasta que el *Megalodon* despeje la zona.

—¿Y si no lo hace? —preguntó Steve Tabor—. ¡Tengo mujer y tres hijos!

—¿Qué quiere? ¿Que nos quedemos aquí sentados, esperando a que nos devoren vivos?

DeMarco levantó las manos y miró a Terry.

—Escúchame, Terry, Jonas está muerto y puede que los demás terminemos igual si nos quedamos de brazos cruzados esperando que el *Megalodon* no nos encuentre. —Hubo murmullos de asentimiento—. Mira lo que sucede ahí. La fiera está almorzando. ¡Si nos quedamos aquí, seremos el postre!

Todas las miradas se volvieron hacia la flotilla, desde donde llegaban, aunque débiles, los gritos de espanto. Terry notó un nudo en la garganta. Intentó tragar saliva y contener las lágrimas.

Jonas estaba herido o muerto y se disponían a abandonarlo. Terry fijó la mirada al frente y vio que una lancha de competición en forma de cigarrillo se alzaba del agua y flotaba en la superficie. Nuevos gritos hendieron el aire y la muchacha se dio cuenta de que no tenía más opción que marcharse.

Los dos motores se pusieron en marcha y el bote salvavidas de Leon Barre se situó delante y se dirigió hacia el sur para flanquear el caos que tenía delante.

Frank Heller había conseguido acercarse a nado hasta una de las embarcaciones. Agotado y loco de miedo, se quedó en el agua agarrado al costado de la red de atunes de un pesquero y cerró los ojos, esperando la muerte.

Transcurrieron los minutos.

—¡Eh! —Frank abrió los ojos y apareció ante él un negro musculoso que se inclinaba sobre el yugo de popa—. Este no es momento para tomar un baño. Métase en el barco.

Una manaza agarró a Heller por el chaleco salvavidas y lo izó a bordo.

Bud Harris despertó con el agua hasta el pecho en la escorada cabina de mando de su yate. Se incorporó y estuvo a punto de perder el sentido ante el dolor insoportable de la herida de la cabeza. Milagrosamente, el *Magnate* se mantenía a flote. Vio a Mac, que accionaba la radio costera y, con una mano en la cabeza, le preguntó qué había sucedido.

—Supongo que el animal se molestó bastante con esa carga de profundidad —respondió Mac—. Estábamos en la sala de máquinas cuando embistió. Te he subido como he podido, pero este yate tuyo se hunde deprisa.

—¿Y la Zodiac?

—No está. Tus camaradas decidieron llevársela para dar un paseíto.

—Cabrones. Ojalá hayan muerto con dolor.

El yate estaba equipado con varias bombas internas. Bud localizó los controles y pulsó los interruptores correspondientes. Los motores se pusieron en acción y todo el barco vibró mientras el agua era expulsada por la borda.

Mac desconectó las bombas.

—Demasiado ruido. Demasiado ruido —repitió—. Acabo de hablar con el servicio de Guardacostas. Estamos en la lista de espera.

—¿Lista de espera?

—Mira alrededor, amigo —dijo Mac—. Ese monstruo está furioso.

Bud cruzó la sala de control y bajó la escalera hasta su inundada suite principal. La habitación estaba casi por completo bajo el agua. Tomó aire, se sumergió y emergió treinta segundos después, jadeante. En la mano tenía una botella de Jack Daniels por abrir. Volvió a la sala de control estremeciéndose de frío. En el tabique del fondo tenía una foto enmarcada de su padre. La cogió y, cuando la quitó, quedó a la vista una pequeña caja de seguridad. Marcó la combinación, la abrió y sacó una pistola Magnum del 44, cargada. Luego, volvió a la cabina de mando.

Mac vio el arma y soltó una risilla.

—Qué, Harry el Sucio, ¿vas a matar al tiburón con eso?

Bud apuntó con el arma a la cabeza de Mac.

—No, pero podría matarte a ti, piloto.

El impotente *Abyss Glider* se mecía un metro por debajo de la superficie con la parte delantera, más pesada, apuntando directamente hacia el fondo del océano. Jonas estaba empapado en sudor y, conforme se reducía el suministro de aire, se le hacía cada vez más difícil respirar. Había encontrado los cables eléctricos desconectados; los fijó de nuevo y tiró con todas sus fuerzas de la oxidada tuerca de alas intentando tensar la conexión utilizando solo los dedos. La tuerca dio una vuelta y no pasó de ahí.

—Tendrá que bastar con eso —refunfuñó mientras giraba el cuerpo y recuperaba la posición del piloto, boca abajo. Notó que le subía la sangre a la cabeza—. ¡Vamos, encanto, dame un poco de energía!

El *AG-I* volvió a la vida con un traqueteo y envió un soplo de aire frío a su rostro por el sistema de ventilación. Jonas tiró hacia atrás de la palanca, desequilibró el submarino y lo condujo a la superficie. Una vez allí, Jonas miró en torno a sí.

El *Kiku* había desaparecido. A la derecha vio al *Magnate*, renqueante pero todavía a flote. Y a continuación distinguió a la flotilla.

Inmóviles todavía sobre el cañón de Monterrey, en aguas muy próximas al Acuario Tanaka, André Dupont y varios centenares de curiosos contemplaron con horror cómo el *Megalodon* se alzaba del mar para sembrar el caos entre sus desdichados camaradas que se habían arriesgado a acercarse para echar un vistazo a la criatura que un rato antes estaba dormida. Incluso a un kilómetro de distancia, el tamaño y la voracidad del monstruo dejaron perplejos a los amantes de las cámaras que habían optado por la prudencia. Pero las circunstancias habían cambiado; aquello ya había dejado de ser un juego: ¡aquella pobre gente estaba siendo despedazada!

Todos llegaron a la misma conclusión: quedarse en el agua significaba que a ellos también podían devorarlos. Olvidando su puerto de origen, todas las embarcaciones viraron en redondo y trataron de ganar tierra a la carrera. Sin un titubeo, los pilotos propulsaron sus barcos hacia las aguas someras y los lanzaron hasta la propia arena de las playas de la bahía de Monterrey.

André Dupont observó el éxodo masivo. En cuestión de minutos, el pesquero era el único barco que permanecía en el agua. Etienne se acercó a la borda y dio un codazo a Dupont.

—André, el capitán está de acuerdo en mantenerse en las aguas poco profundas.

Dupont no apartó la vista de los prismáticos.

—¿No piensa llevar el barco hasta la playa, como los demás?

—Dice que acaba de pintar el casco y no quiere estropearlo —respondió Etienne con una sonrisa.

Dupont miró a su ayudante.

—Esa gente de ahí... Van a morir todos. Tendríamos que hacer algo.

—El capitán ha dicho que la guardia costera está en camino.

De pronto, el palangrero empezó a vibrar. Los motores habían entrado en funcionamiento.

Cuando Dupont se llevó los prismáticos a los ojos otra vez, localizó los dos botes salvavidas que se aproximaban a toda velocidad.

—Amigo mío, haz el favor de pedirle a nuestro capitán que apague motores, si no quiere que esa fiera también se lo coma a él.

Jonas aceleró a treinta nudos y mantuvo la profundidad constante a siete metros. Momentos después, avistó la matanza.

Tres motoras de pequeño tamaño iban camino de sus lugares de descanso definitivo en el fondo del mar, con los cascos de fibra de vidrio ahora hechos astillas. Jonas rodeó los restos; los pasajeros habían escapado o habían sido devorados. A continuación, llevó el submarino a la superficie, temeroso de lo que imaginaba que iba a encontrar.

La veintena de embarcaciones que hacía unos minutos componía la flotilla ahora consistía en un laberinto de fibra de vidrio flotante y de restos de cabinas diezmadas, cubiertas destrozadas y cascos rotos. Jonas contó ocho barcos de pesca intactos, con las cubiertas sobrecargadas de turistas aterrorizados. Un helicóptero de la Unidad de Rescate del servicio de Guardacostas sobrevolaba uno de los barcos e izaba de su cubierta a una mujer histérica, sujeta con un arnés. Los que quedaban a bordo parecían discutir a gritos y se empujaban en un intento de ser los siguientes.

¿Dónde estaba el *Megalodon*?

Jonas descendió a diez metros y patrulló la zona en círculo. La visibilidad era mala y había restos de naufragios por todas partes. Notó que el corazón le latía aceleradamente y movió la cabeza de forma rápida en todas las direcciones posibles.

Por fin, distinguió la aleta caudal.

La hembra se alejaba de Jonas a buena velocidad y su

cola desapareció en la bruma gris con un latigazo. Jonas llevó el *Glider* a la superficie y localizó la inmensa aleta dorsal que cortaba las olas sobre la superficie.

El monstruo se dirigía hacia tierra.

Los dos botes salvavidas estaban a menos de un kilómetro de tierra cuando la aleta dorsal apareció detrás de la que cerraba la marcha y redujo rápidamente la distancia que los separaba. Luego, desapareció.

Barre se incorporó y volvió la mirada atrás, hacia la otra lancha. Señaló a sus ocupantes y luego, con gestos enérgicos, movió el brazo hacia el sur repetidas veces. Después llamó a Pasquale, que llevaba el timón de la lancha en la que se hallaba, e indicó el norte. Los supervivientes se dispersarían.

A casi treinta metros de profundidad, el *Megalodon* sacudió la cabeza. La hembra estaba perpleja; sus sentidos habían registrado una presa y ahora había dos. Se dirigió a la superficie para atacar.

Terry y DeMarco vieron alzarse el resplandor blanquecino una fracción de segundo antes de que sus cuerpos dieran vueltas como un giroscopio, fuera de control. Una explosión, el luminoso cielo azul, una lluvia de cuerpos y, por fin, el agua gélida. La lancha quedó volcada del revés y el motor dejó de funcionar.

Doce cabezas asomaron en la superficie, entre toses y gemidos. Doce pares de manos se agarraron con desesperación al bote salvavidas volcado, cuyo casco de madera brillaba bajo el sol difuso.

Los dos metros de aleta dorsal trazaban círculos a diez metros de ellos; su propietaria estaba calculando el volumen de su siguiente comida. Veinte mil kilos de *Me-*

galodon surcaban la superficie relajadamente y su enorme masa creaba una corriente que empezó a hacer girar el bote salvavidas y a los agarrados a él. La fiera había asomado la cabeza, ladeada en el agua. Con las mandíbulas ligeramente entreabiertas, el agua fluía a su boca. En silencio, incapaces de apartar la vista del monstruo, los hombres contemplaban a la hembra de *Meg* mientras giraban en la corriente que esta producía.

Terry lanzó un gemido cuando a uno de los hombres le resbaló la mano con que se asía al casco. El desdichado gritó y fue arrastrado por el torbellino creado por la fiera alejándolo de la lancha. El hombre se resistió, pataleando contra la corriente y nadando con todas sus fuerzas. Y cuando vio la inmensa boca abierta, emitió un alarido.

El *Megalodon* se había detenido y había levantado la cabeza del agua mientras atraía a su presa. El hombre notó que la resaca disminuía e hizo un nuevo intento por vencerla, nadando con todas sus fuerzas. Entonces oyó que los demás gritaban algo y miró atrás.

La punta triangular del hocico tapó el sol. Hipnotizado, el hombre musitó una plegaria y escondió la cabeza entre las manos mientras la boca gigantesca lo engullía entero.

Como ratas a punto de ahogarse, los otros once supervivientes intentaron encaramarse al casco volcado de la manera que fuese. Adashek se agarró al soporte del motor y se izó a pulso. DeMarco se agarraba al casco de fibra de vidrio con los dedos despellejados y ensangrentados. Sabía que no podía resistir mucho más allí colgado. El cazador dio vueltas lentamente y la corriente que formaba volvió a cobrar fuerza. Esta vez, DeMarco no opuso resistencia. Pensó en su esposa, que lo estaría esperando en el aparcamiento. Le había prometido que aquel sería el último viaje, pero ella no le había creído.

Terry vio a DeMarco y lanzó un grito.

—¡Al! ¡Nada, Al! —Con potentes brazadas, la muchacha se apartó de la lancha volcada. Al pasar junto a DeMarco, lo cogió del brazo por detrás y tiró de él, atrayéndolo hacia sí.

—No, Terry, déjame. Sube al bote y...

—De eso, nada, maldita sea.

—Terry... ¡Oh, Dios...!

El *Megalodon* avanzó hacia ellos deslizándose por la superficie perezosamente, como una barcaza letal. De nuevo, ladeó la cabeza y una corriente de agua penetró en su boca. Terry se descubrió concentrada en el grueso hocico, moteado de negras ampollas de Lorenzini. A continuación, las mandíbulas se extendieron y dejaron a la vista los dientes blancos y brillantes, todavía con restos de carne humana.

Terry y DeMarco patalearon frenéticamente cuando las mandíbulas se abrieron más, con las encías rosadas a la vista y los dientes triangulares como una sierra, para hacer espacio a la comida.

Terry Tanaka miró hacia atrás, paralizada. Notó que perdía la conciencia y no reconoció el ronroneo familiar del motor.

Trescientos kilos de sumergible y su piloto surgieron del mar, trazaron una corta parábola en el aire y cayeron sobre la mandíbula superior del monstruo. La cabeza triangular se levantó en el agua y de la cuenca de su ojo izquierdo rezumó la sangre.

El *AG-I* rodó de nuevo al agua, descendió aceleradamente y rodeó a la hembra por detrás.

—¡Vamos! —aulló Jonas a la criatura—. ¡Vamos, cógeme si puedes!

Como un toro furioso, el *Megalodon* se sumergió bajo las olas para darle caza. Jonas se volvió, vio aparecer ante él la boca del tamaño de la puerta de un garaje y forzó el *Abyss Glider* en un cerrado viraje a babor con el que esquivó las fauces abiertas.

Las mandíbulas del *Megalodon* se cerraron sin atrapar otra cosa que agua. La presa había escapado y la fiera volvió a localizarla de inmediato. Enfurecida, se lanzó hacia el objetivo como un torpedo de veinte metros.

Jonas comprobó la velocidad: treinta y cuatro nudos, pero el monstruo acortaba rápidamente la distancia que los separaba. Se preguntó hacia dónde ir. Desde luego, lejos de Terry y de los demás. Notó un impacto por detrás cuando el *Meg* embistió el estabilizador de cola del sumergible. Jonas viró a estribor y ascendió rápidamente.

De nuevo, el *AG-I* saltó al aire como un pez volador. Pegado a su popa venía el *Megalodon*, lanzando bocados al aire con todo el torso superior a la vista. El sumergible de Jonas cayó sobre las olas con un fuerte golpe y el depredador se zambulló de costado en el océano detrás de él, con un chapuzón atronador que rivalizaba con el de la ballena jorobada más voluminosa.

Jonas se apoyó en la palanca de mando para aumentar el ángulo de inmersión... ¡y no sucedió nada! Con la brusca entrada en el agua, el cable de la batería debía de haberse soltado otra vez. Se volvió como pudo en la cápsula y, con dedos frenéticos, buscó la conexión y la reparó. El sumergible volvía a tener energía.

Taylor sabía que no tenía tiempo. Llevó el pie izquierdo hacia atrás y empujó el acelerador con los dedos. El vehículo aceleró milésimas de segundo antes de que las mandíbulas de tres metros se cerrasen justo en el lugar que ocupaba. Se volvió de nuevo en la angosta cápsula y rogó fervientemente que la conexión de la batería aguantase.

El *Megalodon* estaba sobre él otra vez. Sus mandíbulas casi rodeaban al pequeño sumergible. Jonas viró a babor y el hocico pasó a su derecha sin rozarlo. En el tablero de instrumentos se encendió una luz roja parpadeante. ¡Las baterías estaban agotándose!

Hizo girar el sumergible en redondo y no consiguió localizar a su perseguidor. Aminoró la velocidad y notó en la distancia el ronroneo de un bimotor.

André Dupont tardó diez minutos en convencer al capitán del pesquero de que el instituto pagaría los daños que pudiera sufrir el barco. Por fin, el capitán accedió y el barco salió al rescate de los supervivientes del bote salvavidas naufragado.

Terry Tanaka fue izada a bordo por Dupont. La muchacha intentó mantenerse en pie pero se desvaneció en cubierta. Adashek, de puros nervios, vomitaba. DeMarco y otros tripulantes cayeron de rodillas en cubierta y dieron gracias a su Hacedor por haberles salvado la vida.

Alzándose ocho metros de la superficie del Pacífico, la hembra de *Megalodon* mordió el bote salvavidas entre sus mandíbulas hiperextendidas e hizo astillas el casco de madera. Los fragmentos llovieron sobre la cubierta del pesquero, seguidos de una ola de tres metros provocada por el monstruo al caer, golpeando con el torso la superficie del océano.

André Dupont no tuvo tiempo de reaccionar. La ola le dio de plano y lo barrió al mar. Terry soltó un grito y, de inmediato, vio el *AG-I* que asomaba en la superficie.

A diez metros del pesquero, el sumergible de Jonas se detuvo, con los motores en silencio.

Jonas dio varias patadas a la caja de baterías pero sabía que era inútil. El voltímetro marcaba cero. El sumergible se había quedado sin energía definitivamente. Poco a poco, el cono de proa de lexan, más pesado, se hundió en el agua más que el resto del vehículo y este quedó inclinado boca abajo en el agua como un corcho.

Suspendido del revés por el arnés de piloto, Jonas escrutó la bruma gris que tenía debajo. Notó latir la sangre en las sienes y percibió un movimiento a su izquierda. Una silueta de pequeñas dimensiones se acercaba al buque de pesca.

—¿Dónde estás? —murmuró Jonas en voz alta—. Tengo que abandonar el sumergible y subir a ese barco.

La hembra se alzó de las profundidades sin prisas. Notaba que su adversario estaba herido. A treinta metros, empezó a acelerar y entreabrió más las mandíbulas mientras movía el hocico para localizar el olor.

Jonas vio aparecer de la oscuridad la cara blanca y la sonrisa satánica. Se sentía como siete años atrás. Estaba otra vez en el *Seacliff*, pero esta vez no había retirada, ni escapatoria. «Esta vez voy a morir», pensó. Y, extrañamente, no sentía ningún temor.

Entonces volvieron a su memoria las palabras de Masao: «Si conoces a tu enemigo y te conoces a ti mismo, no debes temer por el resultado de cien batallas».

—Yo conozco a mi enemigo —dijo en voz alta.

La cara estaba ahora a veinte metros y las mandíbulas empezaban a abrirse.

Quince metros.

Diez.

Jonas alargó la mano derecha, agarró la palanca y la giró en sentido contrario a las agujas del reloj.

Siete metros. Respiró profundamente para relajar su acelerado corazón.

¡Tres metros! Las mandíbulas hiperextendidas.

A Jonas se le escapó un grito y tiró de la palanca hacia sí. El combustible se encendió y el *AG-I* se transformó en un cohete que salió disparado hacia las fauces abiertas del *Megalodon*.

La negra caverna envolvió a Jonas, que dirigió el sumergible al centro exacto de su diana y pudo ver fugazmente los arcos enormes, casi góticos, del paladar cartilaginoso del animal, antes de que se cerrara en torno a él la oscuridad total mientras el *AG-I* avanzaba como una centella sobre la lengua del depredador y se sumergía en el esófago.

Los alerones centrales del *Abyss Glider* efectuaron unos profundos cortes en las paredes del esófago y rasgaron varios metros de tejidos blandos antes de romperse y desprenderse del cuerpo del sumergible. Este, con su forma de torpedo, continuó el avance impulsado por el cohete de hidrógeno.

Jonas pensó que iba a estrellarse y tiró de la palanca para cortar la combustión casi al tiempo que el *AG-I* topaba con una masa carnosa y oscura. Cuando comprobó que seguía vivo, exhaló un suspiro.

Jonas había cruzado las puertas del infierno.

En el infierno

La hembra de *Megalodon* surgió del Pacífico con una explosión y se elevó del agua casi hasta la aleta caudal. Durante un momento eterno, el monstruo de veinte toneladas quedó suspendido en el aire como un pez vela y luego se sumergió de nuevo en su reino líquido con la boca abierta, loco por apagar el fuego que ardía en su interior.

Aunque las baterías del *AG-I* estaban agotadas, el pequeño generador de emergencia del sumergible podía mantener en funcionamiento los sistemas de apoyo vital durante casi una hora. Jonas conectó la luz exterior.

El *Abyss Glider* se había alojado en las regiones superiores del estómago del *Megalodon*. El agua de mar calentada en el cuerpo cubría de vaho el lexan y montones de objetos parduscos daban vueltas entre las paredes firmes y rosadas. Jonas observó el termómetro que señalaba la temperatura del exterior: treinta y dos grados.

—Asombroso —murmuró en voz alta, e hizo un esfuerzo por mantenerse concentrado, lejos de los pensamientos que podían atenazarle de pánico. Gruesos pedazos de grasa de ballena chocaban con el morro de plástico del sumergible. Jonas se sentía al borde del vómito pero no podía dejar de mirar. Podía discernir los restos de una marsopa, una bota de goma y varios fragmentos de madera. Glóbulos fundidos de grasa de ballena parcialmente digerida flotaban en la invisible periferia. Entonces vio algo distinto. Era una pierna humana, segada por la rodilla. Luego apareció otra figura, un torso medio destrozado. La figura tenía una cabeza, un rostro, todavía reconocible... ¡Era Danielson!

Jonas notó una náusea y el vómito que le venía sofocó su grito. Las paredes se cerraron sobre él y experimentó convulsiones de temor. El sumergible se escoró pronunciadamente a un lado, siguiendo el movimiento del inmenso estómago, e impulsó fuera de la vista los restos del antiguo oficial mientras su anfitrión se agitaba, brincaba y saltaba fuera del agua, revolviéndose de dolor.

André Dupont, sentado en la cubierta, recuperó el aliento mientras contemplaba con asombro y temor a la mayor criatura que jamás haya habitado los océanos revolverse entre espasmos, totalmente fuera de control. Terry se quedó de pie con las piernas temblorosas. Unas lágrimas surcaban sus mejillas. Había visto prender el cohete y, por tanto, sabía qué había hecho Jonas. En aquel momento, comprendió la profundidad de sus sentimientos hacia él.

Leon Barre discutía con el propietario del palangrero, a quien advertía que los motores del barco atraerían al monstruo. El dueño, un hombre ya mayor, masculló unos juramentos pero decidió que, en efecto, quizá sería mejor apagar los motores.

El *Megalodon* se sumergió con las entrañas quemadas por las llamas del cohete e intentó regurgitar el objeto que había engullido. Por fin, expulsó por la boca dos secciones de metro y medio de plancha de óxido de aluminio, junto con varios pedazos sanguinolentos de tejido esofágico. Los estabilizadores rotos del *Abyss Glider* flotaron ante el hocico del animal y este, incapaz de resistirse a un instinto desarrollado a lo largo de setenta millones de años, abrió la boca y volvió a tragárselos con los restos de sus propias entrañas.

Jonas se estremeció sin poder evitarlo; sus nervios eran presa de un temblor incontrolable entre un horror carnal inimaginable. Hasta aquel momento no había sabido lo que era de verdad la claustrofobia. Lo que era sentir miedo de verdad.

Entonces recordó a Terry. Ella, entre todas las cosas, podía darle esperanza.

—Terry sigue con vida —refunfuñó en voz alta—. Y yo, también. ¡Concéntrate, Jonas, maldita sea! Piensa. ¿Dónde estás?

Obligó a su mente a recordar los pulcros diagramas clínicos de la anatomía interna de un gran tiburón blanco, que tan bien conocía. El sumergible había dejado atrás el esófago y, por tanto, debía de estar en la zona alta del estómago. ¿Qué podía hacer? ¿Era posible matar al *Megalodon* desde dentro?

Jonas se dio cuenta de que, con aquellos pensamientos racionales, su respiración acelerada se había calmado. «Estás bien —se repitió—. Estás bien.» Los latidos de su corazón resonaban en sus oídos, cada vez más fuerte, hasta casi impedirle oír su propia voz.

«¡Pero si esos latidos no son míos! —advirtió de repente. En su cabeza reapareció el diagrama: el esófago, el estómago...—. ¡Es su corazón!» Sí; el corazón de dos cámaras del gran tiburón blanco estaba situado detrás de las agallas y delante del enorme hígado; ¡directamente debajo del estómago!

Una serena determinación empezó a adueñarse de Jonas. Tenía un plan, un rayo de esperanza. Volvería a ver a Terry. Se apoyó sobre un costado y localizó un pequeño compartimento bajo el cojín del asiento. En el compartimento había unas gafas, un regulador y una pequeña bombona de oxígeno de emergencia. Cogió los tres objetos, se puso las gafas y comprobó que el paso de oxígeno funcionaba correctamente. Cuando estuvo seguro de ello, buscó el cuchillo submarino.

No lo encontró. Y ahora, ¿qué? ¿Cómo iba a cortar el grueso tejido muscular de los órganos internos del *Megalodon*? Tanteando a ciegas, sus dedos encontraron la bolsita de cuero, de donde extrajo el diente fosilizado de su funda protectora y lo guardó bajo el cinturón del traje isotérmico. Cogió una linterna y aseguró el pequeño cilindro del oxígeno a su pecho con las cinchas de velcro.

Ya estaba preparado. Jonas abrió la escotilla de la parte trasera del sumergible. La zapatilla de caucho perdió su estanqueidad con un siseo cuando Jonas empujó la compuerta circular y la entreabrió. Un líquido denso y caliente al tacto empezó a filtrarse en el sumergible. Respirando a través del regulador, Jonas se deslizó por la escotilla e iluminó la oscuridad ácida con la linterna.

El estómago de la fiera era una cámara de músculos perfectamente confinada, palpitante, en constante movimiento, que batía los restos de comida en una atmósfera cáustica de humedad, secreciones corrosivas y agua de mar. El órgano digestivo protestó por su presencia con unos gorgoteos agudos que se alternaban con una serie de gruñidos graves y resonantes. Debajo de todo ello, el bum bum constante del corazón del *Megalodon* vibraba a través del cuerpo de Jonas.

Sin un arriba y un abajo discernibles, el estómago parecía ser una mera bolsa de músculos que se expandía y se contraía continuamente. Jonas sacó la pierna del *AG-I* y, al hacerlo, notó cómo el sumergible cambiaba de posición. Con el pie derecho tocó el revestimiento interno del estómago, que le produjo la impresión de pisar una superficie de masilla. Un líquido espeso rezumaba de unos poros en el músculo, se coló entre los dedos y le escaldó el pie. Sacó la otra pierna por la escotilla. Sin previo aviso, el estómago se hinchó debajo de él y toda la bolsa de músculo giró tres cuartos de vuelta. Jonas perdió pie y cayó de espaldas. Al momento, notó el calor de la mucosa que atacaba el traje isotermo. Con una náusea, se puso a gatas y avanzó sobre la superficie desigual, de potente musculatura.

Las manos empezaban a arderle y el cambio de temperatura le empañaba las gafas. Contuvo la respiración, incorporó el cuerpo hasta quedar de rodillas, se quitó las gafas y escupió en el cristal para limpiarlo de vaho. El olor acre le provocó otra náusea y le escoció rápidamente en los ojos.

Aspiró con fuerza por el regulador mientras volvía a colocarse las gafas. Sí, así estaba mejor. Se recomendó a sí mismo mantener la calma y respirar profundamente. Bien, ¿y cuál era la parte del vientre del animal? Notó un cambio de presión y agarró el alerón de cola del *AG-I* en el momento en que volvía a ser lanzado hacia atrás. El sumergible estuvo a punto de venírsele encima y, mientras lo esquivaba, vio moverse algo. Enfocó la linterna hacia un objeto..., no, dos objetos relucientes: ¡eran los alerones desprendidos del sumergible! Las planchas de metal se deslizaron más adentro del estómago, guiadas por las paredes musculares del tracto digestivo.

Jonas hizo cálculos mientras el *Megalodon* se equilibraba una vez más. Aplicó el oído a la masa hinchada que tenía debajo y escuchó el bum, bum, bum cada vez más potente. Apoyado en el pesado sumergible, asió el afilado diente de veinte centímetros como si fuera un cuchillo prehistórico y hundió la punta en el tejido estomacal.

El diente rebotó en el tabique de músculos gruesos y firmes y se le escapó de la mano. Frenético, tanteó la mucosa con la mano hasta que volvió a encontrar el diente. Una sensación de amenaza hizo añicos su calma. «Voy a morir aquí dentro», pensó.

Todavía a gatas, sujetó el diente con ambas manos y lo clavó de nuevo, aplicando todo su peso; esta vez, utilizó los cantos, con sus resaltes, a modo de sierra. El grueso tejido fibroso empezó a rasgarse, pero el trabajo fue lento, como cortar carne cruda con un cuchillo de mantequilla. Jonas trazó una incisión de algo más de un metro en el revestimiento interno y, a continuación, siguió pasando los bordes del improvisado cuchillo contra la elástica musculatura. El *Megalodon* no podía notar el corte que le estaba haciendo Jonas en el estómago, pero las heridas a lo largo del tracto digestivo provocaron que la fiera boqueara. Nervioso, el depredador salió a la superficie para atacar.

Con la mano izquierda, Bud Harris pulsó el interruptor que ponía en marcha las bombas del *Magnate*. En la diestra empuñaba la pistola, amartillada y apuntada a la cabeza de Mac.

—¿Por qué pones en marcha las bombas? —preguntó Mac—. Atraerás al bicho.

—Eso es lo que quiero. Muévete.

Bud le puso el cañón del arma en la boca mientras con la otra mano lo agarraba por el cuello; así, lo condujo a cubierta. El sol de última hora de la tarde bañaba la cubierta hundida del yate.

—Ese monstruo ha destruido a mi mujer, a la única persona que me ha importado en la vida —sollozó Bud—. Esa criatura, esta pesadilla albina, continúa persiguiéndome y me impide dormir. Me impide vivir. ¡Y tú...! —Bud acercó su rostro al de Mac—. ¡Tú tenías que interferir, tenías que hacerte el héroe...! —Dicho esto, se apartó un poco y, con un gesto, indicó a Mac que avanzara hacia la borda—. Adelante.

—¿Eh? —Mac captó el ruido del helicóptero del servicio de Guardacostas que intentaba detenerse en el aire sobre la embarcación.

Bud disparó una vez y la Magnum abrió un boquete de diez centímetros en la cubierta.

—Tú querías salvar a ese monstruo... —masculló—. ¡Ahora le servirás de comida! —Disparó de nuevo y esta vez acertó a Mac en la pantorrilla derecha. Mac cayó al suelo con la pierna ensangrentada—. El próximo tiro será en al estómago, de modo que te sugiero que saltes ahora.

Mac se arrastró hasta la borda y se encaramó a ella.

—¡Estás chiflado, amigo!

El piloto saltó al agua y se alejó.

—Nos veremos en el infierno.

Las espasmódicas contracciones musculares del ardiente estómago de la hembra le afectaban todo el vientre y las aletas pectorales. El *Megalodon* necesitaba alimentarse para apagar las llamas que ardían en su interior.

Las vibraciones del *Magnate* se convirtieron en un reclamo y el olor de la sangre de la herida de Mac le resultó embriagador. La fiera aprovechó la termoclina para acelerar su marcha, se aproximó al casco del *Magnate* y lo embistió con tal fuerza que abrió una enorme grieta de cinco metros a lo largo de la popa. En pocos segundos el yate empezó a girar sobre sí mismo lentamente, antes de iniciar su descenso a las aguas profundas de la reserva marina.

Bud estaba recostado en su sillón de cara a proa, con la botella de Jack Daniels vacía en las manos. Le dolía la cabeza y el mundo daba vueltas en torno a él.

«Debe de ser la bebida», se dijo y echó la cabeza hacia atrás. El segundo golpe lo despejó y lo alertó.

—¡Oh, mierda! —Cogió la pistola y echó el cuerpo hacia delante con esfuerzo.

La popa hacía agua rápidamente y el *Magnate* giraba sobre sí mismo cada vez más deprisa. Bud cayó contra la borda y vio la aleta dorsal.

Disparó y falló por más de tres metros.

—¡Que te jodan, pez! A mí no me cogerás. Te aseguro que no.

A través de los prismáticos de Dupont, Leon Barre vio asomar la aleta junto al yate inutilizado.

—Creo que deberíamos irnos ahora, capitán.

Los motores del palangrero se pusieron en marcha con un gruñido y, expulsando un humo azul como si tosiera, el barco puso rumbo a la costa. A casi un kilómetro de distancia, la hembra volvió la cabeza y, enfurecida e instintivamente, cambió de dirección y aceleró en persecución del pesquero.

Bud cerró los ojos. El mundo iba demasiado rápido para su vista. Notó que la cubierta delantera se elevaba. Cayó de rodillas y luchó, en su borrachera, por echar una última mirada. El yate giraba en torno a él, acelerando hacia el vórtice del remolino. Apenas podía distinguir la figura del monstruo, cuya cabeza triangular, enorme y blanca, se alzaba sobre él. La boca parecía buscar comida. Bud alzó la mirada.

—Ya voy, Maggie... —musitó; luego, buscó al monstruo—: ¡Que te jodan, bicho!

Se llevó el cañón de la Magnum a la boca y tiró del gatillo. Sus sesos salieron esparcidos por el hueco abierto en la parte posterior del cráneo.

La proa blanca triangular del *Magnate* continuó subiendo mientras la popa se sumergía bajo el mar.

El *Megalodon* se había alejado hacía rato.

Jonas estaba agotado. La grasa de ballena y demás restos se comprimían en el estómago y lo empujaban por la espalda. No quería volverse a mirar, por miedo a saber qué, o quien, era el causante de la presión.

Por fin, el diente terminó de atravesar los quince centímetros de músculo de la pared estomacal y Jonas asomó la cabeza por la rendija. Fuera del estómago, se encontró en un ambiente absolutamente distinto.

La cámara cardíaca era muy angosta y apenas dejaba

un espacio de un par de palmos para deslizarse. Jonas se tumbó boca abajo en el espacio y encajó la espalda contra una capa de músculo estriado, que cedió a la presión. Avanzó arrastrándose, con la linterna en una mano y el diente en la otra, en dirección al bombo que resonaba cada vez más fuerte en su cabeza.

La cámara empezó a ensancharse y el latido se hizo más potente. Alrededor de Jonas, las paredes carnosas vibraban y, por fin, lo vio a la luz de la linterna: una masa redondeada de músculo, de metro y medio, suspendida por gruesos cables de vasos sanguíneos.

El barco pesquero estaba a cien metros de la playa cuando el *Megalodon* salió a la superficie apenas diez metros por detrás. Los pasajeros se agarraron, incapaces de reunir la fortaleza mental necesaria para sobrevivir a otro ataque.

Con un cambio de velocidad vertiginoso, la hembra embistió contra la fuente de las vibraciones y desencajó los ejes de los motores. Las hélices dejaron de batir el agua y el averiado palangrero quedó a la deriva, impotente, a solo cincuenta metros de la orilla.

—¡Hijo de puta! —exclamó el capitán—. ¡Esto es culpa tuya, francés! ¡Y te va a costar caro!

El *Megalodon* emergió y nadó en círculo alrededor del barco, a menos de diez metros del casco. Luego, se acercó al costado de babor y lo empujó con el hocico.

El barco se escoró a estribor en un ángulo de treinta grados. DeMarco, Terry y los cuatro tripulantes se deslizaron por la cubierta, sin nada a lo que agarrarse más que unos a otros. El monstruo continuó empujando, levantando el costado de babor del pesquero cada vez más alto, como si quisiera volcarlo. Dos de los marineros consiguieron aferrarse a la red de atunes de a bordo, pero Terry, Adashek y los otros cuatro tripulantes se precipitaron por la borda.

La línea lateral de la hembra captó el chapoteo y notó las vibraciones de los cuerpos agitados. Dejó de empujar y el casco del pesquero recuperó la horizontalidad con gran estruendo. El *Megalodon* volvió a nadar en círculos hasta que la espiral que había formado lo condujo a las profundidades submarinas de la bahía de Monterrey, cuyas aguas heladas le permitieron mitigar la sensación ardiente de sus entrañas mientras preparaba su ataque.

Jonas se agarró con fuerza a los gruesos tirantes de los vasos sanguíneos del *Megalodon* y notó el líquido caliente que fluía por la aorta gracias al trabajo del corazón monstruoso que latía contra su pecho, cada vez más sonoro, cada vez más acelerado. De pronto, el animal se sumergió y Jonas salió despedido hacia delante.

Terry estaba tan agotada que era incapaz de nadar. Se quedó flotando en el agua, suspendida sobre las olas por el chaleco salvavidas. Adashek, cerca de ella, intentaba llevarla hacia el barco.

El *Megalodon* ascendió a toda velocidad hacia la superficie. Aunque el estómago seguía ardiéndole, el hambre insaciable lo impulsaba a atacar. Abrió las mandíbulas en las frías aguas oceánicas y llegó a trescientos metros de su presa.

Adashek tiró de Terry y la condujo a las inmediaciones del barco. Dupont arrojó un flotador mientras los otros dos hombres volvían a bordo.

Doscientos metros.

Jonas hundió el diente en la aorta sin encontrar resistencia apenas. La sangre caliente brotó en todas direcciones y cubrió la linterna y las gafas. La cámara de un metro de anchura quedó a oscuras y Jonas tembló involuntariamente. Las paredes se cerraron una vez más.

Ciento cincuenta metros.

Terry y Adashek ya estaban cerca del costado del pesquero. Varios tripulantes extendieron las manos hacia el agua y rescataron al periodista, en primer lugar. Terry levantó el brazo y trató de alcanzar a sus rescatadores, batiendo los pies para no hundirse.

Cien metros.

André Dupont bajó la vista al mar y vio aproximarse el resplandor luminiscente.

—¡Sacadla, deprisa! —gritó.

Terry miró hacia el abismo y contempló la figura fluorescente que se recortaba contra la negrura del fondo. ¡El monstruo ascendía directamente debajo de ella! Una descarga de adrenalina recorrió su cuerpo y la empujó hacia arriba. La mano se extendió aún más arriba y se agarró a la muñeca de un marinero.

Treinta metros.

La mandíbula superior de la hembra, sus dientes, encías y tejido conectivo, emergieron de debajo del hocico y se proyectaron hacia delante, separándose del cráneo. Los ojos, ciegos, se replegaron en el interior de la cabeza en un reflejo protector. El *Megalodon* consumiría a su presa de un único bocado gigantesco.

Veinte metros.

Terry Tanaka notó que su mano mojada se escurría por el brazo del marinero. Desesperadamente, alargó la otra mano, perdió el equilibrio y cayó de nuevo al agua.

Jonas no pudo mantenerse asido a los resbaladizos tirantes. Por el ángulo en que se hallaba en la cámara, imaginó que el *Megalodon* ascendía. Probablemente, para atacar de nuevo. Pensó en Terry. Dobló el codo en torno al haz de tirantes, afirmó los pies desnudos contra los tejidos blandos de las paredes de la cámara que tenía encima y, boca abajo, tiró del músculo palpitante hacia abajo con todas sus fuerzas. Agarró el diente con su mano derecha, y, con una enérgica cuchillada, cortó los tirantes.

A cuatro metros de la superficie, con la mandíbula superior espantosamente hiperextendida, la hembra de *Megalodon* ralentizó su avance, con todos los músculos paralizados. De pronto, solo podía mover la poderosa aleta caudal, que se agitaba en un reflejo involuntario.

Sumido en una completa oscuridad, Jonas permaneció un instante tendido de espaldas, cubierto de sangre caliente. Sobre su cuerpo palpitante, como un enorme tronco de árbol, yacía el corazón desconectado del *Megalodon* de veinte mil kilos. Jonas luchó por respirar normalmente por el regulador y, con el esfuerzo, casi se hiperventiló. El tambor había cesado de sonar, pero la cámara estaba encharcada de sangre.

Jonas se escabulló de debajo del enorme órgano y buscó la linterna a su alrededor. Sus dedos notaron algo duro. Sí, allí estaba. Pasó la mano por el cristal de las gafas pero el haz de luz era apenas perceptible. A gatas, avanzando centímetro a centímetro entre una cascada de sangre, inició el regreso hacia el estómago.

Terry Tanaka esperaba la muerte. Al ver que no llegaba, abrió los ojos. La boca del *Megalodon* colgaba abierta debajo de ella... y descendía, manando sangre a borbotones que formó un charco en torno a Terry.

—Agarra el cabo, Terry —gritó DeMarco.

—Estoy bien, Al. Alcánzame unas gafas, deprisa.

Dupont buscó un tubo de respiración y unas gafas y se las arrojó.

La muchacha se colocó el equipo y miró hacia abajo. A través de la bruma de color escarlata, Terry vio el río de sangre que manaba de la boca del monstruo mientras este seguía hundiéndose. La aleta caudal también había dejado de agitarse.

Jonas había localizado de nuevo el estómago pero no conseguía encontrar la incisión que había realizado y le invadió el pánico. Forzó la vista para ver el pequeño círculo de luz que salía de la linterna y golpeó la base de esta con la palma de la mano. Dio la impresión de que la luz se tornaba más potente. Por fin, descubrió la incisión y pasó por ella, primero la pierna derecha, luego la cabeza y el resto del cuerpo, y dio un paso, desorientado. ¿Dónde estaba el *AG-I*?

Avanzó a gatas por la cavidad y los potentes ácidos estomacales le atacaron las manos y los pies, desnudos. Allí, la linterna resultaba inútil. Jonas esperaba encontrar la luz exterior del sumergible y rezó para que este no se hubiera deslizado a los intestinos.

El ángulo de la anatomía interna era ahora demasiado grande, y la mucosa demasiado resbaladiza. Jonas perdió el equilibrio y se desplomó en una masa de restos de alimento en el extremo inferior del estómago. Allí, se dio de cabeza con algo sólido. Era la sección de cola del *Glider*.

La parte delantera del sumergible había pasado por la entrada a los intestinos, pero la sección trasera resultaba demasiado grande. Jonas la agarró con ambas manos, dio un tirón con todo su peso y el vehículo se movió ligeramente. Afianzó los pies y, con las glándulas bombeando adrenalina, tiró de nuevo hacia atrás con todas sus fuerzas. Milagrosamente, el morro del sumergible se deslizó de la abertura intestinal bloqueada, expulsado en parte por el esfuerzo de Jonas y, en parte, por los cientos de litros de comida parcialmente digerida que volvían por el sistema digestivo.

La luz exterior del *AG-I* envolvía en un resplandor apagado, luminiscente y fantasmagórico la cavidad estomacal y dejaba a la vista los efectos de la muerte del anfitrión. Las paredes musculares ya no mostraban convulsiones. El contenido sin digerir de los intestinos volvía al estómago y se derramaba en este formando una pila que terminó por elevar el morro del sumergible. Jonas alzó la vista. Siete metros por encima de la boca del estómago, el esófago era la única vía de escape posible.

Jonas se dejó caer de rodillas y pasó los hombros bajo el morro del *AG-I*. Aplicó de nuevo todas sus fuerzas y se levantó, deslizando de costado el sumergible en forma de torpedo hasta dejarlo en el ángulo adecuado contra la pared del estómago, ahora vertical.

A ciegas, Jonas localizó la sección de cola, hundida

bajo un metro de grasa de ballena a medio digerir. Introdujo sus brazos en la grasa y abrió un hueco en ella. Sus manos encontraron la escotilla y la abrieron. Tras un baño de grasa de ballena, deslizó la cabeza, primero, y luego los brazos, a través de la escotilla hasta la cámara estanca. Por último, consiguió introducir todo el cuerpo en el sumergible; la capa resbaladiza que empapaba su traje isotérmico lubricó la entrada en el angosto vehículo. Jonas aseguró la escotilla bajo sus pies y se acomodó en la cápsula de casi dos metros y medio. Dirigió el foco exterior hacia arriba hasta localizar otra vez la boca del estómago. Era consciente de que el *AG-I* tendría que alcanzar el esófago con un impulso del cohete, con el combustible que pudiera quedar.

Inclinó el cuerpo a la izquierda, cambiando su posición, para alinear el morro del sumergible con su objetivo lo mejor posible. Se ajustó el arnés de piloto y llevó la mano hacia la palanca que dispararía la ignición del combustible. La giró en sentido contrario a las manecillas del reloj y tiró de ella.

El escaso combustible que quedaba prendió y propulsó el sumergible hacia arriba por la mucosa interna del estómago como un cohete que escalara una pared. Jonas agarró la palanca de dirección y apuntó a la abertura del esófago. La proa del *AG-I* se deslizó y se coló por la lubricada entrada del estómago hasta llegar al túnel que era el esófago de la criatura.

¡Buuum! El *AG-I* se detuvo con un topetazo. La luz exterior dejó a la vista una cámara inundada de agua de mar y sangre. El cadáver del depredador tenía la boca abierta todavía, pero el agua no entraba ni salía de la cavidad bucal del animal. Jonas distinguió ante él la abertura cavernosa que daba paso al esófago.

Pero el vehículo no podía entrar allí. Jonas se dio cuenta de que la sección más amplia de la aleta de cola debía de haberse enganchado en el revestimiento muscular de la parte alta del estómago. Jonas notó que el sumergible empezaba a deslizarse de nuevo hacia la cámara digestiva de la que procedía. Desesperado, tiró otra vez de la palanca de ignición. Nada. Se había quedado sin combustible. Nada podía impedir que el *AG-I* se deslizara hacia atrás en el estómago.

Lleno de frustración, Jonas descargó el puño que fue a golpear una caja metálica. ¡La cápsula de escape! Abrió la tapa, asió la palanca y tiró de ella.

El *AG-I* se estremeció con la detonación que separó la cápsula de escape interna, de plástico lexan, de la sección de cola, más pesada. El cilindro transparente salió propulsado a través de la cámara inundada del esófago y su flotabilidad positiva lo ayudó a subir.

El túnel se amplió. La luz exterior sujeta a la parte inferior de la cápsula iluminó los arcos internos del gaznate del *Megalodon*, que sostenían la cámara como los muros de una catedral submarina. Jonas salió disparado hacia arriba y el cubículo giró sin control en un embudo serpenteante de agua y sangre. El cilindro continuaba su ascenso y se acercaba a la mandíbula abierta de la fiera sin vida.

Solo una cosa podía detener el éxodo de Jonas Taylor de su prisión de veinte toneladas. Delante de él, todavía quedaban las mandíbulas del *Megalodon* erizadas de dientes letales de más de veinte centímetros, hilera tras hilera.

Salvo la luz exterior serpenteante de la cápsula, Jonas se hallaba en absoluta oscuridad. Las mandíbulas estaban abiertas, pero no hiperextendidas, lo cual reducía la puerta del infierno a menos de la mitad de su diámetro potencial. Dentro de la cápsula, Jonas se agarró tan fuerte como pudo mientras incontables colmillos primigenios se le venían encima.

¡Buuum!

Jonas hizo una mueca cuando la cápsula de lexan quedó encajada entre las mandíbulas casi cerradas. El cilindro, en posición horizontal, estaba inmovilizado entre las puntas, afiladas como cuchillas, de aquellos dientes mortíferos. Cápsula y piloto quedaron cautivos de su anfitrión mientras las veinte mil toneladas de peso muerto se hundían sin remedio en el abismo.

Saltar de la sartén

La mole sin vida de la hembra de *Megalodon* descendía con la cola por delante y su resplandor mortecino desapareció en las negras aguas de la garganta submarina de la bahía de Monterrey. Atrapada entre las mandíbulas, la cápsula de escape del *AG-I* permanecía encarcelada entre barrotes triangulares y su reo perdía de vista la superficie. Con una breve mirada, Jonas consultó su batímetro. Estaba a trescientos ochenta metros y se hundía deprisa.

Tenía que liberar el cilindro. Se encogió, lanzó el cuerpo hacia delante y golpeó el interior de la cápsula con la espalda. El plástico tembló contra los dientes del monstruo y avanzó dos metros entre las mandíbulas mortales. Animado, Jonas repitió el gesto varias veces más y cada una de ellas acercó un poco más el cilindro a la libertad.

Por fin, con un terrible chirrido de huesos contra el plástico a prueba de balas, la cápsula de rescate se liberó del bocado letal del *Megalodon* y ascendió hacia la superficie como un globo de helio. Jonas exhaló un enorme suspiro de alivio. El cilindro subía a un ritmo de veinte metros por minuto, lo cual permitía la adecuada descompresión.

Pero las grietas empezaban a agrandarse y el agua se filtraba por el plástico de la cápsula.

Mac ya no aguantaba una brazada más. Incapaz de mantener la respiración y con las piernas entumecidas, notó que la criatura se giraba y pudo apreciar la corriente que generaba su mole antes de llegar a avistar la aleta dorsal triangular de un metro.

—Lárgate de aquí, bicho —gritó al depredador de cuatro metros.

La aleta caudal batió la superficie del agua a un lado y a otro en el preciso instante en que el arnés de rescate caía sobre la cabeza del náufrago.

Sobresaltado, Mac alzó la cabeza y vio un helicóptero de la Marina. Deslizó un brazo en el arnés e hizo frenéticas señales para que la tripulación lo sacara del agua de inmediato. La cabeza cónica del tiburón se alzó de las olas en el preciso instante en que el piloto era izado.

Mac dirigió otra mirada a sus rescatadores, con una sonrisa en el rostro y lágrimas en los ojos.

—¡La bendita Marina, no puedo creerlo! ¡Me ha salvado el culo después de tantos años! —Movió la cabeza con aire de incredulidad—. Definitivamente, Señor, tienes sentido del humor.

El torpedo de lexan continuaba su ascenso a pesar de que la integridad de la cápsula se hallaba en graves dificultades. A ciento ochenta y cinco metros de la superficie, lo que había sido una pequeña fractura se extendió de pronto por encima de la cabeza de Jonas. Este, agotado física y mentalmente, no pudo hacer otra cosa que contemplar cómo la rendija, que antes medía quince centímetros, empezaba a extenderse por todo el diámetro del cilindro.

El rostro satánico del *Megalodon* continuaba hundiéndose en el cañón submarino. Jonas vio cómo el resplandor se reducía hasta desaparecer por completo en la oscuridad. Había escapado a una muerte segura en dos ocasiones, pero, para sobrevivir a aquel día, necesitaría un milagro más.

Presión. Oxígeno. Presión y oxígeno. El mantra devastador penetró en su mente. Por alguna razón, el cilindro ascendía demasiado deprisa. Jonas sabía que en sus venas empezaban a formarse burbujas de nitrógeno.

A ciento cincuenta metros de la superficie, el tubo de lexan de dos metros de longitud continuaba lanzado hacia arriba como un misil. Las grietas del plástico se habían ramificado en diversas secciones. Una fina lluvia de agua empapaba el interior. Jonas sabía que, cuando la grieta rodeara por completo el cilindro, la estructura reventaría bajo las tremendas presiones.

¡Craaac! Apenas quedaba un metro de separación entre los extremos de la fisura. Jonas empezó a hacer cálculos frenéticos. ¿Cuál había sido su inmersión máxima a pulmón libre? ¿Cuál era la profundidad máxima que podía tolerar? ¿Cuarenta metros? ¿Cuarenta y cinco? Comprobó la bombona de oxígeno que todavía llevaba atada en torno a su pecho. La perspectiva no era buena. Le quedaban menos de tres minutos de aire. A cien metros de la superficie, la cápsula empezó a vibrar.

—¡Terry, sal del agua ahora mismo, maldita sea! —gritó DeMarco.

La muchacha no le prestó atención y continuó con la cara metida en el agua, respirando por el tubo. La hembra de *Megalodon* había muerto, de eso estaba segura, pero el corazón le decía que Jonas había sobrevivido. Observó cómo desaparecía el resplandor blanco.

André Dupont se sentó en el yugo de popa del palangrero mientras Leon Barre y el capitán del pesquero desarmaban uno de los motores. André se sentía confuso y cansado. Todos sus esfuerzos por salvar al animal, las gestiones, los gastos... todo para nada. El mayor depredador de todos los tiempos... perdido.

—Hoy podrías haber muerto —se dijo en un murmullo—. ¿Y para qué? ¿Por salvar a mi asesina? ¿Qué le explicaría la Sociedad Cousteau a mi mujer y a mis hijos? «Ah, Marie, debes sentirte orgullosa. André murió de la más noble de las maneras, dando la vida para alimentar a una especie en peligro.»

Se puso en pie y estiró la espalda dolorida. El sol poniente tenía aún suficiente fuerza como para calentar su piel. Contempló el rayo dorado que, desde el horizonte hasta el pesquero, trazaba un brillante camino sobre las aguas oscuras del Pacífico. Fue entonces cuando André avistó la aleta.

—¡Eh! ¡Eh... tiburón! ¡Un tiburón!

El agua gélida del Pacífico continuaba llenando la cápsula de rescate y el peso adicional redujo significativamente la velocidad de ascenso. Jonas tiritaba bajo el traje isotermo, temeroso de moverse. Echó una mirada al batímetro: setenta metros. La fisura había completado su recorrido en torno al perímetro del cilindro. Las vibraciones alcanzaban un estado febril y la presión exterior provocaba nuevas grietas en la cámara dañada. Alzó la vista, pero aún no alcanzaba a ver la superficie. A aquella profundidad, si la cápsula de escape se partía, no sobreviviría.

Con cuidado, se puso las gafas, preparó el regulador y ajustó la bombona de aire a su pecho con las cinchas de velcro. «Movimientos lentos —se repitió—. No te dejes llevar por el pánico. Oblígate a relajarte. Asciende con suaves impulsos de los pies; la bombona vacía te ayudará a subir. Utiliza las menos energías posibles. No cierres los ojos. No pierdas el sentido o no volverás a despertar.»

¡Craaac!

«Estoy a demasiada profundidad...»

La aleta de un metro trazó círculos en torno al palangrero. Once hombres, al unísono, gritaron a Terry que saliera del agua.

—Es un gran tiburón blanco, no hay duda —dijo Steve Tabor—. Parece una hembra, de algo más de cuatro metros, quizá. Ha llegado atraída por toda esa sangre. Tenemos que sacar a Terry del agua enseguida.

El capitán del pesquero fue abajo y regresó con un fusil. La aleta dorsal había empezado a nadar en círculos alrededor de la chica. El capitán apuntó el arma.

Terry desapareció bajo las olas.

A cuarenta y siete metros de la superficie, la cápsula de escape del *AG-I* se rompió, roció a Jonas de agua oceánica muy fría y lo estrujó con una presión de más de cuatro atmósferas. Mientras se desembarazaba de los restos del cilindro, Jonas empezó a sangrar por la nariz. El cristal de las gafas también se cuarteó.

Empezó a impulsarse con las piernas en movimiento de tijera. La bombona de aire lo llevaba hacia arriba muy deprisa... ¡Demasiado! No estaba haciendo la descompresión como era debido. Jonas dejó de propulsarse.

A veintisiete metros notaba el cuerpo como si fuera plomo y se sentía incapaz de moverlo. La bombona, apenas sujeta al pecho, había expulsado casi todo el aire que contenía y su extrema flotabilidad lo aceleraba hacia arriba a una velocidad peligrosa. Con los ojos entrecerrados, observó las cintas de velcro que sujetaban a duras penas la bombona a su pecho. Vio cómo empezaba a soltarse e intentó ponerle remedio, pero ya no dominaba el movimiento de sus brazos.

A diecinueve metros de la superficie, Jonas se quedó sin aire. Los dos extremos del velcro se separaron. El tanque vacío escapó de su pecho y subió enseguida por encima de su cabeza. Jonas cerró los ojos y mordió con fuerza la boquilla del regulador. Como no podía alcanzar la bombona con las manos, luchó por retenerla con los dientes. Se sentía borracho.

A once metros, Jonas perdió el sentido. El regulador escapó de su boca y la bombona subió velozmente a la superficie. Él no sentía nada; ni dolor, ni miedo. «Estoy soñando.» Miró hacia arriba y vio una luz brillante. Estaba volando, dirigiéndose hacia la luz sin su cuerpo; ya no sentía dolor, ya no sentía miedo.

«Estoy en el cielo.»

Terry Tanaka asió a Jonas por la muñeca cuando el cuerpo de este volvía a deslizarse hacia el abismo. Luego, batió las piernas con energía y se ayudó con la mano libre. A su derecha, el tiburón se deslizaba en círculos a su alrededor. Terry siguió nadando con más empeño.

Cuando su rostro alcanzó la superficie, Terry sacó la cabeza de Jonas del océano. Estaba azul y no mostraba signos de respiración. Vio la aleta dorsal que se le venía encima, a tres metros de distancia, y distinguió el hocico triangular en el momento de asomar del agua.

La red de pesca trazó un arco en el aire y sus lastres de plomo la hicieron caer sobre el depredador, envolviéndolo. El animal se contorsionó e intentó escapar, pero el pescador ya había cerrado la red con firmeza. Habían atrapado al tiburón.

Terry acercó a Jonas al barco y una docena de manos los izaron a bordo. David Adashek empezó a practicar técnicas de reanimación a Jonas y DeMarco lo envolvió en mantas y le buscó el pulso. Lo tenía, pero muy débil.

Jonas escupió agua. Adashek lo colocó de costado, ayudándole a expulsar el agua que había tragado y a vomitar. Terry se inclinó sobre él y le aplicó un masaje en el cuello. Agotado, Jonas entreabrió los párpados bajo el sol dorado del atardecer.

—Intenta no moverte —le dijo la muchacha mientras le acariciaba los cabellos—. El guardacostas está en camino y nos remolcará al acuario. Tenemos una cámara de recompresión preparada en el instituto.

Terry sonrió, con lágrimas en los ojos. Jonas contempló su bello rostro y sonrió pese al dolor. «Estoy en el cielo», se repitió.

El tiburón se agitó con furia, atrapado en la red un metro y medio por debajo de la superficie. No tenía forma de liberarse. André Dupont siguió al capitán por todo el barco, tratando de razonar con él.

—No puede matarlo, capitán —protestaba Dupont—. ¡Es una especie protegida!

—Mire mi barco. Está hecho añicos. Voy a matar ese pez, a disecarlo y a venderlo a algún turista de Nueva York por veinte mil pavos. ¿Usted me daría más, gabacho?

Dupont puso los ojos en blanco.

—¡Haga daño a ese tiburón y terminará en la cárcel!

El barco del servicio de Guardacostas interrumpió la respuesta del capitán.

La patrullera *Manitou*, de cuarenta metros de eslora, llegó hasta el pesquero a la deriva y le arrojó un cabo para arrastrarlo. Leon Barre sujetó el cabo a la proa del barco. En pocos momentos, el cabo se tensó y el palangrero empezó a avanzar rumbo al Acuario Tanaka, arrastrado por la nave del servicio de Guardacostas.

Las enormes compuertas que separaban la reserva marina de la bahía de Monterrey del estanque permanecían abiertas a la espera del *Kiku*, pero fue la patrulla *Manitou* la que efectuó su entrada al canal.

Jonas estaba apoyado en el yugo de popa del pesquero cuando empezó a notar el agudo dolor en los codos. Al cabo de unos segundos, todas las articulaciones le ardían y las punzadas de dolor le traspasaban todo el cuerpo. Terry lo sujetó por el brazo.

—¿Qué te pasa, Jonas?

—Embolia... ¿Cuánto falta...?

Ya habían entrado en el estanque. La patrullera arrastró el pesquero hacia el muelle, situado en el lado norte del lago artificial.

—Unos minutos. Apóyate en el yugo. Yo voy a asegurarme de que tienen una ambulancia en el muelle.

Jonas asintió.

El dolor aumentaba y se sentía mareado, al borde de la náusea. Notaba las articulaciones como si el *Megalodon* hubiera hincado sus dientes en ellas. Abrió los ojos y miró al gran tiburón blanco que el pesquero arrastraba junto al costado izquierdo de la popa.

Masao Tanaka esperaba en el muelle en una silla de ruedas, con un aparatoso vendaje en la cabeza y un ayudante al lado.

Mac también estaba allí, junto a un equipo de enfermeros que se aprestaba a conducir a Jonas a la cámara de recompresión.

Terry vio a su padre y corrió a la proa saludando con la mano. Por las mejillas de Masao corrieron lágrimas de alegría.

Jonas apoyó la espalda en el yugo y se dobló de dolor una vez más. Notaba que empezaba a perder la conciencia e intentó concentrarse en el agua y en el depredador. La hembra de tiburón se debatía aún con ferocidad, constreñida a los confines de la red. Su piel blanca emitía un leve resplandor mortecino en la creciente penumbra.

Durante un breve instante, hombre y bestia establecieron contacto visual. El tiburón tenía los ojos azul grisáceos. Jonas contempló con incredulidad la cría de *Megalodon*. Cerró los ojos y sonrió. Entonces el dolor se hizo abrumador y el paleontólogo perdió el conocimiento mientras dos camilleros lo introducían en la ambulancia.

Agradecimientos

Solo en Estados Unidos puede uno perder el trabajo, quedar en quiebra y hacerse rico unos días más tarde. La realización de los propios objetivos requiere esfuerzo y fe en lo que uno hace cuando llegan tiempos duros, pero también precisa de la ayuda y el apoyo de otros. Como escritor novel, estoy sumamente agradecido a mucha gente maravillosa que ha trabajado con extraordinario empeño en este proyecto.

En primer lugar, doy gracias a mi *Dream Team*, dirigido por Ken Atchity, director y productor literario de excepción, quien se arriesgó al apoyar a un desconocido y con quien estaré siempre en deuda. También debo agradecimiento a su socio, Chi-Li Wong y al resto del equipo de Atchity Editorial/Entertainment International, por su visión y esfuerzo en ayudarme a hacer realidad mis sueños. Mi gratitud también a Ed Stackler y a David Angsten por su magnífica revisión del manuscrito, y a Warren Zide, de Zide Entertainment, que dedicó a *Megalodon* un empeño y una energía ilimitados y elevó el proyecto a un nivel completamente diferente. A Joel McKuin y David Colden, de Colden & McKuin, les agradezco a ambos su increíble trabajo y amabilidad; asimismo, a Jeff Robinov, de *ICM*. No puedo concebir un grupo más competente; este libro es, finalmente, el resultado de un esfuerzo en equipo. Gracias a todos.

Expreso también mi agradecimiento a Walt Disney Pictures, a su presidente, David Vogel, y a sus ejecutivos, Allison Brecker y Jeff Bynum, así como a Tom Wheeler por haber seleccionado *Megalodon*. A Shawn Coyne y a la estupenda gente de Bantam-Doubleday-Dell por todo lo que ha hecho. Ha sido un honor y un privilegio para mí haberme relacionado con todos ellos.

A mis padres, por mantener a mi familia durante las épocas difíciles, y a mi hermana Abby por su apoyo cuando más necesario era. Por último, a mi esposa, Kim, por soportar las largas horas, los años de lucha y a un marido que podía resultar un poco gruñón después de muchas noches en blanco dedicadas a escribir.

Índice

«Para viajar lejos no hay mejor nave que un libro».

EMILY DICKINSON

Gracias por tu lectura de este libro.

En **penguinlibros.club** encontrarás las mejores recomendaciones de lectura.

Únete a nuestra comunidad y viaja con nosotros.

penguinlibros.club

Penguin Random House Grupo Editorial